Səbahəddin Ali

XƏZ PALTOLU
MADONNA

Sabaheddin Ali

KÜRK MANTOLU MADONNA

İş tapmaq istəyən bir gənc keçmiş məktəb yoldaşının köməyi ilə bankda işə düzəlir. Orada məzlum, talesiz bir qoca – həyatı məğlubiyyətlərlə dolu Raif əfəndi ilə tanış olur. Sonralar ömrünün son günlərini yaşayan qocaya həyan olmaq istəyən gənc bir gün onun gündəliyini vərəqləyir. Və bütün həqiqətlərə də elə bu gündəlik güzgü tutur.

Gənc yaşlarında Raif əfəndi atasının sənətini davam etdirmək üçün Berlinə yollanır. Burada incəsənətə olan marağı onu rəsm qalereyasına getməyə həvəsləndirir. Qalereyadadakı tablolardan birinə heyranlıqla tamaşa edən Raif tez-tez bura gəlib "Xəz paltolu qadın"ın portreti qarşısında seyrə dalır. Rəsmin müəllifi Mariya Puder adlı bir xanımdır və o, bir gün bu gənci kənardan izləməyə son qoyub ona yaxınlaşır. Söhbət etdiyi qadının portretin sahibi olduğunu öyrənəndə isə Raifin həyatı bir daha geri dönüşü olmayacaq şəkildə dəyişir.

Sevilən Türk yazıçısı və şairi Səbahəddin Əli (1907-1948) Almaniyada təhsil almış, geri döndükdən sonra Konya və Ankarada müəllim işləmişdir. Azad fikirlərinə görə daim təqib olunan ədibin "Quyucu Yusif" (1937), "İçimizdəki şeytan" (1940) adlı romanları, "Dəyirman", "Səs", "Yeni dünya", "Şüşəli köşk" adlı hekayələr kitabı, "Dağlar və Ruzigar", "Qurbağanın serenadası, başqa şeirlər" adlı şeirlər kitabı və "Əsirlər" adlı bir dram əsəri vardır. "Xəz mantolu Madonna əsəri"ni isə 1943-cü ildə yazmışdır.

Sabaheddin Ali **KÜRK MANTOLU MADONNA**
Səbahəddin Ali **XƏZ PALTOLU MADONNA**
Bakı, Qanun Nəşriyyatı, 2018, 240 səhifə. 1000 tiraj
Çapa imzalanmışdır: 24.01.2018

Türkcədən çevirən: B.Nəriman
Korrektorlar: Nigar Musayeva
                            Lalə İsmayılova
                            Elnarə Əhmədova

Qanun Nəşriyyatı
Bakı, AZ 1102, Tbilisi pros., 76
Tel: (+994 12) 431-16-62; 431-38-18
Mobil: (+994 55) 212 42 37
e-mail: info@qanun.az
www.qanun.az
www.fb.com/Qanunpublishing
www.instagram.com/Qanunpublishing

ISBN 978-9952-26-575-0

* * *

Bu vaxta qədər təsadüf etdiyim adamlardan bir nəfərin mənə son dərəcə qüvvətli təsiri olmuş, həyatımda silinməz iz buraxmışdır. O vaxtdan günlər, aylar gəlib keçmiş, lakin mən bu təsirdən heç cür yaxa qurtara bilməmişəm. Tək qaldığım zamanlar Raif əfəndinin saf üzü, birisi ilə üz-üzə gələndə, gülümsəməyə çalışan bu adamın dalğın və bir qədər də ürkək baxışları gözlərimin qabağında canlanır. Halbuki o, heç də fövqəladə bir şəxs deyildi. Əksinə, başqalarından fərqlənməyən, hər gün ətrafımızda yüzlərcə gördüyümüz adi adamlardandı. Onda zahirən insanı maraqlandıran bir xüsusiyyət arayıb-tapmaq mümkün deyildi. Adətən bu cür adamları görəndə öz-özümüzdən soruşuruq: "Görəsən, bunlar nə üçün yaşayırlar? Yaşamaqda nə görürlər? Hansı məntiq, hansı sirr bunları yer üzərində dolaşıb nəfəs almağa məcbur edir?" Lakin əsl mətləb də elə ondadır ki, bu adamların zahiri görünüşləri bizi belə düşündürür. Biz heç ağlımıza da gətirmirik ki, axı onların da çiyinlərində başları var, bu başların içində isə heç kəsin istəyib-istəməməsindən asılı olmayaraq, düşünən beyin var, hərənin özünə görə daxili aləmi

5

var. Amma biz bu aləmə, onun sirlərinə bələd ol-
madan, elə-belə, ötəri üzlərinə baxıb, onların mənən
yaşadıqları barədə hökm veririk. Lakin maraqlanıb
bu gizli aləmə nəzər salsaq, xəyalımıza belə gətirə
bilməyəcəyimiz şeylər görər, gözləmədiyimiz mənəvi
zənginliklərlə qarşılaşarıq. Qəribə orasıdır ki, nədənsə
insanlar çox vaxt güman edib tapacaqları şeyləri ax-
tarıb araşdırmağı daha üstün tuturlar. Əjdaha girmiş
quyuya düşməyə razılıq verəcək bir igid tapmaq,
əlbəttə, asan iş deyil. Lakin içindən xəbərsiz oldu-
ğumuz quyuya enməyə cürət edə biləcək adam tap-
maq bundan qat-qat çətindir. Mən də Raif əfəndini
təsadüfən tanımışam, bir təsadüf nəticəsində yaxın-
dan tanımışam.

Bir bankda kiçik məmur vəzifəsindən azad edil-
mişdim (Əslində oradan qovulmuşdum və bunun
səbəbini hələ indi də bilmirəm. Vəzifəmin qənaət
xatirinə ixtisara düşdüyünü söyləsələr də, tezliklə
yerimə bir başqa adam götürmüşdülər.). Mən uzun
müddətdi Ankarada iş axtarırdım. Cibimdə qalmış
beş-on quruşla yay aylarını birtəhər dolandım. La-
kin yaxınlaşan qış elə bil xəbərdarlıq edib mənə de-
yirdi ki, artıq bir azdan yoldaşlarının yanında qala
bilməyəcəksən, taxt üzərində rahat-rahat uzanıb yat-
malı olmayacaqsan.

Cəmi bir həftədən sonra aşxana haqqını ver-
mək lazımdı, lakin borcumu ödəyəcək qədər pulum
yox idi. Qəbul imtahanlarının çoxusunu versəm də,
bu işdən bir şey çıxmayacağını qabaqcadan bilir-

dim, ancaq yenə də axırını gözləyir, əzab çəkirdim, üzülürdüm. Ayın-oyun almaq üçün, yoldaşlarımdan gizlincə ağız açdığım dükanlardan rədd cavabı alanda dilxor olur, gecəyarısına qədər küçələri boş-boşuna dolaşırdım. Bəzi tanışlarımın ara-sıra dəvət etdikləri içki məclislərində də vəziyyətimin ağırlığını unuda bilmirdim. İşin qəribə cəhəti bu idi ki, əzab-əziyyətim, qəlbimdəki sıxıntı artdıqca, ehtiyacım məni gündən-günə daha bərk xırxaladıqca, məndə utancaqlıq, insanlardan uzaqlaşmaq hissi də artırdı. Əvvəllər iş tapmağı tapşırdığım, həm də mənə münasibətləri pis olmayan tanışlarıma rast gələndə gizlənmək, başımı aşağı salıb, gözlərinə görünmədən ötüb keçmək istəyirdim. Qabaqlar məni ayaqüstü də olsa qonaq etmələrini utanıb-çəkinmədən xahiş etdiyim, vicdan əzabı çəkmədən borc pul aldığım yoldaşlarıma qarşı da dəyişmişdim. "Vəziyyətin necədir?" – deyə soruşduqları zaman süni bir təbəssümlə "Pis deyil... Hərdən bir müvəqqəti iş tapıram" – deyir və cəld uzaqlaşırdım. İnsanlara yaxınlaşmaq ehtiyacım artdıqca, onlardan uzaq qaçmaq arzum güclənirdi.

Bir gün axşamüstü, stansiya ilə Sərgi evi arasındakı kimsəsiz yolda ağır-ağır gəzişirdim. Ankaranın son dərəcə gözəl payız havasını sinə dolusu ciyərlərimə çəkib, ruhumda nikbin bir əhvali-ruhiyyə yaratmağa çalışırdım. Xalq evinin[1] şüşələrində əks olunub, ağ mərmər binanı qan rənginə boyayan günəş... akasiya və xırda şam ağaclarının üstündə görünən, lakin

---

[1] Xalq partiyasının mədəni-maarif ocağı

buxarmı, tozmu olduğu bilinməyən toranlıq... hansı tikintidəsə işləyib yorulmuş, belləri bükülmüş, laldinməz evə qayıdan cırıq paltarlı fəhlələr... avtomaşın təkərlərinin yer-yer izi qalmış, harayasa uzanıb gedən asfalt yol... Hər şey adamın üzünə gülürdü... hər şey qaydasında, öz yolu ilə gedirdi. Mən də bu ümumi axına tabe olmalı, dinib-danışmadan bu axına qoşulmalıydım.

Elə bu vaxt yanımdan sürətlə bir avtomaşın keçdi. Dönüb baxanda mənə belə gəldi ki, avtomaşında oturan adamı tanıdım. Maşın beş-on addımlıqda dayandı, qapı açıldı, məktəb yoldaşım Həmdi başını bayıra çıxarıb məni səslədi.

Yaxınlaşdım.

– Hara gedirsən?

– Heç yerə, gəzişirəm!

– Elə isə gedək bizə!

Cavabımı gözləmədən yanında mənə yer göstərdi. Yolda söhbətindən başa düşdüm ki, işlədiyi şirkətin fabriklərinə baş çəkməyə gedibmiş, indi də geri qayıdır. "Gələcəyimi teleqramla xəbər vermişəm. Hər halda hazırlıq görməmiş olmazlar. Yoxsa cürət edib səni evə dəvət etməzdim" – dedi...

Gülümsədim.

Əvvəllər Həmdi ilə tez-tez görüşərdik. Amma bankdan çıxandan sonra onu görməmişdim. Maşın, avadanlıq ticarətində vasitəçilik edən, meşə və taxta avadanlığı ticarəti ilə məşğul olan bir şirkətdə müdir müavini vəzifəsində işlədiyini və yaxşı pul qazandığını bilirdim. Məhz buna görə də işsiz vaxtlarımda ona müraciət etməmişdim. Elə bilərdi ki, yanına iş istəməyə yox, pul almağa gəlmişəm.

– Yenə də bankda işləyirsən? – deyə soruşdu.

– Xeyr, oradan çıxmışam, – dedim.

Təəccüblə:

– Bəs harada işə giribsən?

Könülsüz cavab verdim:

– İşləmirəm.

Məni başdan-ayağa süzüb, tökülmüş əyin-başıma baxdı. Gülümsəyib əlini dostcasına çiynimə vurdu. Məni evinə dəvət etdiyinə peşman olmadığını göstərməyə çalışdı.

– Elə bu axşam danışıb söhbət edər, bir çarə taparıq. Kədərlənmək lazım deyil! – dedi.

Özündən, vəziyyətindən razı, verdiyi sözü yerinə yetirə biləcəyinə əmin adamlar kimi danışırdı. Deməli, artıq onun tanış-bilişə kömək əli uzatmaq imkanı da vardı. Qibtə etdim. Kiçik, lakin rahat bir evdə yaşayırdı. Arvadı da suyuşirin bir qadın idi. Heç də utanıb-çəkinmədən qabağımda öpüşdülər. Həmdi məni tək qoyub yuyunmağa getdi. Məni öz arvadı ilə tanış etmədiyi üçün, nə edəcəyimi bilmədən qonaq otağının ortasında quruyub qalmışdım. Qadın da qapı ağzında durub gözaltı məni süzürdü. Bir qədər fikirləşdi, görünür, fikrindən "Buyurun oturun" demək keçdi. Lakin sonra lazım bilməyib, yavaşca otaqdan çıxdı.

Başqalarına qarşı heç vaxt etinasız olmayan, ədəb qaydalarına çox fikir verən, hətta bu mərtəbəyə qismən

9

də mərifəti sayəsində çatmış Həmdinin məni nə üçün bu cür, ortalıqda, tək buraxıb getməsi barədə düşündüm. Görünür, onun bu hərəkəti, böyük vəzifələrə keçən adamlara xas olan əsas xüsusiyyətlərdən biri idi – köhnə, lakin həyatda özlərindən aşağı pillədə duran yoldaşlarına qəsdən etinasızlıq göstərmək... "Siz" deyə müraciət etdikləri dostlarına birdən-birə kobudcasına "sən" demək, adamın sözünü yarıda kəsib, mənasız bir söz soruşmaq, həm də bunu təbii şəkildə etməyə çalışmaq, hətta çox vaxt şəfqət və mərhəmətlə gülümsünə-gülümsünə... Son günlər belə şeyləri çox görmüşdüm, ona görə də əsəbiləşmədim, Həmdiyə acı bir söz deməyi ağlıma da gətirmədim. Dinməzcə heç bir söz demədən çıxıb getmək, bu cansıxıcı vəziyyətdən xilas olmaq haqqında fikirləşirdim. Lakin elə bu vaxt ağ ön-lüklü, başı yaylıqlı, yaşlı bir kəndli qadın səssiz-səmirsiz içəri girdi. Ayaqlarının səsi də çıxmırdı. Yamaqlı qara corab geymişdi. Qəhvə gətirmişdi. Parçasına çiçək şəkilləri toxunmuş mavi rəngli kürsülərdən birində oturdum. Ətrafa baxdım. Divarlardan ailə üzvlərinin və artistlərin şəkilləri asılmışdı. Bir tərəfdə evin xanımına mənsub olduğu hiss edilən kitab rəfində hərəsi iyirmi beş quruşluq bir neçə roman, moda məcmuələri vardı. Siqar stolunun alt gözündə əzik-əzik bir neçə albom qoyulmuşdu. Yəqin ki, bu evə gələnlər tez-tez vərəqləyib baxdıqları üçün albomlar bu hala düşmüşdü. Nə edəcəyimi bilmədiyimdən onlardan birini götürüb açmaq istəyirdim ki, Həmdi qapıda göründü. Bir əli ilə hələ qurumamış saçlarını darayır, o birilə yaxası açıq ağ fransız köynəyini düymələyirdi.

– Hə, söylə görək güzəranın necədir? – deyə dilləndi.

– Heç!.. Məgər bayaq danışmadım?

O sanki məni gördüyünə sevinirdi. Görünür, çatdığı mərtəbəni, cah-calalını nümayiş etdirmək fürsəti tapdığına görə, yaxud da mənim günümə düşmədiyinə görə sevinirdi.

Həyat yollarında bir müddət birlikdə addımladığımız tanış adamların başına bir fəlakət gəldiyini, müəyyən bir çətinliyə düşdüyünü görəndə "yaxşı ki, bu fəlakət bizə toxunmadan sovuşub keçmişdir" – deyə şad olub fərəhlənirik. Belə fikirləşirik ki, bizim də başımıza bədbəxtlik, fəlakət gələ bilərdi, lakin o adamlar bizim payımızı da götürmüşlər, ona görə də onlara mərhəmət hissi ilə yanaşmaq istəyirik. Elə bil Həmdi də bu hisslərlə yaşayırdı.

– Yazıdan-zaddan yazırsan?

– Ara-sıra... Şeir, hekayə yazıram.

– Bir xeyri olur?

Yenə gülümsədim. O, "canım, əl çək belə işlərdən" – dedi. Ədəbiyyat kimi boş, mənasız şeylərin, məktəbdən başqa, hər yerdə zərəri barədə söhbətə başladı. Ona cavab qaytarıla bilər, mübahisə etmək olar fikrini heç ağlına da gətirmədən danışırdı. Elə bil balaca bir uşağa nəsihət verirdi. Bu cəsarəti həyat məktəbindən aldığına işarə etməkdən də çəkinmirdi. Özüm də hiss edirdim ki, üzümdə süni bir təbəssüm dolaşır, heyran adamlar kimi baxır və bu hərəkətimlə onu daha da həvəsə gətirirdim.

– Sabah mənə baş çəkərsən, – dedi. – Baxarıq, bir şey fikirləşərik. Yadımdadır, uşaqlıqda sən ağıllı olsan da, bir o qədər də çalışqan, zəhmətsevər şagird deyildin. Ancaq indi bunun bir o qədər də əhəmiyyəti yoxdur. Həyat, ehtiyac, zərurət insana çox şey öyrədir... yadından çıxmasın, səhər tezdən mənə baş çəkərsən!

Elə bil məktəbdə ən tənbəl uşaqlardan biri olduğunu tamam unutmuşdu. Yaxud da indi bunu üzünə vurmayacağıma əmin olduğu üçün utanıb-çəkinmədən belə ürəkli danışırdı. Yerindən qalxmaq istəyirmiş kimi bir hərəkət etdi. Cəld ayağa durdum. Əlimi uzadıb dedim:

– Müsaidənizlə gedim!

– Canım, nə üçün belə tez... Amma özün bilən yaxşıdır.

Tamam unutmuşdum, birdən yadıma düşdü ki, axı o məni nahara dəvət etmişdi. Amma indi, bunu, deyəsən, tamam yadından çıxartmış adama oxşayırdı. Papağımı götürdüm.

– Xanım əfəndiyə hörmətimi bildirin! – dedim.

– Yaxşı, yaxşı. Sabah mənə baş çəkərsən. Bildin?! Canım, utanıb eləmə! – deyib əlini çiynimə vurdu.

Eşiyə çıxdım. Ətraf tamam qaranlığa bürünmüşdü, küçə lampaları yanırdı. Dərindən nəfəs aldım. Hava bir qədər tozlu-tozanaqlı olsa da, mənə son dərəcə təmiz və xoş gəldi. Aram-aram yola düzəldim.

Ertəsi gün, günortaya yaxın Həmdi işləyən şirkətə getdim. Halbuki dünən axşam onun evindən çıxanda, qətiyyən belə fikrim yoxdu. Çünki elə bir qəti təklifi olmamışdı. Müraciət etdiyim adamlardan eşidib alışdığım: "fikirləşib baxarıq, bir şey edərik" kimi sözlərlə məni yola salmışdı. Buna baxmayaraq getdim. Ürəyimdə ümiddən daha çox, özümü tapdalanmış, xəcil bir adam vəziyyətində görmək arzusu vardı. Öz-özümə: "Məgər dünən axşam Həmdinin qabağında dinməz-söyləməz dayanıb onun nə dediyinə qulaq asmadın, özünü sənə bir xeyirxah adam kimi qələmə verməsilə razılaşmadın? Bəs indi nə olub? Bütün bunlara sona qədər dözməlisən, çünki sən buna layiqsən!" – demək istəyirdim.

Xadimə məni kiçik bir otağa ötürdü, burada gözləməyi tapşırdı. Həmdinin yanına girdiyim zaman yenə də dünənki kimi axmaqcasına gülümsədiyimi hiss etdim, özümə daha bərk acığım tutdu. Həmdi qabağındakı kağızlarla və içəri girib-çıxan məmurlarla məşğul idi. Mənə başı ilə stul göstərdi. Yenə də öz işinə davam etdi. Əlini sıxmağa cürət etməyib əyləşdim. İndi qarşımda oturan adamı, mənə hökm edən bir ixtiyar sahibi sayır, özümü itirdiyimi hiss edirdim. Çox alçalmış mənliyimi buna layiq bilirdim. Keçən axşam məni yolda öz avtomaşınına mindirən məktəb yoldaşımla mənim aramda, cəmisi on iki saatdan da az vaxt ərzində, çox böyük bir məsafə əmələ gəlmiş, bir-birimizdən çox uzaqlaşmışdıq. İnsanların münasibətlərini tənzim edən amillər nə qədər gülünc, nə qədər zahiri, nə qədər boş, mənasız olurmuş! Bunların əsl insanlıqla nə qədər də az əlaqəsi vardı! Keçən axşamdan bəri nə Həmdi, nə də mən heç də dəyişməmişdik. O da, mən də əvvəlki adamlar idik. Bununla belə, onun mənim haqqımda, mənim onun haqqında öyrəndiyimiz bəzi incə nöqtələr bizi bir-birinə zidd istiqamətlərə aparmışdı... Məsələnin əsl qəribə cəhəti ondan ibarətdi ki, ikimiz də bu dəyişikliyi inkar etmir, onu kor-koranə qəbul edirdik, fikirləşirdik ki, bu belə olmalıdır... Mənim nə Həmdiyə, nə də özümə acığım tuturdu, təkcə ona görə əsəbiləşirdim ki, nə üçün mən burdayam, nə üçün buraya gəldim?

Otaq bir anlığa boşalan kimi Həmdi başını qaldırıb:

– Sənin üçün bir iş tapmışam! – dedi. Cəsarət və mənə dolu gözlərini mənə zilləyib əlavə etdi: – Doğrusunu desək, o işi düzəltmişik. Ağır iş deyil. Bir para banklarda, əsasən bizim bankda, bəzi işlərə nəzarət edəcəksən. Necə deyim, şirkətlə banklar arasında rabitə məmuru kimi bir şey olacaq. Boş vaxtlarında idarədə oturar, şəxsi işlərinlə məşğul olarsan... İstədiyin qədər də şeir yazarsan... Mən müdirlə danışmışam, sənin haqqında əmr verəcəyik... Hələ yüksək maaş verməyəcəyik... Əvvəlcə qırx-əlli lirə... Sonra artırılar... Əlbəttə, özündən asılı olacaq. Görək nə edəcəksən... Müvəffəqiyyətlər arzulayıram.

Kürsüdən qalxmadan əlini uzatdı. Yaxınlaşıb təşəkkür etdim. Mənə yaxşılıq etdiyi üçün üzündə bir razılıq ifadəsi vardı. Deməli, o, əslində heç də pis adam deyilmiş. Görünür, bəzi qəribə hərəkətləri də tutduğu mövqe ilə əlaqədardı, ya elə bəlkə də belə olmalı idi. Lakin dəhlizə çıxanda bir müddət yerimdə quruyub qaldım: onun mənə nişan verdiyi otağımı gedim, ya buranı tərk edim, – sualları ayaq saxlayıb, fikirləşməyimə səbəb oldu. Başımı aşağı salıb, aramla bir neçə addım atdım. Rast gəldiyim ilk xidmətçidən Raif əfəndinin otağını xəbər aldım. O, əlilə qapılardan birinə tərəf işarə etdi. Yenə də dayandım. Nə üçün buradan çıxıb getmirdim? Qırx lirəlik maaşdanmı keçə bilmirdim, yoxsa Həmdiyə hörmətsizlik etməkdən çəkinirdim? Xeyr, başqa səbəblər vardı. Aylardan bəri davam edən işsizlik, buradan çıxıb haraya gedəcəyimi, harada iş tapacağımı bilməmək... varlığımı tamam bürümüş cürətsizlik... məni o yarıqaranlıq dəhlizdə dayanıb, otaqlardan başqa bir xidmətçinin də çıxmasını gözləməyə məcbur edən bax, bunlar idi!

Nəhayət, qapılardan birini araladım və Raif əfəndini gördüm. Onunla tanış olmasam da, dərhal hiss etdim ki, başı stolun üzərinə əyilmiş bu adam odur, başqası ola bilməz. Sonralar nə üçün bu qənaətə gəlməyim barədə düşündüm. Həmdi mənə: "Bizim alman dili tərcüməçisi Raif əfəndinin otağında sənin üçün stol qoydurmuşam. Çox sakit, üzüyola bir adamdır. Hələ heç kəsə zərəri dəyməyib" – demişdi. Bundan başqa, belə hallarda hər kəsə bəy, bəy əfəndiləri deyildiyi halda, ona sadəcə əfəndi deyirdi. Görünür, bu danışığın, bu xasiyyətnamənin xəyalımda yaratdığı insan, otaqda gördüyüm gümüşü saçlı, bağa çanağından sağanağı olan eynək taxmış, üzünü saqqal basmış adama çox oxşadığı üçün çəkinmədən içəri girdim. Başını qaldırıb mənə dalğın baxışlarla nəzər salan adama:

– Raif əfəndi sizsiniz? – deyə sual verdim. Qarşımdakı adam bir müddət məni süzdü, sonra yavaş və titrək bir səslə:

– Bəli, mənəm! Görünür, təzə təyin olunmuş məmursunuz? Bir az bundan əvvəl sizin üçün stol hazırladılar. Buyurun, xoş gəlmisiniz! – dedi.

Keçib stulda əyləşdim. Stolun üzərindəki solğun mürəkkəb ləkələrini, cızıqları gözdən keçirməyə başladım. Tanış olmayan bir adamla qarşı-qarşıya əyləşən zaman edildiyi kimi, mən də otaq yoldaşımı oğrun baxışlarla süzüb, gözaltı tədqiq etmək, onun barəsində ilk qərarımı vermək istəyirdim. Heç şübhəsiz ki, bu yanlış nəticə olacaqdı. Mənə elə gəldi ki, bu hərəkətimdən onun xəbəri olmadı. Çünki o, yenə də başını qabağındakı kağızın üzərinə əyib, öz işi ilə məşğul olmağa başladı. Vaxt gedirdi. Günortaya yaxın artıq qabağımdakı adama cürətlə baxırdım. Qısa vurulmuş saçlarının üst tərəfi, təpəsi dazlaşmağa başlamışdı. Kiçik qulaqlarının alt tərəfindən boynuna doğru çoxlu qırış uzanırdı. Uzun və nazik barmaqlı əllərini önündəki kağızların üzərində gəzdirir, çətinlik çəkmədən tərcümə edirdi. Arabir müvafiq söz axtarıb tapmağa çalışan adam kimi gözlərini qaldırıb, harayasa baxmaq istəyəndə baxışlarımız toqquşur və bu zaman onun üzündə təbəssümə ox-

şar bir ifadə yaranırdı. Yandan baxdıqda və dazlaş-
mış təpəsinə diqqət verdikdə, çox yaşlı görünürdü.
Halbuki sifətində uşaqlara məxsus saf bir ifadə vardı.
Xüsusilə gülümsəyəndə bu ifadə adamı heyrətə salır-
dı. Altı vurulmuş sarımtıl bığları bu ifadəni daha da
nəzərə çarpdırırdı. Günorta vaxtı, mən nahar etməyə
gedəndə, stolunun gözlərindən birini çəkib, oradan
kağıza sarınmış çörək parçası və kiçik bir termos
çıxartdığını gördüm... "Nuş olsun!" – deyib otaqdan
çıxdım.

Günlərlə bir otaqda, üzbəüz oturduğumuza bax-
mayaraq hələ də bir-birimizlə ətraflı danışıb söhbət
etməmişdik. Başqa şöbələrdəki məmurların çoxu ilə ta-
nış olmuş, hətta işdən birgə çıxanda qəhvəxanada nərd
oynamağa da başlamışdım. Onlardan öyrənmişdim
ki, Raif əfəndi idarənin ən köhnə məmurlarındandır.
Hələ şirkət təşkil edilməmişdən qabaq, indi bizim
işlədiyimiz bankın tərcüməçisi olmuşdur. Bankda
isə nə vaxtdan işlədiyini heç kəs bilmirdi. Ailəsinin
böyüklüyü, aldığı maaşla birtəhər dolanması barədə
söhbətlər gedirdi. Nə üçün müxtəlif səlahiyyətə malik
olan, ona-buna bolluca pul xərcləyən şirkət, ehtiyac
içində yaşayan Raif əfəndinin maaşını artırmır, su-
alına gənc məmurlar gülərək cavab verirdilər: "Ona
görə ki, fərasətsizin biridir. Onun alman dilini bilib-
bilməməsi də hələ şübhəlidir".

Bütün bu danışıqlara baxmayaraq, bir müddətdən
sonra öyrəndim ki, o, alman dilini mükəmməl bilir,
tərcümələri də olduqca dürüst və səlisdir. Yuqosla-

viyanın Suşak limanından alınacaq və göyrüş ağacından, küknardan qayırılmış avadanlıq haqqındakı məktubu, travers dəlmə maşınlarının işləmə qaydasına və ehtiyat hissələrinə işləmə qaydasına və ehtiyat hissələrinə aid məlumatı çox asanlıqla tərcümə etdiyini görmüşdüm. Türkcədən almancaya çevirdiyi şərtnamə və müqavilələri şirkətin müdiri tərəddüd etmədən lazımi ünvanlara göndərirdi. Boş vaxtlarında stolunun bir gözünü açıb, oradan bayıra çıxarmadığı bir kitabı dalğın nəzərlərlə oxuduğunu görmüş və bir gün, "Raif bəy, nə oxuyursunuz?" deyə xəbər almışdım. Pis bir iş üstündə yaxalanan adam kimi qızarmış, kəkələyərək, "Heç... almanca bir romandır!" deyib stolunun gözünü tez bağlamışdı. Bütün bunlara baxmayaraq, şirkətdə heç kəs onun əcnəbi dili bildiyinə inanmırdı. Bəlkə də onların buna haqqı vardı, çünki o təhər-tövründən heç də əcnəbi dili bilən adama oxşamırdı. Danışığında heç bir əcnəbi sözü işlətməzdi, başqa bir dil bilməsi barədə ondan bircə kəlmə də eşidən olmamışdı. Əlində və ya cibində əcnəbi dildə bir qəzet, bir məcmuə görən yox idi. Sözün qısası, "Biz fransızca bilirik" – deyə hay-küy salan adamlara qətiyyən oxşamırdı. Öz biliyi müqabilində maaşının artırılmasına səy göstərməməsi, başqa, yüksək maaşlı iş axtarmaması da haqqında yaranmış bu qənaəti qüvvətləndirirdi.

Hər səhər düz vaxtında işə gələr, günorta yeməyini iş otağında yeyər, axşamüstü xırım-xırda alverdən sonra ləngimədən evinə gedərdi.

Bir neçə dəfə təklif etmişdimsə də qəhvəxanaya getməyə razılıq verməmişdi. "Evdə gözləyər, narahat olarlar" söyləmişdi. Görünür, xoşbəxt bir ailə başçısıdır, arvadı-uşağı ilə daha tez görüşməyə çalışır deyə fikirləşmişdim. Sonralar isə heç belə olmadığını gördüm. Lakin bu haqda sonra danışacağam. Raif əfəndi hər şeyə dözür və işinə can yandırırdı. Buna baxmayaraq idarəmizdə onun haqqında müxtəlif sözlər deyilir, onu dilə-ağıza salırdılar. Həmdi Raif əfəndinin tərcümələrində xırda bir makina xətası tapan kimi, o dəqiqə bu zavallı adamı çağırtdırır, bəzən də özü bizim otağa gəlib, onu danlayırdı. Başqa məmurlarla həmişə çox ehtiyatlı tərpənən, hərəsi bir cür tanışlıqla işə düzəlmiş gənclərdən ağır cavab eşitməkdən çəkinən Həmdi bilirdi ki, Raif əfəndi onunla mübahisəyə girişməyə cürət etməyəcəkdir. Buna görə də onu çox incidər, əzab verər, hər hansı bir tərcümə bir-iki saatlığa gecikdikdə qıpqırmızı qızarıb qışqırar, bütün binanı başına götürərdi. Çünki bəzi adamlar başqalarına hökmlərini, güclərini göstərməkdən zövq alırlar. Həm də müxtəlif səbəblərə görə özlərini müəyyən adamlara göstərmək istəyərkən, belə bir fürsət ələ düşdükdə, ondan dərhal istifadə edirlər...

Raif əfəndi hərdən xəstələnib işə çıxmazdı. Onun xəstəlikləri, əksər hallarda, o qədər də qorxulu olmayan soyuqdəyməydi. Özünün dediyinə görə, bir neçə il bundan əvvəl keçirtdiyi sətəlcəm onu son dərəcə ehtiyatlı etmişdi. Balaca zökəm olan kimi tez evə qapılar, eşiyə çıxdıqda isə yun paltar geyər, idarədə heç vaxt pəncərəni açmazdı. Axşamüstü boynunu, qulaqlarını səriyər, bir az nimdaş qalın paltosunun yaxalığını qaldırmamış idarədən çıxmazdı. Lakin xəstə olduqda da işdən boyun qaçırmazdı. Tərcümə ediləcək yazılar, kağız paylayanla evinə göndərilər, bir neçə saatdan sonra hazır olub geri qaytarılardı. Buna baxmayaraq, müdir və Həmdi həmişə ona eyham vurardılar: "Bax, bu cür cılız, xəstə, ağırtərpənən adamsan, amma biz yenə də səni işdən çıxardıb bayıra tullamırıq". Buna hərdən onun üzünə deməkdən də çəkinməzdilər. Hər dəfə, bir neçə günlük xəstəlikdən sonra idarəyə gəldikdə, bu bədbəxt adamı istehza dolu: "Hə, necəsiniz, inşallah keçdi, deyilmi?" sözləri ilə qarşılayırdılar.

Mən də artıq Raif əfəndidən çəkinmirdim. Əlimdə rabitə çantası, bankları və sifarişçilərimiz olan dövlət idarələrini gəzib dolaşırdım. Arabir sənədləri nizama salaraq, müdirə və ya onun müavininə izahat yazmaq üçün stol başına keçib otururdum. İdarədə çox az olurdum. Buna baxmayaraq belə qənaətə gəlmişdim ki, mənimlə üzbəüz stolda, cansız bir insan kimi hərəkətsiz oturub tərcümə ilə məşğul olan və hərdən stolunun gözündəki "alman roman"ını oxuyan bu şəxs doğrudan da cansıxıcı, daxili aləmi bomboş bir adamdır. Ürəyindəkiləri açmağı tələb edən olsa, etiraz edib müqavimət göstərməz. Hesab edirdim ki, çox sakit, adamayovuşmaz insanın daxilində nəbatat aləmindəki həyatdan çox da fərqli olmayan sadə bir həyat vardır. Sanki qurulmuş bir maşın idi. İdarəyə gəlir, işini görür, səbəbini başa düşmədiyim bir ehtiyatla bəzi kitablar oxuyur, axşamüstü xırım-xırda alış-verişlə məşğul olub evinə qayıdırdı. Adama elə gəlirdi ki, xəstələndiyi günləri istisna etmək şərtilə, yola saldığı günlər, bəlkə də illər, eyni şəkildə, eyni ahənglə axıb gedir. Əməkdaşlarımızın dediklərinə görə o, buraya gələn gündən beləcə yaşayırdı. Bu vaxta qədər, hər hansı şəkildə olursa olsun, həyəcanlandığını görən olmamışdı. İdarə başçılarının ən yersiz, ən haqsız ittihamlarını da həmişə sakit, ifadəsiz baxışlarla qəbul edər, tərcümələrini makinaya verdikdə və hazır olandan sonra geri aldıqda, eyni mənasız təbəssümlə xahiş və ya təşəkkür edərdi.

Bir gün Raif əfəndiyə əhəmiyyət verməyən makinaçı qadınların təqsiri üzündən, bir tərcümənin çapı gecikmişdi. Həmdi bizim otağa gəlib, çox sərt tərzdə: "Hələ çox gözləyəcəyik? Sizə dedim ki, təcili işim var, getməliyəm. Macar şirkətindən gələn məktubun tərcüməsini nə üçün gətirib mənə vermirsiniz?" – deyə bağırdı.

Raif əfəndi tez ayağa qalxaraq:

– Mən tərcümə edib qurtarmışam! Xanımlar nədənsə çap etməyiblər, – dedi.

– Bu işin başqa işlərdən təcili olduğunu sizə demədim?

– Bəli, əfəndim, dediniz. Mən də bunu onlara söylədim.

Həmdi daha da bərkdən qışqırdı:

– Mənə cavab qaytarmaqdansa, sizə tapşırılan işi yerinə yetirin!

Həmdi qapını çırpıb çıxdı.

Raif əfəndi də onun ardınca çıxıb, yenə makinaçı qadınlara yalvarmağa getdi.

Mən bütün bu xoşagəlməz hadisə zamanı Həmdinin mənə ötəri də olsa baxmaması barədə fikirləşirdim. Bu vaxt alman dili tərcüməçisi içəri girdi, öz yerinə keçib oturdu, başını aşağı saldı. Üzündə adamı heyrətə salan, hətta qəzəblənməyə belə sövq edən, həmişəki sarsılmaz soyuqqanlılıq ifadəsi vardı. Əlinə qələm alıb, bir kağızı qaralamağa başladı. Yazı yazmır, nəsə bəzi cizgilər çəkirdi. Lakin onun bu hərəkəti, qeyri-ixtiyari nə isə bir işlə məşğul olan əsəbi adamın hərəkətinə oxşamırdı. Sarımtıl bığlarının altında, dodaqlarının kənarında özündənrazı adam təbəssümünə oxşar ifadə vardı. Əlini kağız üzərində yavaş-yavaş gəzdirir, hərdənbir dayanıb gözlərini qıyaraq, harayasa qabağa baxırdı. Üzündə bir anlığa görünüb, sonra da yox olan təbəssümdən başa düşürdüm ki, o nəyisə xatırlayıb yadına salır və sevinirdi. Nəhayət, qələmi kənara qoydu. Qaraladığı kağızı uzun-uzadı gözdən keçirtdi. Gözlərimi ondan ayırmayıb baxırdım. Bu dəfə üzündə başqa bir ifadənin yarandığını gördükdə təəccübləndim. Elə bil kiməsə yazığı gəlir, heyifsilənirdi. Maraqdan yerimdə otura bilmirdim. Ayağa qalxmaq istədiyim zaman o, yenə də makinaçı qadınların yanına yollandı. Dərhal qalxıb cəld qarşımdakı stola yaxınlaşdım və Raif əfəndinin qaraladığı kağızı götürdüm. Gözüm kağıza sataşan kimi, təəccübdən yerimdə donub qaldım. Ovuc içi boyda bir kağız üzərində Həmdini gördüm. Çox adi, lakin son dərəcə sənətkarcasına işlənmiş beş-on cizgi Həmdini bütün varlığı ilə göz qabağında canlandırırdı... Mənə elə gəlir ki, başqaları bu oxşarlığı görə bilməzdi. Kağızda çəkilmiş şəkillə Həmdi arasında əgər dönə-dönə, diqqətlə baxılsa, oxşar cəhətin olmadığını da görmək olardı. Təkcə bir az bundan qabaq Həmdinin otağın ortasında dayanıb, necə hay-küy saldığını görən adam səhv edə bilməzdi. Vəhşi bir heyvan qəzəbilə, təsvir edilməsi mümkün olmayan bir heyvərəliklə açıla qalmış bu ağız, iki dairə içində, iki nöqtəyə oxşayan, zilləndiyi yeri dəlib-deşmək istəyən bu gözlər... mübaliğəli şəkildə, yanaqlarına qədər yayılıb sifətinə vəhşilik ifadəsi verən bu burun... Bəli, bu bir neçə dəqiqə əvvəl burada durmuş Həmdini, daha doğrusu, onun bütün varlığını, ruhunu əks etdirən bir rəsm idi. Lakin təəccüblənməyimə səbəb bu deyildi. Şirkətə işə girdiyim bu bir neçə ayda mən Həmdi haqqında biri-birinə zidd nəticələrə gəlmiş, müxtəlif fikirlərə düşmüşdüm. Onu bəzən bağışlamağa çalışır, çox vaxt isə ona istehza ilə baxırdım. Əsl sifətilə bugünkü mövqeyinin bəxş etdiyi sifətləri bir-birinə qarışdırıb, sonra bunlardan hansının həqiqi, hansının süni olduğunu ayırmağa çalışırdım, ancaq çaşıb qalır, çətinlik çəkirdim. İndi Raif əfəndinin bir neçə cizgi ilə təsvir etdiyi Həmdi mənim uzun zamandan bəri xəyalımda canlandırmaq istədiyim, ancaq heç cür təsəvvürümə gətirə bilmədiyim adam idi. Üzündəki vəhşiyanə ifadəyə baxmayaraq, onda nəsə acınacaqlı bir cəhət də vardı. Bu vaxta qədər heç yerdə zalımlıq ilə bədbəxtliyin bu dərəcədə vəhdətdə təsvir edildiyini görməmişdim. Həmdi ilə on il yoldaşlıq etdiyimə baxmayaraq, elə bil onu ancaq bu gün tanımışdım. Bu şəkil həm də gözləmədiyim halda Raif əfəndini mənə tanıtmışdı. Onun çox qəribə görünən sarsılmaz soyuqqanlılığının, adamlara yovuşmamasının, onlardan uzaq qaçmasının səbəbini indi çox yaxşı başa düşürdüm. Mühitini yaxşı tanıyan, qarşı-qarşıya gəldiyi şəxsin daxili aləmini bütün çılpaqlığı, qabarıqlığı ilə görən bir adamın həyəcanlanmasına və ya başqasına əsəbiləşməsinə, əlbəttə, heç bir ehtiyac yoxdur. Belə adam bütün alçaqlığı ilə yüksəlmək istəyən bir nəfərin önündə daş kimi lal-dinməz dayanmaqdan başqa nə etməlidir ki? Biz başımıza gələn hadisələrin anlamadığımız, gözləmədiyimiz cəhətlərinə görə əsəbiləşir, inciyir, təəccüblənirik. Lakin əgər bir adam hər şeyə dözməyə hazırdırsa, kimdən nə gözləmək lazım olduğunu qabaqcadan bilirsə, onu sarsıtmaq, hövsələdən çıxarmaq olarmı?

Raif əfəndi məni yenidən maraqlandırdı, gözümdə ucaldı. Bir az bundan əvvəl onu tanımağa imkan verən əlamətlərə baxmayaraq, zehnimdə bu adam haqqında müxtəlif zidd fikirlər dolaşırdı. Əlimdə tutduğum rəsmin cizgilərindəki ustalıq bunun bir həvəskar tərəfindən çəkilmədiyini göstərirdi. Bu rəsmin sahibi uzun zaman rəssamlıqla məşğul olmamış deyildi. Bu rəsmdə, gördüyünü sadəcə əks etdirən bir gözdən başqa, gördüyünü bütün incəlikləri ilə duyub əsaslandırmağı bacaran bir sənətkar məharəti özünü büruzə verirdi.

Qapı açıldı. Kağızı tələsik stolun üstünə qoymaq istədim, lakin gecikdim. Macar şirkətindən gələn məktubun tərcümələri də əlində, mənə tərəf yaxınlaşan Raif əfəndidən üzr istəyirmiş kimi:

– Çox gözəl rəsmdir, – dedim. Fikirləşirdim ki, o özünü itirəcək, sirrini başqasına açacağımdan qorxacaqdır. Heç də belə olmadı. Həmişəki o süni, o dalğın təbəssümlə kağızı əlimdən alaraq:

– Bir neçə il bundan qabaq rəsm çəkməklə bir az məşğul olmuşam... – dedi. – Əlim alışdığı üçün hərdənbir, gördüyünüz kimi, bəzi mənasız şeylər qaralayıram... Adamın ürəyi sıxılanda belə şeylər çəkir ki, fikri dağılsın...

Rəsmi əzişdirib, kağız səbətinə atdı.

– Makinaçı xanımlar çox tələsik çap etdilər, – deyə dodaqaltı deyindi. –Yəqin ki, səhvlər də var, lakin oxuyub yoxlamağa başlasam gec olar, Həmdi bəyi daha da əsəbiləşdirərəm... Nə etməli, əsəbiləşib acıqlanmağa haqqı var... Heç olmasa tez aparıb verim.

Yenə otaqdan çıxdı. Gözlərimlə onu müşayiət etdim, "Haqqı var, haqqı var" – deyə öz-özümə deyinirdim.

Bu gündən etibarən Raif əfəndinin hər bir hərəkəti, ilk baxışda mənasız, əhəmiyyətsiz görünən hərəkətləri məni maraqlandırmağa başladı. Onunla danışıb söhbət etmək, bu adamın mənəvi aləminə bələd olmaq üçün hər fürsətdən istifadə etməyə çalışdım. Elə bil onunla maraqlandığımı heç hiss etmirdi. Mənə qarşı mülayim olsa da, münasibətimizdəki soyuqluğu aradan qaldırmağa imkan vermirdi. Dostluğumuz üzdən nə qədər möhkəmlənirdisə, daxili aləmi, ürəyindəkilər mənim üçün bir o qədər gizli qalırdı. Ailəsini görüb onun bu ailədə tutduğu mövqeyi görəndən sonra Raif əfəndi ilə daha artıq maraqlanmağa başladım. Ona yaxınlaşmaq üçün atdığım hər bir addım məni yeni müəmmalarla qarşılaşdırırdı.

Həmişəki adi xəstəliklərindən birində ilk dəfə onun evinə getdim. Həmdi tərcümə edilib, sabaha hazır olmalı bir kağızı xadimə ilə ona göndərmək istəyirdi.

– Ver aparım, həm də ona baş çəkərəm, – dedim.

– Çox gözəl... Bax gör nə olub? Bu dəfə xəstəliyi çox uzandı.

Həqiqətən bu dəfə xəstəliyi çox sürmüşdü. Bir həftədən artıq idi şirkətə gəlmirdi. Əməkdaşlarımızdan biri, İsmət paşa məhəlləsindəki evinin yerini mənə nişan verdi. Qışın ortaları idi. Hələ ertədən qaranlığa bürünmüş küçələrlə getdim. Ankaranın asfalt döşəməli yollarından fərqli olaraq, səkiləri sökülüb dağılmış dar məhəllələri keçdim. Bunlardan sonra biri-birinin ardınca gah yoxuş, gah eniş başlandı. Uzun bir yolun qurtaracağında, şəhərin kənarında, sola döndüm və yaxınlıqdakı açıqlıqda yerləşmiş qəhvəxanaya girib, Raif əfəndinin evini xəbər aldım. "Daşlıqlar və qum təpəcikləri olan açıqlıqdakı ikimərtəbəli sarı rəngli tənha binadır" – dedilər. Raif əfəndinin alt mərtəbədə yaşadığını bilirdim. Zəngi çaldım. Qapını on-on iki yaşında bir qız açdı. Atasını xəbər alanda özünü gülümsəməyə məcbur edib, dodaqlarını büzərək:

– Buyurun, – dedi.

Düşünürdüm ki, evi bəzəkli-düzəkli olmaz. Bu fikrimdə də yanıldım. Yemək otağı kimi istifadə edildiyi görünən ara otaqda açılıb-yığılan böyük bir stol, içi büllur qablarla dolu bufet vardı. Yerə qəşəng bir Sivas xalısı döşənmişdi. Yan tərəfdəki mətbəxdən xörək qoxusu gəlirdi. Qız məni əvvəlcə qonaq otağına ötürdü. Buradakı əşyalar həm qəşəng, həm də qiymətli idi. Qırmızı rəngli məxmər kreslolar, qoz ağacından qayırılmış alçaq siqar stolları və bir kənarda qoyulmuş böyük bir radio cihazı vardı. Hər tərəfdə stolların üstünə, taxtların söykənəcəyinə krem rəngli nəfis krujeva örtüklər salınmışdı. Divarlardan baş-başa dayanmış cavan arvad və kişi şəkilləri asılmışdı.

Qız bir neçə dəqiqədən sonra qəhvə gətirdi. Nədənsə onun üzündə bir dəcəllik ifadəsi vardı, elə bil məni ələ salıb alçaltmaq istəyirdi. Fincanı əlindən alanda:

– Əfəndim, atam özünü yaxşı hiss etmir, yataqdan durmur. Buyurun içəri keçiniz! – dedi. Həm də bu sözləri söyləyərkən, kübar adamlara məxsus bir rəftara mənim heç də layiq olmadığımı qaş-gözünü oynatmaqla bildirmək istəyirdi.

Raif əfəndinin yatdığı otağa girəndə özümü tamam itirdim. Bura evin başqa hissələrinə oxşamırdı, otaqda xəstəxana palatası və ya axşam məktəbi yataqxanası kimi, bir neçə ağ çarpayı yan-yana düzülmüşdü. Raif əfəndi çarpayılardan birində, üstündə ağ örtük, gözündə eynək yarı oturmuş vəziyyətdə uzanmışdı, başını tərpətdi, məni salamlamağa çalışdı. Stul götürüb oturmaq istədim. Otaqdakı iki stulun üstü müxtəlif paltarlarla – qısa yun köynək, qadın corabları, kirli ipək paltarlarla dolu idi. Rəngi çürümüş albalı rənginə çalan, qapısı yarıaçıq paltar şkafında necə gəldi asılmış paltarlar və bunların da alt tərəfində bağlı boğçalar vardı. Otaqda adamı heyrətə salan bir səliqəsizlik hökm sürürdü. Raif əfəndinin baş tərəfindəki komodun üstündə ağ dəmir məcməyinin içində günortadan qaldığı bilinən çirkli şorba nimçəsi, ağzı açıq su qrafini və kağıza bükülü dərmanlar, şüşələr vardı.

Xəstə:

– Keçin burada oturun, – deyə yatağının ayaq tərəfini göstərdi.

Dediyi kimi də etdim. Raif əfəndinin çiynində, dirsək yerləri süzülmüş, yundan toxunma ala-bula bir qadın jaketi vardı. Başını çarpayının ağ dəmirinə dayamışdı. Paltarları mənim oturduğum tərəfdə, çarpayının ayaq tərəfindən asılmışdı.

Otağı gözdən keçirdiyimi hiss edən ev sahibi:

– Mən burada uşaqlarla oluram. Otağı alt-üst edirlər... Nə etməli, evimiz darısqaldır, yerləşmirik...
– dedi.

– Çoxsunuz?

– Kifayət qədər varıq. Cavan bir qızım var, li-
seydə oxuyur... Birisini də indicə gördünüz... Bundan
başqa... baldızım və əri, iki qaynım... onlarla birlikdə
oluruq. Baldızımın da... iki uşağı var... Ankarada ev
dərdi çəkməyən adam tapılar?! Ayrı-ayrı yaşamağa
da imkanımız yoxdur.

Bu vaxt o biri otaqdan arabir çalınan zəng səsi
eşidilir, səs-küy qopur, ucadan deyilən sözlərdən, ev
adamlarından kimsə qayıtdığı bilinirdi. Saçları qu-
laqlarının üstünə və üzünə dağılmış, qırx yaşlarında
şişman bir qadın içəri girib Raif əfəndinin qulağına
tərəf əyildi, nəsə dedi. O cavab vermədən mənə tərəf
işarə edərək:

– İdarə yoldaşlarımdandır... – deyə məni təqdim
etdi. – Bu da rəfiqəmdir.

Sonra arvadına tərəf dönərək:

– Pencəyimin cibindən götür, – dedi.

Qadın bu dəfə onun qulağına tərəf əyilmədən
dedi:

– Yox ey, pul üçün gəlməmişəm. Kim gedib ala-
caq?.. Sən də sağalıb ayağa durmursan ki...

– Nurtəni göndər. Üç addımlıq yoldur!

– Gecə vaxtı boyu bir qarış uşağı baqqal dükanına
göndərim?! Belə soyuq havada, özü də qız uşağı?.. Tu-
təlim dedim ki, get, sözümə qulaq asacaq?..

Raif əfəndi fikrə gedib, nəhayət, çıxış yolu tapmış
adam kimi başını əyərək:

– Gedər, gedər! – dedi və gözlərini harasa bir nöqtəyə zillədi. Qadın otaqdan çıxandan sonra mənə tərəf dönüb:

– Bizim evdə çörək almaq müşkül işdir. Mən xəstələndimmi, çörək üçün gedəcək adam tapılmaz, – dedi.

Sanki mənə dəxli varmış kimi:

– Məgər qayınlarınız xırdadırlar? – deyə soruşdum.

Mənə baxıb cavab vermədi. Üzündəki ifadədən mənim sualımı heç eşitmədiyini zənn etmək olardı.

– Yox, uşaq deyillər, – dedi, – hər ikisi işləyir. Onlar da bizim kimi məmurdurlar. Bacanağımız İqtisad Nazirliyində qulluq edir, onların hər ikisini işə düzəldib. Oxumaq istəmədilər. Əllərində heç orta məktəb şəhadətnaməsi də yoxdur.

Birdən-birə sözünü kəsib soruşdu:

– Yəqin tərcümə üçün yazı gətiribsiniz?

– Bəli... Sabaha lazımdır. Səhər tezdən xadiməni göndərəcəklər.

Kağızları alıb, yanına qoydu.

– Mən də sizə baş çəkmək istədim.

– Təşəkkür edirəm. Xəstəliyim uzun çəkdi. Cəsarət edib ayağa qalxa bilmirəm, zəifləmişəm.

Nəyisə öyrənməyə çalışan maraq dolu nəzərlərlə mənə baxırdı. Görünür, ona göstərdiyim yaxınlığın səmimi olub-olmadığını müəyyənləşdirmək istəyirdi. Onu inandırmaq üçün əlimdən gələni edəcəkdim. Lakin gözlərində bu vaxta qədər ilk dəfə gördüyüm bir həyəcan nişanəsi, parıltı sezdim və bu parıltı bir göz qırpımında da yox oldu. Baxışında həmişəki ifadəsizlik, həmişəki quru təbəssüm göründü.

Dərindən nəfəs alıb ayağa qalxdım.

Birdən-birə doğrulub əlimi tutdu:

– Mənə baş çəkdiyinizə görə təşəkkür edirəm, oğlum! – dedi.

Səsində bir mehribanlıq vardı. Elə bil fikrimdən keçənləri oxumuşdu.

* * *

Əslində, elə bu gündən başlayaraq, Raif əfəndi ilə aramızda bir yaxınlıq əmələ gəldi. Onun mənə qarşı rəftarının dəyişdiyini söyləməyə ehtiyac yoxdur. Bununla belə, mənimlə səmimi olduğunu, ürəyindəkiləri açıb söylədiyini iddia etməyi də ağlıma gətirmirdim. O, əvvəlki kimi yenə də qapalı, sirrini saxlayan adam idi. Düzdür, bəzən axşamlar idarədən birlikdə çıxıb, evinə qədər gedər, hətta hərdən içəri girib qırmızı mebelli qonaq otağında qəhvə də içərdik, lakin bu zaman ya heç dinib-danışmaz, yaxud da havadan, sudan, Ankaradakı bahalıqdan, İsmət paşa məhəlləsindəki səkilərin bərbadlığından söhbət edərdik. Çox nadir hallarda evindən, arvad-uşağından bir söz deyərdi. Hərdən: "Bizim qız riyaziyyatdan yenə yaxşı qiymət almayıb" – deyər, sonra tez söhbəti dəyişərdi. Mən də bu haqda sorğu-sualdan çəkinərdim. Onu ilk dəfə yoluxduğum axşam rastlaşdığım ailə üzvləri mənə heç də yaxşı təsir bağışlamamışdı.

Xəstənin yanından çıxıb, ara otaqdan keçərkən ortalıqdakı böyük stolun ətrafında oturmuş iki gənc oğlan və on beş-on altı yaşlarında cavan bir qız biri-

birilərinə qısılaraq, mənim hələ keçib getməyimi gözləmədən pıçıldaşıb gülməyə başladılar. Gülmək üçün heç bir əsas, heç bir səbəb olmadığını bilirdim. Lakin görünür, bunlar da o yaşlardakı daxili aləmi bomboş adamlar kimi ilk rast gəldikləri şəxsə istehzalı təbəssümlə baxıb gülməyi bir növ üstünlük əlaməti hesab edirdilər. Kiçik Nurtən də bacısına, dayılarına xoş gəlmək üçün qaş-gözünü oynadırdı. Sonralar da hər dəfə bu evə gələndə eyni səhnə ilə qarşılaşırdım. Mən də gənc idim, iyirmi beş yaşım hələ tamam olmamışdı. Lakin bir sıra gənclərdə gördüyüm bu qəribə xüsusiyyət, daha doğrusu, ilk dəfə rast gəldikləri, tanımadıqları şəxsi qəribə, gülməli adam hesab etmək həvəsi, məndə təəccüb oyadırdı. Raif əfəndinin də vəziyyəti bir o qədər xoşagələn deyildi. Onun ev adamları arasında, əhəmiyyətsiz, artıq bir əşya vəziyyətində olduğunu hiss edirdim.

Sonralar bu evə gəlib-getdikcə buradakı cavanların hamısı ilə tanış oldum. İnandım ki, onlar heç də pis adamlar deyillər. Nalayiq, kobud hərəkətləri də mənəviyyatlarının boşluğundan irəli gəlir. Onlar başqa adamları lağa qoymaqla öz daxili boşluqlarını doldurmağa çalışır, özlərinə təsəlli verirdilər. Danışıqlarına diqqət verərdim. İqtisad Nazirliyinin kiçik məmurları Vedat və Cihadın öz idarə yoldaşlarını, Raif əfəndinin böyük qızı Neclanın isə öz məktəb rəfiqələrini vuruşdurmaqdan, onların özlərində də eynilə mövcud olan bir sıra geyim və hərəkət qəribəliklərini təkcə başqalarında görüb məsxərəyə qoymaqdan və mənalı-mənalı gülməkdən başqa işləri yoxdu.

– O uzundrazın toyda getdiyi paltar nə idi, ha, ha, ha!

– Bir görəydin qız bizim Orxanı necə acıladı... ha, ha, ha!..

Raif əfəndinin baldızı Fərhunda xanım ancaq üç-dörd yaşlarında olan iki uşağı ilə məşğul olardı. Əlinə fürsət düşən kimi onları bacısının öhdəsinə buraxar, əyninə ipək paltar keçirər, tələm-tələsik bəzənib gəzməyə gedərdi. O, bundan başqa bir şey haqqında fikirləşmək iqtidarında da deyildi. Onu ancaq bir neçə dəfə bufetin üstündəki güzgü qarşısında, rənglənib burulmuş saçlarını papağının altına yığışdırmaq-la məşğul olduğu zaman görmüşdüm. Otuz yaşla-rında cavan bir qadın olsa da, gözlərinin və ağzının kənarlarını saysız-hesabsız qırışlar bürümüşdü. Göy muncuğa oxşar gözləri bir şey üzərində bir saniyədən artıq durmaz, elə bil doğulduğu gündən bəri məhkum olduğu anlaşılmaz daxili bir sıxıntı əks etdirərdi. Üst-başı həmişə baxımsız, əl-üzü kirli idi, solğun sifətli uşaqlarını ona naməlum qatı düşmən tərəfindən veril-miş iki cəza hesab edərdi. Bəzənib-düzənərək küçəyə çıxmaq istədikdə, çirkli əlləri ilə üst-başına, paltarına toxunmamaları üçün uşaqları özündən kənar etməyi də bacara bilməzdi. Fərhunda xanımın əri, İqtisad Nazirliyində şöbə müdiri işləyən Nurəddin bəy isə Həmdinin bir başqa növü idi. O, otuz-otuz iki ya-şında olardı. Qıvrım dalğalı saçlarını səliqə ilə arxaya darayıb qabardar: "Necəsiniz?" – dedikdən sonra elə bil mühüm bir sirr soruşurmuş kimi dodaqlarını biri-birinə yapışdıraraq, başını yüngülcə aşağı əyərdi. Danışarkən adama soyuq nəzərlərlə baxar və bu vaxt gözlərində: "Ay-hay, siz də danışdınız ha, siz, nə bilirsiniz ki?" fikrini ifadə edən bir təbəssüm dolaşardı.

Sənaye məktəbini bitirdikdən sonra dabbaqlıq sənətini öyrənmək məqsədilə İtaliyaya göndərilmişdi. Lakin orada ancaq bir xarici dili ala-babat öyrənmiş, bir də təşəxxüslü adamlara xas olan davranışlara yiyələnmişdi. Buna baxmayaraq o, həyatda müvəffəqiyyətlərə nail olmağa kömək edən mühüm məziyyətlərə də malik idi. Özünün daha yüksək mərtəbələrə layiq olduğuna böyük inam bəsləyər, qanıb-qanmadığı hər məsələ haqqında müəyyən mülahizə yürüdər, hamını lağa qoyardı. Ətrafındakı adamların gözündə öz qiymətini qaldırmağa çalışardı (Mənə belə gəlir ki, bu ev adamlarındakı xəstəlik – başqalarını lağa qoymaq xəstəliyi onlara, özündən müştəbeh Nurəddin bəydən keçmişdi.).

Nurəddin bəy həmişə üst-başına fikir verər, hər gün üzünü qırxar, şalvarını öz nəzarəti altında tez-tez ütülətdirər, ayaqqabıların ən yaxşısını, corabın ən modalısını tapıb almaq üçün şənbə günü səhərdən axşamadək dükanları gəzərdi. Sonralar öyrəndim ki, aldığı maaş onun və arvadının geyiminə zorla çatır. Qayınlarının qazandıqları otuz beş lirədən də evə heç bir kömək dəymədiyi üçün, evin bütün xərci az maaş alan Raif əfəndinin öhdəsinə düşürdü. Bütün bunlara baxmayaraq, evdə yazıq Raif əfəndidən başqa hamının zurnası çalınırdı. Hələ qırx yaşına çatmadan qocalmış, döşləri qarnına qədər sallanan, qəribə bir köklüyə malik Mehriyyə xanımın, Raif əfəndinin arvadının günü mətbəxdə xörək bişirmək, boş vaxtlarında qalaq-qalaq uşaq corabı yamamaq, bacısının şıltaq uşaqlarına baxmaqla keçirdi, ancaq yenə də nədənsə o da heç vaxt öz adamlarını yarıtmırdı. Heç kəs evin xərci-xiracatı barədə düşünməz, əksinə, hər kəs özünü daha yaxşı həyata layiq gördüyü üçün hər şeyə ağız büzər, hər xörəkdə bir dadsızlıq axtarıb tapardı. Nurəddin bəyin "canım, bu nədir?" sözləri elə bil: "Allah eşqinə, deyin görüm, mənim verdiyim yüz lirələrlə pul hara gedir?" mənasında deyilərdi. Boyunlarına yeddi lirəlik bahalı şərf bağlayan qayınları: "bu xörək mənim xoşuma gəlmir, mənim üçün yumurta bişir", yaxud "mən doymadım, mənim üçün ət qızart!" – deyib bacıları Mehriyyəni süfrə başından qaldırıb, mətbəxə göndərməkdən də utanmazdılar. Bundan başqa, axşamüstü çörək almaq üçün on bir quruş pul gərək olduqda bunu ciblərindən verməyə qıymayıb, otağında xəstə yatan Raif əfəndini yuxudan oyadardılar. Bu da kifayət deyilmiş kimi, onun nə üçün hələ də sağalıb durmadığına və baqqal dükanına özü getmədiyinə görə əsəbiləşərdilər.

Gələn qonaqların gözündən gizli qalan guşələrdəki qarmaqarışıqlığın, səliqəsizliyin əksinə olaraq, qonaq və aralıq otaqdakı səliqə-sahman müəyyən dərəcədə Nəclanın əməyinin nəticəsi idi. Evin başqa adamla-

36

rı da əlaqədə olduqları dostlarına yaxşı görünsünlər deyə, evin ancaq müəyyən bir hissəsinin bu şəkildə bəzədilib-düzəldilməsini lazım bilmişdilər. Məhz buna görə onlar da xeyli vaxt çətinliyə qatlaşmış, bir neçə il mebel mağazalarına təqsid ödəməkdə iştirak etmişlər. İndi qırmızı məxmərli mebellər, qonaqları razılıqla başlarını əyməyə məcbur edir, on iki lampalı radionun səsi məhəlləni başına götürürdü. Aynalı bufetə düzülmüş və üzərinə gümüşü ulduzlar nəqş olunmuş büllur içki qədəhləri isə evə tez-tez qonaq dəvət eləyən, içki süfrəsi açan Nurəddin bəyi yaşıdlarının gözündə ucaldırdı.

Bütün çətinlikləri öz çiynində daşıyan Raif əfəndi olsa da, evdə onun yoxluğu ilə varlığı bilinməzdi. Ev adamları, kiçikdən tutmuş böyüyə qədər hamı ona etinasız yanaşar, onunla ancaq gündəlik ehtiyac və pul məsələlərindən danışardılar. Hətta bunu da əksər hallarda Mehriyyə xanımın vasitəsi ilə həll etməyi lazım bilərdilər. Elə bil cansız bir maşın idi, sifarişləri alıb səhər evdən eşiyə çıxar, axşamüstü əlləri dolu geri dönərdi. Beş il bundan əvvəl, Fərhunda xanımla evlənmək istədiyi vaxt, Raif bəyin ardınca düşüb ondan əl çəkməyən, ona xoş görünmək üçün müxtəlif cildlərə girən, nişandan sonra hər dəfə evə gələndə gələcək bacanağının da ürəyini ələ almaq üçün sovqat gətirməyi unutmayan Nurəddin bəy də indi son dərəcə mənasız hesab etdiyi bu adamla eyni evdə yaşamaqdan, elə bil cana gəlmişdi. Daha çox pul qazanmadığına, bu evdə daha firavan yaşayış təmin edilmədiyinə görə ona acığı tutardı, eyni zamanda da onu bir heç, əhəmiyyəti olmayan bir sıfır hesab eləyərdi. Çox ağıllı qıza oxşayan Nəcla və hələ ibtidai məktəbdə oxuyan Nurtən də görünür, xalası ərinin, xalasının və dayılarının təsiri altına düşmüşdü, atalarına qarşı münasibətlərində ümumi mühitə uyğunlaşmışdılar. Ona qarşı sevgilərində belə sanki məhkum edildikləri cəzanı tez başa vurmağa çalışan adamların tələsikliyi görünürdü. Xəstə ataları ilə rəftarları da dilənçiyə göstərilən mərhəmətə oxşayırdı. Təkcə arvadı, illər boyu bitib-tükənməyən ev işlərindən başı ayılmayan və gündəlik güzəran dərdindən qocalmış Mehriyyə xanım əlindən gələn qədər ərinə baxar, onun öz övladlarının gözündə alçalmamasına, hörmətdən düşməməsinə çalışardı. Şam vaxtı evdə bir qonaq olanda, qardaşlarının və Nurəddin bəyin: "Bacanağım gedib alsın" deyə ucadan əmr etmələrinə yol verməmək üçün ərini yataq otağına çağırıb, xoş bir sözlə: "Get, baqqal dükanından səkkiz yumurta və bir şüşə üzüm arağı al. Nə edim, onları süfrə başından qaldırmayacağam ki!" deyərdi. Ərinin və özünün bu qonaqlıqlar zamanı nə üçün süfrə başında oturmamaları barədə düşünməzdi. Fikirləşməzdi ki, qırx ildə heç olmazsa bircə dəfə bu cür süfrə başında ərilə yanaşı otursa, nə üçün bu başqalarına qarşı bir etinasızlıq hesab edilə bilər? O nəinki bu barədə düşünməz, hətta bunun heç fərqinə də varmazdı.

Raif əfəndinin də öz arvadına münasibəti qəribə idi. Aylardan bəri əyninə bir dəfə də olsun mətbəx paltarından başqa bir şey geyməyə macal tapmayan bu qadının halına elə bil acıyırdı.

Hərdənbir:

– Necəsən, xanım, deyəsən, bu gün çox yorulub? – deyə soruşar, bəzən onunla üz-üzə əyləşib, uşaqların necə oxumalarından, yaxınlaşmaqda olan bayram xərclərindən söhbət edərdi. Başqa qohumları ilə gözə çarpacaq mənəvi bir tellə bağlı olduğunu göstərən heç bir əlamət yox idi. Bəzən gözlərini böyük qızına zilləyər, ondan nəsə şirin bir söz, xoş bir hərəkət gözləyirmiş kimi dayanıb durardı. Lakin bu hal çox tez ötüb keçər, qızının mənasız bir sözü, yersiz bir hərəkəti aralarındakı boşluğu o dəqiqə büruzə verərdi. Raif əfəndinin bu hərəkətləri barədə çox fikirləşər, onun nə cür adam olduğunu başa düşməzdim. Lakin əmin idim ki, o, zahirən göründüyü kimi deyil. Belə bir insan öz yaxın adamlarından, qohumlarından uzaqlaşmağa çalışmamalıdır. Görünür, əsl səbəb ətrafındakı adamların onu başa düşməmələridir. O, özünü tanıtmaq üçün təşəbbüs göstərən adamlardan deyildi. Artıq aralıqdakı buzu əritməyə, Raif əfəndinin ətrafındakı adamların biri-birinə qarşı hiss etdikləri o dəhşətli yabançılığı ortadan qaldırmağa ehtiyac da yox idi. İnsanlar biri-birilərini tanımağın nə qədər çətin olduğunu bildiklərinə görə, bu zəhmət tələb edən işə girişməyə təşəbbüs etməkdənsə, biri-birilərinə kor-koranə yanaşmağı və yaşayış uğrundakı mübarizədə biri-birilərinin varlığından xəbərsiz olmağı üstün tuturlar.

Dediyim kimi, Raif əfəndi təkcə böyük qızı Nəcladan nəsə umar, nəsə gözlərdi, üz-gözünü oynatmaqda, davranışlarında, rəftarında ənlikli-kirşanlı xalasını təqlid edən və bütün mənəvi gücünü ədabaz xalası ərindən alan bu qızda, zahirən kobud olsa da, safürəkli, təmiz adamlara xas cəhətlər də nəzərə çarpırdı. Atasına qarşı çox ədəbsiz, soyuq olan bacısı Nurtənin hərəkətlərinə görə o, bəzən xəcalət çəkər, pərt olardı. Otaqda Raif əfəndidən istehza ilə danışılanda, bəzən qapını hirslə çırpıb bayıra çıxardı. Lakin bu hallar gizlində qorunub saxlanmış əsl insani keyfiyyətlərin ara-sıra büruzə verilməsi üçün göstərilən nadir təşəbbüslərdən ibarət olurdu. Mühitin illərcə, həm də aram-aram, yorulmadan yaratdığı saxta sifətlər daha qüvvətli idi, əsl insani keyfiyyətlərin baş qaldırıb meydana çıxmasına imkan vermirdi. Lakin mən bəlkə də gəncliyimdən irəli gələn bir səbirsizliklə Raif əfəndinin bu lal-dinməzliyinə dözməyib əsəbiləşirdim. Şirkətdə, evdə ona ruhən tamam yad adamların hörmətsizliklərinə dözməsi bir yana dursun, hələ üstəlik onların haqlılıqlarını da isbat etməyə çalışardı.

Mən bilirdim ki, bəzən adamlar, onları əhatə edən insanlar tərəfindən başa düşülmür, onların haqqında səhv nəticələr çıxarılır. Vaxt keçdikcə bu adamlar öz tənhalıqları ilə fəxr etməyə, bundan kinli-kinli zövq almağa başlayırlar. Lakin mən heç vaxt təsəvvürümə gətirə bilməzdim ki, onlar öz hərəkətlərini düzgün hesab edə bilərlər. Onun hissləri kütləşmiş bir adam olmadığını müəyyən yollarla aydınlaşdırmışdım, hətta əksinə, o, ürəyi tez sınan son dərəcə həssas və diqqətli bir adam idi. Həmişə harayasa, hansı bir nöqtəyəsə zillənirmiş kimi görünən gözlərindən heç nə yayınmazdı. Bir gün mənə gətiriləcək qəhvə üstündə qızlarının eşikdə biri-birinə yavaş səslə: "sən hazırla" deyə mübahisə etdiklərini eşitdikdə səsini də çıxarmadı, lakin on gündən sonra ikinci dəfə evlərinə gedəndə tələsik ağzını qapıya tərəf tutub:

– Qəhvə hazırlamayın, içmək istəmirlər, – dedi. Ona ağır gələn bir hadisənin təkrar olunmasını istəmədiyi üçün belə hərəkət etməsi mənim ona yaxınlaşmağıma, ona daha çox bağlanmağıma səbəb oldu.

Hələ də biri-birimizlə ağıllı-başlı söhbət edib dərdləşməmişdik. Lakin artıq buna təəccüb də etmirdim. Onun səssiz-səmirsiz bir həyat keçirməsi, hər şeyə dözüb qatlaşması, adamların yersiz, boş danışıqlarına mərhəmətlə, ədəbsizliklərinə isə əyləncə kimi baxması hər şeyi izah edən qənaətbəxş bir ifadə deyildimi?

Məgər birlikdə yol getdiyimiz zaman yanımca addımlayan adamın əsl insan olduğunu bütün varlığımla hiss etmirdimmi? İnsanların biri-birini başa düşmələri üçün, biri-birinin daxili aləmini, ürəyini tədqiq edib öyrənmələri üçün danışmağın heç də zəruri olmadığını elə bu vaxtlar başa düşdüm. Bəzi şairlərin təbiətin gözəlliyini seyr edərkən nə üçün yanlarında dinib-danışmadan addımlayan bir yol yoldaşı axtarmalarının səbəbini yaxşı başa düşdüm. Ona xoş gəldiyimi hiss edirdim. Hər kəsə, eləcə də mənə, ilk dəfə tanış olduğumuz vaxtlar göstərdiyi o ürkəklikdən əsər-əlamət qalmamışdı. Lakin elə günlər olurdu ki, birdən-birə dəliliyi tutur, gözləri sönük bir ifadə alıb kiçilirdi. Ona müraciət edəndə, hər cür yaxınlığı rədd edən yavaş bir səslə cavab verirdi. Belə hallarda tərcümə etməkdən də əl çəkər, qələmi dəfələrlə yerə qoyub gözlərini saatlarla qabağındakı kağızlara zilləyib dururdu. Bu vaxt onun fikrinin çox uzaq yerlərə, bundan çox qabaq illərə köçdüyünü və oraya heç kəsi buraxmayacağını başa düşür, o aləmə soxulmaq təşəbbüsündə olmurdum. Təkcə məni daxili bir qorxu bürüyürdü. Çünki müəyyən etmişdim ki, Raif əfəndi hər dəfə belə qəribə hallardan sonra, belə günlərdən sonra xəstələnir. Səbəbini tezliklə öyrənə bildim, həm də çox kədərli bir şəkildə öyrəndim. Ancaq bu haqda yeri gələndə danışacağam.

Fevralın ortaları idi. Bir gün Raif əfəndi yenə şirkətə gəlmədi. Axşamüstü evinə getdiyim zaman qapını arvadı Mehriyyə xanım açdı.

– Sizsiniz, buyurun, – dedi. – Bir az bundan qabaq yuxuya getdi... İstəyirsinizsə oyadım...

– Xeyr, narahat etməyin... Necədir? – deyə soruşdum. Qadın məni qonaq otağına ötürdü.

– Qızdırması var. Bu dəfə ürəkağrısından da danışır. – Sonra şikayət dolu səslə əlavə etdi:

– Ah oğlum, o heç özünə baxmır... Axı uşaq deyil ki... Ortada heç bir şey olmaya-olmaya birdən-birə əsəbiləşir... Bilmirəm ona nə olub... Adamla oturub iki

kəlmə söz danışmır... Evdən çıxıb harasa gedir, dola-
şır... Sonra da xəstələnib yorğan-döşəyə düşür.

Bu zaman yan otaqdan Raif əfəndinin səsi eşi-
dildi. Qadın tez oraya cumdu. Təəccübləndim. Çün-
ki həmişə səhhətinə fikir verən, yun paltarlar içində
özünü qorumağa çalışan bu adamın ehtiyatsızlıq
edəcəyini gözləmək olardımı? Mehriyyə xanım geri
qayıdıb:

– Qapı döyülən kimi oyanıb. Buyurun, içəri keçin,
– dedi.

Raif əfəndinin vəziyyəti bu dəfə çox ağırdı. Üzü
sapsarı idi. Tez-tez nəfəs alırdı. Həmişə uşaq kimi
gülümsəyərdi, amma bu dəfə üzü qəribə bir ifadə
aldı, elə bil əzab çəkirdi. Gözləri çuxura düşmüşdü.

– Sizə nə oldu, Raif əfəndi, keçmiş olsun, – dedim.

– Təşəkkür edirəm.

Nəfəsində yüngül bir xırıltı vardı. Öskürəndə
sarsılır, sinəsi xırıldayırdı. Marağımı boğa bilməyib
xəbər aldım:

– Olmaya özünüzü soyuğa veribsiz? Hər halda
soyuqdəymə olar...

Yatağının ağ örtüyünü uzun müddət gözdən keçi-
rib danışmadı. Uşaqlarının və arvadının ağ çarpayı-
ları arasına zorla yerləşmiş kiçik dəmir soba otağı çox
qızdırmışdı, ancaq yenə də soyuqdan üşüyən adama
oxşayırdı. Yorğanı boğazına qədər çəkib:

– Bəli, görünür, soyuq dəyib, – dedi. – Dünən ax-
şam yeməyindən sonra küçəyə çıxmışdım...

– Bir yerəmi getmişdiniz?

– Xeyr... Bir qədər gəzişmək istədim... Nə bilim... Ürəyim sıxılırdı...

Onun "ürəyim sıxılırdı" deməsi məni düşündürdü. Bu nə ilə əlaqədar idi.

– Görünür, xeyli yol getmişəm... Kənd Təsərrüfatı İnstitutu tərəflərə gedib çıxmışdım. Keçiörən yoxuşuna qalxmışdım... Bilmirəm, tez-tez yürümüşdüm, nədir... tərləmişdim... yaxamı açdım... hava küləkli idi... bir az da qar yağırdı... Nəsə soyuq dəydi...

Gecə vaxtı qarda, küləkdə, sinəsi açıq saatlarca yollarda təkbaşına dolaşmaq Raif əfəndidən gözləniləsi hərəkət deyildi.

– Ürəyiniz nə üçün sıxılırdı? Bir səbəbmi vardı? – deyə soruşdum.

Qorxa-qorxa cavab verdi:

– Yox, canım... hərdən belə şeylər olur... gecə vaxtı təkbaşına gəzişmək istədim. Bilmirəm, bəlkə də evdəki səs-küydən ürəyim sıxıldı.

Elə bil ağzından artıq bir söz qaçacağından ehtiyat edib tələsik:

– Görünür, adam qocalanda belə olur, – dedi. – Arvad-uşaqda günah yoxdur.

O biri otaqda yenə səs-küy, əsəbi danışıq ucalmağa başladı. Məktəbdən qayıdan böyük qızı içəri girib atasının yanaqlarından öpərək:

– Atacan, necəsən? – deyə soruşdu, sonra mənə tərəf dönüb əlimi sıxdı.

– Bilirsiniz, həmişə belə olur... Birdən "gedib bir qədər qəhvəxanada oturmaq istəyirəm" fikri beyninə

girir. Sonra da bilmirəm, oradamı, yoldamı özünü so-
yuğa verib xəstələnir... Neçə dəfə belə olub... Heç başa
düşmürəm qəhvəxanada nə var?!

O, paltosunu soyunub, stullardan birinin üstünə
atdıqdan sonra cəld otaqdan çıxdı. Elə bil Raif
əfəndinin bu cür xəstələnməsinə alışmışdı və artıq
buna çox da əhəmiyyət vermirdi.

Xəstənin üzünə baxdım. O da gözlərini mənə
zilləmişdi. Bu gözlərdə nə bir izahat, nə də bir heyrət
vardı. Mən onun ev adamlarına yalan söyləməsilə
yox, nə üçün həqiqəti açıb mənə danışmaması ilə
maraqlanır, lakin bununla bir az da fəxr edirdim. Bir
adama başqalarından daha yaxın olduğunu bildiyin
zaman duyduğun iftixar hissilə fəxr edirdim.

Eşiyə çıxıb evə yollandığım zaman öz-özümə
fikirləşirdim. Görəsən, Raif əfəndi doğrudanmı mənə-
viyyatı bomboş adamdır? Şübhəsizdi ki, həyatda heç
bir məqsədi yox idi. İnsanlara, yaxın adamlarına qarşı
da heç bir yaxınlıq, ünsiyyət hiss etmirdi... Yaxşı, bəs o
nə istəyir? Onu gecə vaxtı küçələrdə təkbaşına dolaş-
mağa məcbur edən daxilindəki boşluq, həyatındakı
bu məqsədsizlikmi idi?..

Gözləmədiyim halda özümü yaşadığım otelin
qarşısında gördüm. Burada, iki çarpayı zorla yerləşən
otaqların birində, başqa bir kirayənişinlə birlikdə ya-
şayırdım. Saat səkkizdən keçirdi. Yemək istəmədiyim
üçün otağıma çəkilib, bir qədər kitab oxumaq istədim,
lakin bu fikrimdən tez əl çəkdim. Çünki elə bu vaxt
otelin alt mərtəbəsində çaldırılan qrammofonun qu-

laqbatırıcı səsi ucalmağa başladı. Suriyadan gəlmiş, qonşu otaqda yaşayan restoran artisti də həmişəki kimi yenə, işə getməmişdən qabaq bəzənib-düzənir, zil səslə bəzi ərəb mahnılarını oxuyur, məşq edirdi. Geri dönüb kənarları palçıqlı asfalt yolla Keçiörən istiqamətində addımladım. Yolun o tərəf-bu tərəfində avtomobil təmiri emalatxanaları, taxta qəhvəxanalar vardı. Bir qədər qabaqda, sağ tərəfdə təpəyə yaslanan evlər, solda, bir az çuxurda ağaclarının yarpaqları tökülmüş bağlar başlanırdı. Yaxalığımı qaldırdım. Rütubətli və güclü külək əsirdi. Ürəyimdə, ancaq sərxoş olduğum zamanlar hiss etdiyim, haraya olursa olsun, baş alıb getmək kimi coşqun bir arzu vardı. Zənn edirdim ki, saatlarla, günlərlə beləcə yol gedə bilərəm. Ətrafa göz gəzdirməyi unudub xeyli yol getmişdim. Külək də güclənmişdi. Elə bil bir qüvvə məni köksümdən tutub geriyə itələyirdi. Bu qüvvəyə sinə gərib irəliləmək mənə zövq verirdi.

Birdən-birə buralara nə üçün gəldiyim barədə fikirləşdim... Heç bir səbəb tapa bilmədim... Qeyri-ixtiyari gəlib çıxmışdım.

Külək yolun hər iki tərəfindəki ağacların budaqlarında vıyıltı ilə səslənirdi. Göy üzündəki buludlar sürətlə harayasa uçurdu. Təkcə qabaqdakı qara rəngə çalan qayalı təpələr hələ bir qədər aydın seçilir, onlara toxunub ötən buludlar sanki buralarda kiçik bir iz buraxıb keçirdi. Gözlərimi yumub irəliləyir, rütubətli havanı içimə çəkirdim. Başımdan çıxarıb atdığım sual yenidən baş qaldırdı; Buralara nə üçün gəlib çıxmışam? Dünən axşam da bu yerlərdə gözlükləri tərləmiş, papağı əlində, yaxası açıq başqa bir adam da cəld addımlarla yürüyürdü. Külək onun qısa, seyrək saçlarının arasına girib, beyni od tutub yanan başını sərinlədirdi. Bu başda nələr vardı? Bu baş, xəstə və yaşa dolmuş bir vücudu nə üçün buralara sürükləyib gətirmişdi? Raif əfəndinin o qaranlıq və soyuq gecədə necə addımladığını, üzünün nə şəklə düşdüyünü təsəvvürümə gətirmək istəyirdim. Buraya nə üçün gəldiyimi də elə bu zaman başa düşdüm. Görünür, onu və onun fikrindən keçənləri burada daha yaxşı dərk edəcəyimi zənn etmişdim. Lakin mən, papağımı başımdan almaq istəyən küləkdən, uğuldayan ağaclardan, ötüb keçərkən müxtəlif şəkillərə düşən buludlardan başqa heç nə görmədim. Onun düşündüyü yerdə düşünmək, onun kimi düşünmək demək deyildi. Bunu başa düşmək üçün çox sadədil və mənim kimi qafil olmaq lazım idi.

Daha durmayıb iri addımlarla otelə qayıtdım. Qəhvəxananın qrammofonu susmuş, suriyalı qadının səsi kəsilmişdi. Otaq qonşum yatağında uzanıb kitab oxuyurdu. Məni gözaltı süzüb:

– Nədir, olmaya oğurluqdan gəlirsən? – deyə soruşdu.

Bəli, insanlar bir-birlərini nə qədər dərindən tanıyırlarmış... Mən başqa bir adamın başından keçənləri təhlil etmək, onun düzgün və ya ziddiyyətli, mürəkkəb ruhunu təsəvvürümə gətirmək istədim. Dünyada ən adi, ən miskin, hətta ən axmaq adamın da insanı min bir heyrətə salan çox qorxulu və ziddiyyətlərlə dolu ruhu olur... Nə üçün bunu başa düşməkdən çəkinirik?! Nə üçün insan dedikləri məxluq dərk etməyi, onun haqqında bir nəticəyə gəlməyi çox asan iş hesab edirik?! Nə üçün təzəcə gördüyümüz pendir parçasının keyfiyyəti haqqında müəyyən söz deməkdən çəkinir, lakin ilk dəfə rast gəldiyimiz adam haqqında heç də vicdan əzabı çəkmədən son, qəti bir qərar çıxarırıq?!

Uzun zaman yata bilmədim. Raif əfəndi gözlərimin qabağından çəkilmirdi. O, ağ örtüklü yataqda uzanmış, havası ağır otaqda asta-asta nəfəs alıb, qızdırma içində yanırdı. Gözləri yumulur, ruhu isə, kim bilir, haralarda, haralarda dolaşırdı?

* * *

Bu dəfə Raif əfəndinin xəstəliyi bir qədər uzun sürdü. Həmişəki adi soyuqdəyməyə oxşamırdı. Nurəddin bəyin dəvət etdiyi qoca həkim xardal yaxmağı məsləhət gördü. Öskürək dərmanı yazdı. Mən hər iki-üç axşamdan bir Raif əfəndini yoxlayır, hər dəfə onun daha da zəifləyib geri getdiyini görüb, halına acıyır, içimdən yanırdım. O isə heç də qorxmur, elə bil xəstəliyinə heç əhəmiyyət vermirdi. Bəlkə də ev adamlarını qorxutmaqdan çəkinirdi. Mehriyyə xanımla Nəclanın əhvalı adamı kədərləndirirdi. İllər uzunu işləməkdən fikirləşməyi də unutmuş adama oxşayan o qadın özünü son dərəcə itirmişdi, tez-tez xəstənin otağına girib-çıxır, xardala bulaşmış əllərindən gah dəsmalları, gah da tabağı yerə salır, içəridə və ya eşikdə hər dəfə nəyisə unudur, unutduğunu axtarıb tapmağa çalışırdı. Dabanları süzülmüş o toxunma corablı ayaqların ora-bura vurnuxması hələ də gözlərimin qabağında canlanır, üzbəüz gəldiyi adamdan imdad istəyirmiş kimi dikilib qalan baxışlarının mənə zilləndiyini hələ də hiss edirəm. Nəcla özünü anası kimi itirməsə də üzülüb əldən düşmüş-

49

dü. Son günlər məktəbə getmir, atasına qulluq edirdi. Axşam vaxtları xəstəni yoxlamağa gəldiyim zaman, qızarıb şişmiş gözlərindən onun bir az əvvəl ağladığını müəyyən edərdim. Lakin bütün bunlar Raif əfəndini daha da sıxır, darıxdırırdı. Mən onunla tək qaldıqda bundan şikayət etdi. Hətta bir dəfə:

– Bunlara nə olub? Ölmürəm ki, – dedi. – Ölsəm nə olacaq? Onlara nə var? Mən onlar üçün nəyəm?

Bir azacıq sonra daha acı və daha insafsız bir şəkildə əlavə etdi:

– Mən onlar üçün heç nə deyiləm... Heç nə deyildim... İllər uzunu bir evdə, bir yerdə yaşadıq... Amma bir insan maraqlanmadı ki, bu adam kimdir? İndi çəkilib gedəcəyimdən qorxurlar...

– Sən Allah, Raif bəy, – dedim, – bu nə sözdür? Doğrudur, bir az qorxuya düşüblər, ancaq bu cür yozmaq düzgün deyil... Həm də axı biri arvadınızdır, biri də qızınızdır.

– Bəli, arvadımdır, qızımdır... onların haqqında ancaq bu sözləri söyləmək olar, bundan artıq heç bir şey... – O, üzünü yana çevirdi. Son sözlərindən heç nə başa düşmədim, sual verməkdən də çəkindim.

Nurəddin bəy ev adamlarına ürək-dirək vermək üçün bir yaxşı can həkimi çağırdı. Həkim uzun-uzadı müayinədən sonra xəstəliyin sətəlcəm olduğunu söylədi. Onu dövrəyə almış adamların özlərini itirdiklərini gördükdə:

– Yox, canım, o qədər də qorxulu deyil... Maşallah bədəni dözümlüdür, ürəyi də sağlam vurur. Ancaq gözdən qoymamaq, diqqətli olmaq lazımdır... Soyuğa vermıyin. Xəstəxanaya aparsanız daha yaxşı olar, – dedi.

Mehriyyə xanım xəstəxana sözünü eşitdikdə tamam özünü itirdi. Ara otaqdakı stullardan birinin üstünə yıxılıb, hönkür-hönkür ağlamağa başladı. Nurəddin bəy də heysiyyətinə toxunulmuş adamlar kimi, üzünü turşudaraq:

– Heç dəxli var, – dedi, – hər halda evində ona daha yaxşı baxılar, nəinki xəstəxanada.

Həkim çiyinlərini çəkib getdi.

Raif əfəndi əvvəlcə xəstəxanaya getmək istəyir, "orada təkbaşına qalıb rahat nəfəs alaram" deyirdi. Hərəkətlərindən başa düşmək olurdu ki, o tək qalmaq istəyir, lakin ətrafındakıların bunu nə cür qətiyyətlə rədd etdiklərini gördükdə daha səsini çıxarmadı. Ümidsiz bir təbəssümlə: "Şübhəsiz, məni orada da rahat buraxmayacaqlar" – deyə pıçıldadı.

Bir gün, indi də yadımdadır, cümə axşamı idi, Raif əfəndinin çarpayısının baş tərəfinə qoyulmuş stulda lal-dinməz oturub, necə xırıldaya-xırıldaya nəfəs almasına baxırdım. Otaqda bir o idi, bir də mən. Çarpayının yanına, komodun üstünə, dərman şüşələrinin arasına qoyulmuş böyük cib saatının ahəngdar səsi eşidilirdi. Xəstə çuxura düşmüş gözlərini açaraq:

– Bu gün bir qədər yaxşıyam, – dedi.

– Əlbəttə... Həmişə elə olmayacaqdı ki...

Bunu eşidərkən əvvəllərdə olduğu kimi, kədərli bir şəkildə:

– Çox gözəl, lakin görəsən, bu nə vaxta qədər davam edəcək?.. – deyə soruşdu.

Verdiyi sualın əsl mənasını başa düşüb dəhşətə gəldim. Səsindəki pərişanlıq onun nə demək istədiyini aydın göstərirdi.

– Raif bəy, sizə nə olub? – dedim.

Gözlərini mənə zilləyib, təkidlə soruşdu:

– Buna bir ehtiyacmı var? Kifayət deyilmi?

Bu vaxt Mehriyyə xanım içəri girdi. Mənə yaxınlaşaraq:

– Bu gün yaxşıdır. Bu dəfə də keçdi, inşallah, – dedikdən sonra ərinə tərəf döndü:

– Bazar günü pal-paltar yuyulacaq... Bəy əfəndi sənin dəsmalını gətirsəydi yaxşı olardı.

Raif əfəndi razılıq işarəsilə başını tərpətdi. Qadın nəsə axtarıb tapdıqdan sonra otaqdan çıxdı. Xəstənin səhhətindəki cüzi sağalma nişanəsi arvadını bütün qorxu və həyəcanlardan xilas etmişdi. O, yenə də həmişəki kimi ev dərdi, yemək dərdi, paltar yumaq fikriylə məşğul idi. Bütün sadədil insanlar kimi, o da kədərdən sevincə, həyəcandan sakitliyə tez keçir, bütün qadınlar kimi, hər şeyi yadından çıxarırdı. Raif əfəndinin gözlərində kədərli və mənalı bir təbəssüm vardı. Çarpayının ayaq tərəfindən asılmış pencəyini göstərərək:

– Sağ cibimdə bir açar olmalıdır. Onu götürüb stolumun üst gözünü açarsan. Xanımın dediyi dəsmalı gətirərsən... Zəhmət olsa da... – dedi.

– Sabah axşam gətirərəm.

Gözlərini tavana zilləyərək, uzun müddət dinib danışmadı.

Birdən üzünü mənə çevirib:

– Orada, üst gözdə nə varsa hamısını gətirərsən, – dedi. – Hər nə varsa... Görünür, bizim xanım mənim bir daha şirkətə getməyəcəyimi başa düşüb... Yolumuz artıq başqa tərəfədir...

Başı yenə də yastığın üstünə düşdü.

Ertəsi gün axşamüstü şirkətdən çıxmamışdan qabaq Raif əfəndinin stoluna yanaşdım. Sağ tərəfdə birbirinin üstündə üç göz vardı. Əvvəlcə aşağıdakıları açdım. Biri bombaşdu. İkincisində bir neçə kağız və tərcümə qaralamaları vardı. Üst gözə açar saldığım zaman Raif əfəndinin illər boyu stol arxasında necə oturduğunu və dəfələrlə təkrar etdiyi hərəkətləri indi birdən-birə təqlid etdiyimin fərqinə vardım. Tələsik üst gözü çəkdim. Bura da ilk baxışda bomboş görünürdü. Təkcə bir tərəfdə çox kirli bir dəsmal, qəzet parçasına sarınmış sabun parçası, termos, bir çəngəl və Zinger markalı cib bıçağı vardı. Bunları cəld kağıza sarıdım. Stolun gözünü itələyib ayağa qalxdım, lakin fikrimə gəldi ki, dib tərəfdə nə isə qala bilər. Stolun gözünü yenidən açdım. Əlimi içəri salıb axtardım. Doğrudan da dəftərə oxşar nə isə var idi. Onu da götürüb başqa şeylərin arasına qoydum. Eşiyə çıxdım. Otaqda qaldıqca Raif əfəndinin bir daha bu stulda oturmayacağı, stolun gözünü bir daha çəkib açmayacağı fikri başımdan çıxmırdı.

Evi yenə böyük həyəcan bürümüşdü. Qapını Nəcla açdı. Məni görəndə: "Soruşmayın, soruşmayın", – deyə başını silkələdi. Artıq ailə üzvlərindən birinə çevrilmişdim. Ev adamları məni daha yad adam hesab etmirdilər. Gənc qız:

– Atamın vəziyyəti yenə pisləşib, – dedi. – Bu gün əhvalı iki dəfə dəyişib. Yaman qorxuruq. Xalamın əri həkim çağırtdırıb, onun yanındadır... İynə vurur... – Sonra cəld xəstənin otağına keçdi.

İçəri girmədim. Aralıq otaqdakı stulların birində oturub kağıza sərinmiş bağlamanı yanıma qoydum. Mehriyyə xanım dəfələrlə bayıra çıxsa da, bu dəyərsiz bağlamanı ona verməyə utanırdım. İçəridə bir insan ölüm-dirimlə əlləşirkən onun yaxın adamlarından birinə çirkli dəsmal, köhnə bir çəngəl uzatmaq çox yersiz hərəkət olardı. Qalxıb ortalıqdakı böyük stolun ətrafında gəzişdim. Gözüm bufetin güzgüsünə sataşanda özümü itirdim. Sapsarı idim. Ürəyim də tez-tez vururdu. Kim olursa olsun, fərqi yoxdur, bir insanın həyatla ölüm arasındakı böyük körpüdə çapalaması çox dəhşətli hadisədir.

Bir azdan fikrimə gəldi ki, onun ən yaxın adamları – arvadı, qızları, qohumları dura-dura mənim onlardan çox həyəcanlanmağıma, qəmgin görünməyimə ehtiyac yoxdur. Elə bu vaxt gözüm qonaq otağının aralı qapısından içəri sataşdı. Bir qədər yaxınlaşıb Raif əfəndinin qayınları Cihadın və Vedatın içəridə olduqlarını gördüm. Taxt üstündə yan-yana əyləşmişdilər. Siqar çəkirdilər. Onlar çox darıxır, yerlərində qurcalanırdılar. Açıq-aydın hiss olunurdu ki, evdən çıxıb başqa yerə getmədiklərinə peşmandılar. Nurtən kürsülərin birində oturub, başını qoluna dayamışdı. Ya ağlayır, ya da mürgüləyirdi. Bir az kənarda Raif əfəndinin baldızı Fərhunda iki uşağını qucağında oturtmuşdu, səs-küy salmamaq üçün onlara nəsə deyirdi, lakin bütün hərəkətlərindən, onun uşaq ovutmağı da bacarmadığı görünürdü.

Xəstənin yatdığı otağın qapısı açıldı. Həkim və onun arxasınca özünü tox tutmağa çalışsa da, çox sıxılıb darıxdığı hiss olunan Nurəddin bəy eşiyə çıxdı. Həkim:

– Onu tək buraxmayın. Vəziyyəti pisləşəndə o iynələrdən vurdurun, – dedi.

Nurəddin bəy qaşlarını çataraq soruşdu:

– Qorxuludur?

Həkim belə hallarda öz həmkarlarının etdiyi kimi cavab verdi:

– Bilmək olmaz.

Sorğu-sualdan yaxa qurtarmaq üçün, xüsusilə xəstənin arvadı ilə üz-üzə gəlməmək üçün, tələsik paltosunu və papağını geydi. Nurəddin bəyin qabaqcadan hazırlayıb ovcunda saxladığı üç gümüş lirəni üzünü turşuda-turşuda alıb evdən çıxdı. Yavaşca xəstə yatan otağın qapısına yanaşdım. İçəri boylandım. Mehriyyə xanımla Nəcla gözləri yumulu halda uzanmış adama çox diqqətlə baxırdılar. Gənc qız məni gördükdə başı ilə işarə edib, içəri dəvət etdi. Anası ilə birlikdə xəstənin indiki vəziyyətinin mənə necə təsir bağışlayacağını görmək istəyirdi. Özümü tox tutub, yüngülcə başımı əydim. Sol tərəfimdə baş-başa verib durmuş qadınlara tərəf dönərək zorla gülümsündüm:

– Qorxulu bir şey yoxdur... İnşallah keçib gedər, – dedim.

Xəstə gözlərini açdı. Sanki məni tanımayıb, bir müddət baxdı, sonra başını arvadına və qızına tərəf döndərib anlaşılmaz sözlər pıçıldadı. Üzünü turşudaraq işarələr etdi. Nəcla yaxınlaşdı.

– Atacan, nə lazımdır?

O ağır-ağır və yavaşcadan:

– Bir müddət bayıra çıxın, – dedi.

Mehriyyə xanım bizə işarə etdi. Bunu görən xəstə əlini yatağından çıxarıb, biləyimdən tutdu və:

– Sən getmə! – dedi.

Qadınlar özlərini itirdilər.

Nəcla:

– Atacan, əlini yorğanın altından çıxartma... – deyə dilləndi.

Raif əfəndi "bilirəm, bilirəm" fikrini ifadə edən bir hərəkətlə tez başını əydi, yenə bayıra çıxmağı işarə etdi.

Hər iki qadın sualedici nəzərlərlə üzümə baxıb otaqdan çıxdı. Onlar getdikdən sonra Raif əfəndi əlimdən tutub, tamamilə unutduğum bağlamaya işarə etdi:

– Hamısını gətirdin?

Əvvəlcə heç nə başa düşməyib, üzünə baxdım. Nəyə görə belə hərəkət edirdi? Təkcə bunu soruşmaq üçünmü? Xəstə hələ də mənə baxır, gözləri elə bil sonsuz bir maraqla parlayırdı. Bu an hər şeydən əvvəl qara cildli dəftəri xatırladım. Onu heç olmazsa bir dəfə də olsun açıb baxmamışdım. İçində nə yazıldığı ilə maraqlanmamışdım. Ağlıma gəlməmişdi ki, Raif əfəndinin də nəsə gizli bir sirr saxlanılan dəftəri ola bilər.

Bağlamanı qapının yanındakı stolun üstünə qoydum. Dəftəri götürüb Raif əfəndiyə göstərdim.

– Bunu istəyirsiniz?

Başını tərpətdi.

Aramla dəftəri vərəqlədim. Məndə qarşısıalınmaz bir maraq oyanmışdı.

Təkmilli səhifələrdə səliqəsiz düzülmüş iri hərflər, tələsik yazıldığı aydın görünən yazı vardı. Birinci səhifəyə gözucu baxdım. Heç bir sərlövhə yox idi. Sağ tərəfdə 20 iyun 1933-cü il tarixi, onun da alt tərəfində bu sətirlər yazılmışdı:

"Dünən başıma gəlmiş qəribə bir hadisə on il bundan əvvəlki əhvalatları yenidən xəyalımda canlandırdı..." Ardını oxuya bilmədim. Çünki Raif əfəndi qolunu yenə yatağından çıxarıb, əlimi tutdu.

– Oxuma, – dedi. Başı ilə otağın o biri tərəfinə işarə edərək pıçıldadı:

– Onu oraya tulla!..

Göstərdiyi tərəfə baxdım. Ağ daşdan qayırılmış lövhələrin arxasında qırmızı dilli dəmir soba gördüm.

– Sobaya?

– Bəli!

Daha çox maraqlandım. Raif əfəndinin dəftərini öz əllərimlə yandırıb yox edə bilməzdim.

– Axı, nə səbəbə görə, Raif bəy? – deyə soruşdum. – Heyif deyil? Sizə uzun zaman sirdaş olmuş bu dəftəri yandırmaq düzgün olarmı?

– Mənası yoxdur, – dedi. Yenə də başı ilə sobanı göstərdi. – Artıq mənası yoxdur!

Onu bu fikrindən daşındırmağın mümkün olmayacağını başa düşdüm. Görünür, hər kəsdən gizlətdiyi qəlbini ancaq bu dəftərə açmışdı. İndi də onunla bərabər dünyadan köçüb getmək istəyirdi. Dünyada heç bir nişanə qoymaq istəməyən, tənhalığını ölümə belə gedərkən özü ilə aparan bu adama ürəyimdə sonsuz bir mərhəmət, taleyinə sonsuz bir hüsn-rəğbət oyandı.

– Raif bəy, sizi başa düşürəm, – dedim. – Bəli, görünür, yaxşı başa düşürəm. Özünüzə məxsus hər şeyi insanlara qısqanmaqda haqlısınız. Bu dəftəri yandırmaq istəməyiniz də düzgün hərəkətdir... Lakin bunu heç olmazsa bir müddətə, bir günlüyə təxirə salmazsınız?

Üzümə baxdı. Gözləri sanki soruşurdu: "Nə üçün?"

Başladığım işi davam etdirmək, son imkandan yapışmaq üçün ona daha da yaxınlaşdım. Ona olan bütün ünsiyyət və sevgimi gözlərimdə toplamağa çalışdım.

– Bu dəftəri bir gecəliyə, təkcə bir gecəliyə mənə verməyə razı olmazsınız? Uzun müddət yoldaşlıq etsək də mənə özünüz barədə heç bir söz deməmisiniz... Sizinlə maraqlandığımı təbii hesab etmirsinizmi? Ürəyinizdəkiləri məndən də gizli saxlamağı düzgünmü hesab edirsiniz? Siz mənim üçün dünyada ən əziz insansınız... Amma siz... əksinə, gözünüzdə bir heç olduğumu deyib, məndən ayrılmaqmı istəyirsiniz?

Gözlərim yaşarmışdı. Qəhərləndiyimə görə sözümə davam edə bilmədim. Məndən çəkindiyinə, ehtiyat elədiyinə görə incidiyimi də söylədim.

– İnsanlara inanmamaqda bəlkə də haqlısınız. Lakin heç olmasa bir adamı istisna etmək olmazmı? Unutmayın ki, siz də bu insanlardan birisiniz... Hərəkətiniz olsa-olsa çox mənasız bir xudbinlikdir.

Bu sözlər ağır xəstəyə deyiləsi sözlər deyildi. Bunu xatırlayıb susdum. O da dinmirdi. Nəhayət, təbəssümlə:

– Raif bəy, məni başa düşün. Mən sizin başa vurmaqda olduğunuz yolun başlanğıcındayam. İnsanları öyrənmək, daha doğrusu, insanların sizə münasibətlərini bilmək istəyirəm, – dedim.

Xəstə etiraz işarəsilə başını silkələyib, sözümü kəsdi. Nəsə pıçıldayırdı. Əyildim. Nəfəsini üzümdə hiss etdim.

– Yox, yox, – dedi. – İnsanlar mənə heç bir yamanlıq etməmişlər... Heç nə... özüm-özümə... özüm-özümə...

Birdən-birə susdu. Çənəsi sinəsinə doğru əyildi. Tez-tez nəfəs alırdı. Şübhəsiz ki, aramızda baş verən bu söhbət onu yormuşdu. Özüm də böyük bir ruhi yorğunluq duymağa başladım. Dəftəri sobaya ataraq, baş alıb qaçmaq istəyirdim. Xəstə yenə də gözlərini açdı.

– Heç kəsin günahı yoxdur... Hətta mənim də...

– Sözünə davam edə bilmədi. Öskürməyə başladı. Nəhayət, gözləri ilə dəftərə işarə edərək:

– Oxu, görərsən, – dedi.

Elə bil ancaq bunu gözləyirdim. Bir an içində qara cildli dəftəri cibimə soxdum.

– Sabah səhər gətirərəm. Gözünüzün qabağında yandıraram.

Xəstə bir az bundan əvvəl göstərdiyi tərsliyin əksinə: "Nə istəyirsən et" ifadəsi ilə çiyinlərini çəkdi. Ehtimal ki, həyatının ən mühüm fəsillərini əks etdirib saxlayan bu dəftərlə də əlaqəsini kəsdiyini başa düşdüm. Vidalaşmaq üçün əyilib əlini öpdüm. Ayağa durmaq istədikdə məni tutub saxladı. Özünə tərəf çəkdi. Əvvəlcə alnımdan, sonra yanaqlarımdan öpdü. Başımı qaldırarkən gözlərindən gicgahlarına doğru göz yaşları axdığını gördüm. Raif əfəndi bu göz yaşlarını saxlamaq, silmək istəmirdi. Gözlərini qırpmadan mənə baxırdı. Özümü saxlaya bilmədim. Ağlamağa başladım. Həm də bu göz yaşları, adama ancaq son dərəcədə ağır bir dərd, qüssə üz verdikdə axıdılan, səssiz-səmirsiz, ürəkdən axan səmimi göz yaşları idi. Ondan ayrılmağın mənim üçün ağır olacağını bilirdim. Lakin bu ayrılığın bu qədər dəhşətli, bu qədər acı olacağını təsəvvürümə belə gətirməmişdim.

Raif əfəndi dodaqlarını tərpətdi. Eşidilər-eşidilməz bir səslə:

–Səninlə heç ağıllı-başlı söhbət edib dərdləşmədim, övladım... Əfsus! – dedi və gözlərini yumdu.

Elə bil artıq bir-birimizlə vidalaşmışdıq...

Üzümü qapının ağzında gözləyən adamlara göstərməmək üçün, ara otaqdan cəld keçib, küçəyə atıldım. Əsən soyuq külək yanaqlarımdakı göz yaşlarımı qurutdu. "Əfsus!.. Əfsus!.." sözünü tez-tez təkrar etməkdə idim.

Otelə gəldikdə otaq qonşumu yatmış gördüm. Yatağa girib çarpayının baş tərəfindəki kiçik lampanı yandırdım. Dərhal Raif əfəndinin qara cildli dəftərini vərəqləməyə başladım:

20 iyun 1933

"Dünən başıma gəlmiş qəribə bir hadisə on il bundan əvvəlki əhvalatları yenidən xəyalımda canlandırdı. Mənə belə gəlirdi ki, o hadisələri unutmuşam. Lakin indi anladım ki, onlar bundan sonra da heç vaxt xatirimdən silinməyəcəkdir...

Dünənki o xain təsadüf, illərdən bəri daldığım və artıq yavaş-yavaş alışdığım hissiz qəflət yuxusundan məni oyatdı. Bütün bunlardan sarsılıb dəli olar, yaxud ölərəm desəm, yalan olar. İnsan səbir edib, dözə bilməyəcəyini zənn etdiyi çox şeylərə alışır. Görünür, mən də beləcə dözəcək və yaşayacağam... Lakin buna yaşayış demək olacaqmı?! Bundan sonra həyatım son dərəcə dözülməz bir işgəncəyə çevriləcəkdir. Mən də buna istər-istəməz dözməli olacağam... İndiyə qədər necə olubsa, o cür də davam edəcəkdir...

Təkcə bir şeyə dözə bilməyəcəyəm. Daha heç nəyi ürəyimdə gizli saxlamayacağam, açıb danışacağam. Lakin kimə? Bu geniş dünyada mənə oxşayan, insanlardan qaçıb tək-tənha dolaşan bir adam varmı ki ona yanaşım? Kimi başa salacağam, kimi? On ildir heç kəsə bir söz açıb dediyimi xatırlamıram. Hədər yerə hər kəsdən qaçmış, hamını özümdən uzaqlaşdırmışam. İndi başqa cür hərəkət edə bilərəmmi? Gecdir, heç şeyi dəyişdirmək mümkün deyil... Buna heç ehtiyac da yoxdur... Görünür, belə olmalı imiş. Lakin nə edim ki, hər şeyi açıb başa salım... Heç olmazsa bir nəfər adama açıb dərdimi deyə bilsəydim. İstəsəm də belə bir adam tapa bilməyəcəyəm... Axtarıb tapmağa məndə heç həvəs də qalmayıb... Həvəsim olsa da axtarmayacağam... Məgər bu dəftəri qarşıma qoyaraq, olub keçənləri qələmə almaq istəməyim bunun nəticəsi deyilmi? Məndə bircə ümid qığılcımı olsaydı, dünyada ən çox sevdiyim bu yazı işinə girişərdimmi? İnsan mütləq öz ürəyindəkiləri açıb boşaltmalıdır... Dünənki hadisə baş verməsəydi... Ah, dünən hər şeyi öyrənməsəydim... Bəlkə də əvvəlki sakit, durğun həyatım yenə də öz həmişəki qaydası ilə davam edəcəkdi...

Dünən küçədə iki nəfərə rast gəldim. Birini ilk dəfə idi görürdüm. Digəri də mənə yad adamlardan biri idi. Onların mənə bu qədər dəhşətli təsir göstərəcəklərini heç ağlıma gətirməzdim.

Bir halda ki, yazmaq qərarına gəlmişəm, hər şeyi yazmalıyam.

Buna görə bir neçə il, hətta on-on iki il geriyə qayıtmaq lazımdır... Bəlkə də on beş il... Hər halda utanıb-çəkinmədən yazacağam... Çünki mənasız təfsilat içində əsl qorxunc cəhətlər bəlkə o qədər də nəzərə çarpmaz, onların təsirindən yaxa qurtarmaq da mümkün olar. Bəlkə də haqqında yazacağım hadisələr təsəvvür etdiyim qədər acı olmayacaqdır. Belə olsa, müəyyən qədər sevinərəm. Bir çox şeylərin hesab etdiyim kimi olmayıb, mənasız, əhəmiyyətsiz, adi əhvalat olduğunu görüb, əbəs yerə həyəcanlandığıma görə utanaram... Bəlkə...

Atam Havranlı idi. Mən bu kənddə anadan olub, burada da böyümüşəm. İbtidai təhsil aldıqdan sonra, bir müddət bizdən bir saatlıq yolda olan Edrəmitdəki orta məktəbdə oxudum. Birinci Dünya müharibəsinin sonunda, on doqquz yaşım tamam olanda, məni orduya çağırdılar. Lakin hələ təlimdə olduğum zaman barışıq oldu və mən kəndə qayıtdım. Təhsilimi davam etdirdimsə də, məktəbi bitirə bilmədim. Çünki oxumağa həvəsim yox idi. Məktəbdən bir il aralı düşməyim, o zaman bizim tərəflərdə hökm sürən hərc-mərclik oxumaq həvəsimi soyutmuşdu. Barışıqdan sonra hər şey bir-birinə qarışmışdı. Nə ağıllı-başlı bir hökumət, nə də adamlarda müəyyən fikir və məqsəd vardı. Bəzi yerlər əcnəbi qüvvələr tərəfindən işğal edilirdi. Müxtəlif adlar altında gözlənilmədən meydana çıxan bir sıra üsyançılar, gah düşmənə qarşı

63

çıxış edir, gah da kəndləri soymaqla məşğul olurdu. Bir az əvvəl adı bir qəhrəman adı kimi dillərdə dolaşan bir sərkərdənin, az keçməmiş tutulub qətl edildiyi və meyitinin Edrəmitdəki Qonaqönü meydanında asıldığı elan edilirdi. Belə bir vaxtda dörd divar arasında oturub Osmanlı tarixini, yaxud əxlaq normaları haqqındakı müsahibələri mütaliə etmək o qədər də cəzbedici iş deyildi. Təkcə atam, nədənsə məni oxutdurmaq həvəsinə düşmüşdü. Yaşıdlarımdan bir çoxunun çal-çarpaz patrondaş bağlayıb, mauzer taxıb üsyançılıqla məşğul olduğunu, bunlardan bir hissəsinin düşmən, bir hissəsinin quldurlar tərəfindən öldürüldüyünü gördükdə, qorxuya düşdüm, fikirləşdim ki, bu əhvalat mənim də başıma gələ bilər. Doğrusu, mən də boş-bikar qalmaq istəmir, gizlində bu işə qoşulmağa hazırlaşırdım. Lakin elə bu zaman işğalçı qüvvələr kəndimizə doluşdu, qəhrəmanlıq göstərmək həvəsim ürəyimdə qaldı. Bir neçə ay avarasərgərdan gəzdim. Yoldaşlarımın çoxu aradan çıxmışdı. Atam məni İstanbula göndərmək qərarına gəldi. Nə edəcəyimi özü də bilmir, "bir məktəb tapıb oxuyarsan" deyirdi. Əvvəldən də bir qədər bacarıqsız, utancaq uşaqlardan olduğum halda, atamın bu sözü, onun öz oğlunu necə az tanıdığını sübut etmək üçün kifayət idi. Axı, mənim də ürəyimdə müəyyən arzular vardı. Məktəbdə oxuyarkən çox yaxşı şəkil çəkərdim. Bu, valideynlərimin də xoşuna gələrdi. İstanbuldakı incəsənət məktəbinə daxil olmaq fikri arabir başımdan keçər, mənim xoş xəyallarla yaşamağıma səbəb olardı. Əslində hələ lap uşaqlıqdan, real həyatdan daha çox, xəyallar dünyasında yaşayan sakit təbiətli bir uşaq idim. Məndə son dərəcə inkişaf edib, mənasız şəkil almış hər kəsdən uzaq qaçmaq xüsusiyyəti, əksər hallarda, mənim düzgün başa düşülməməyimə, səfeh kimi qələmə verilməyimə səbəb olardı. Bu isə məni çox kədərləndirər, üzüb əldən salardı. Heç bir şey məni, haqqımdakı səhv fikri düzəltmək məcburiyyəti qədər qorxutmazdı. Sinif yoldaşlarımın işlədikləri günah həmişə mənim boynuma yıxıldığı halda, özümü bir kəlmə ilə də olsun müdafiə etməyə cəsarətim çatmazdı, evə qayıtdıqda bir küncə qısılıb ağlayardım. Anamın, xüsusilə atamın tez-tez: "sən qız olmalı idin, səhvən oğlan doğulmusan" dediklərini hələ də xatırlayıram. Mən ancaq bağımızda, yaxud da dərənin kənarında təkbaşına oturub, xəyala getməkdən zövq alardım. Bu xəyal və arzular hərəkətlərimlə tam bir ziddiyyət təşkil edərdi. Oxuduğum saysız-hesabsız tərcümə romanlarındakı qəhrəmanlar kimi, hər sözümə tərəddüd etmədən baş əyən mənliyimlə qarşıma çıxan hər şeyi kəsib doğrayırdım. Bizdən bir məhəllə aralı yaşayan, beynimdə özümün də yaxşı baş aça bilmədiyim şirin arzular oyadan Fəxriyyə adlı bir qızı dağlardakı cah-calallı mağarama qaçırardım. Məni qoşa tapançalı, üzü maskalı gördükdə onun əvvəlcə necə qorxub çırpınacağını, sonra qabağımda tir-tir əsən adamları, mağaradakı misilsiz zənginliyi görəndə necə sonsuz bir heyrətə düşəcəyini və nəhayət, üzümü açanda sonsuz sevinclə qışqırıb boynuma atılacağını təsəvvürümə gətirərdim. Bəzən məşhur səyyahlar kimi Afrikanı dolaşar, adamyeyənlər arasında çox qəribə macəralar xəyalıma gətirər, bəzən də məşhur bir rəssam olub Avropanı gəzərdim. Oxuduğum kitabların hamısı, Mişel Zevakolar, Jül Vernlər, Aleksandr Dümalar, Əhməd Midhəd əfəndilər, Vəcihi bəylərin əsərləri beynimdə silinməz izlər buraxmışdı.

Mütaliə ilə çox məşğul olduğumu görəndə atam əsəbiləşər, bəzən kitabları əlimdən alıb kənara tullayar, bəzən də gecələr otağımdakı işığı keçirərdi. Lakin buna da çarə tapdığımı, qısa qaytanlı fitili olan lampanın işığında, gecəni özümə haram eləyib "Parisin sirri"ni və ya "Səfillər"i oxuduğumu gördükdə öz fikrindən əl çəkdi. Əlimə keçən bütün kitabları oxuyar, oxuduğum hər kitabın, istər Müsyo Lokokun macəraları, istərsə də Murad bəyin tarixi olsun, – mənə bağışladığı təsirdən yaxa qurtara bilməzdim.

Roma tarixinə aid köhnə bir kitabda, Muçius Skayevola adlı bir müvəkkilin düşmənlə sülh danışıqları apararkən, ona təklif edilən şərtləri qəbul etməzsə öldürüləcəyi hədə-qorxusuna cavab olaraq, əlini yanındakı oda basıb dirsəyinə qədər yandırdığını və bu vaxt sakitcəsinə danışıqlara davam edib, bu cür hədələrlə onu qorxutmağın mümkün olmayacağı barədə oxumuşdum. Mən də əlimi eyni şəkildə oda basmaq, eyni mətanəti təcrübədən keçirtmək arzusuna düşmüş, barmaqlarımı möhkəm yandırmışdım. Çox böyük bir fəlakət qarşısında da üzündəki təbəssümü mühafizə edən o adamın simasını heç vaxt unutmamışam. Bir zaman mən də yazı-pozu ilə məşğul olub, şeirlər qaralamağa başlamış, lakin bundan tez də əl çəkmişdim. Ürəyimdəkiləri hansı şəkildə olursa olsun, açıb şərh etmək qorxusu, heç nəyə lazım olmayan bu mənasız utancaqlıq, yazıb-yaratmağımın da qarşısını aldı.

Təkcə şəkil çəkməklə məşğul olur, bundan əl çəkmirdim. Mənə belə gəlirdi ki, bu işin ürəyimdəki hisslərlə heç bir əlaqəsi yoxdur, ətrafımda gördüklərimi əks etdirmək vasitəsindən başqa bir şey deyildir. Lakin bunun belə olmadığını başa düşəndə bu işdən də əl çəkdim... Həmişə hiss etdiyim o qorxunun ucbatından əl çəkdim... Rəssamlığın da bir növ ifadə vasitəsi, daxili aləmin, insan qəlbinin ifadə vasitəsi olduğunu İstanbuldakı incəsənət məktəbində, həm də heç kəsin köməyi olmadan, özüm dərk etmişdim. Buna görə də o məktəbə bir daha getmədim. Valideynlərim də bununla razılaşdı, çünki məndən bundan artıq bir şey də gözləmirdilər. Evdə, emalatxanada çəkdiyim şəkillərin ancaq ən mənasızlarını başqalarına göstərərdim. Mənim ruhumu, mənə xoş gələn hər hansı bir şeyi əks etdirən şəkilləri böyük bir tərsliklə gizlədər, adamlara göstərməkdən çəkinərdim. Bu şəkillər təsadüfən birinin əlinə keçəndə, çılpaq vəziyyətdə yaxalanmış bir qadın kimi özümü itirər, qıpqırmızı qızarıb aradan çıxardım.

İstanbulda uzun müddət boş-boşuna dolaşdım. Nə edəcəyimi özüm də bilmirdim. Barışıq illəri idi.

Şəhərdə elə qarmaqarışıqlıq, elə biabırçılıqlar vardı ki, bunlara dözə bilmirdim. Havrana qayıtmaq üçün atamdan pul istədim. Təxminən on gündən sonra böyük bir məktub aldım. Atam məni bir işə calamaq üçün son çarə axtarırdı. O, Almaniyada pulun qiymətdən düşməsi nəticəsində əcnəbilərin çox ucuz, hətta İstanbulda olduğundan daha az pulla dolandıqlarını haradansa öyrənmiş, mənim oraya gedib "sabunçuluğu, xüsusilə ətirli sabun bişirmək sənətini" öyrənməyimi məsləhət görürdü, mənə yolpulu və başqa xərclik də göndərdiyini bildirirdi. Son dərəcə şad oldum. Əlbəttə, bu sənətdən xoşum gəldiyi üçün yox, uşaqlıqdan bəri gözlərimin qarşısında min cür şəkildə canlanan, xəyalıma mövzu olub, mənə qanad verən Avropanı görmək fürsəti heç gözləmədiyim vaxtda əlimə keçdiyi üçün sevindim. Atam yazırdı: "Bir-iki ilə bu işi öyrənib qayıdarsan, kənddəki sabunxanamızı düzəldib genişləndirər, onu sənin öhdənə verərəm. Sən də ticarət sahəsinə atılar, varlanar, xoşbəxt olarsan".

Mən işin bu tərəfi barədə qətiyyən fikirləşmirdim... Xarici dillərdən birini öyrənib, bu dildə kitablar oxuyacağımı, indiyə qədər təkcə romanlardan tanıdığım insanları həyatda görəcəyimi fikirləşirdim. Bunun mənə xeyri dəyərdi. Çünki mühitimdən uzaq düşməyimin, qəribəliyimin bir səbəbi də kitablardan tanıyıb öyrəndiyim insanları ətrafımda tapa bilməməyim deyildimi?

Bir həftə hazırlıq işləri ilə məşğul oldum. Sonra qatara minib Bolqarıstan xətti ilə Berlinə yola düşdüm. Xarici dillərdən heç birini bilmirdim. Dördgünlük səfər zamanı mükalimə kitabından beş-on kəlmə söz əzbərlədim. Hələ İstanbulda olarkən ünvanını dəftərimə yazdığım bir pansionata getdim.

* * *

İlk həftələri, çulumu sudan çıxaracaq qədər dil öyrənməklə, heyran-heyran şəhəri dolaşmaqla başa vurdum. Əvvəlcə özümü itirmişdim, lakin bu hal uzun sürmədi. Çünki gördüm ki, bura da şəhərdir... Küçələri bir az geniş, bir qədər təmiz, əhalisi sarışın bir şəhərdir. Burada insanın ağlını başından çıxaran təəccüblü bir şey yox idi. Halbuki xəyalımda Avropanı başqa cür, müxtəlif macəralarla dolu bir yer kimi təsəvvür edirdim. Xəyalımdakı Avropanın necə olduğunu və indi yaşadığım şəhərin ona hansı cəhətlərdən oxşamadığını indi özüm də ayırd edə bilmirdim... Xəyalımızda təsəvvür etdiyimiz xariqüladə şeylərin həyatda olmadığını hələ dərk etməmişdim.

Dil öyrənmədən işə başlaya bilməyəcəyimi başa düşdüm. Birinci Dünya müharibəsində Türkiyədə olmuş, hıqqana-hıqqana türkcə danışan bir qoca zabitdən dərs almağa başladım. Pansionat sahibəsi də bu işdə mənə yardım edir, boş vaxtlarını mənimlə laqqırtı vururdu. Onun kirayənişinləri də bir türklə dostluq etməyi xoş bilib, müxtəlif suallarla başımı ağrıdırdılar. Bir-birinə oxşamayan müxtəlif adamlar şam etmək üçün stol başına yığışırdılar. Bunlardan hollandiyalı dul qadın frau Van Tiedeman, Kanariya adalarından Berlinə portağal gətirib satmaqla məşğul olan Portuqaliya taciri herr Kamera və herr Doppke adlı bir qoca mənimlə yaxınlıq edirdilər. Herr Doppke Almaniyanın müstəmləkəsi olan Kamerunda ticarətlə məşğul olurmuş. Barışıqdan sonra hər şeyi atıb öz vətəninə qayıtmış, burada özünə sığınacaq tapmışdı. Özü ilə götürə bildiyi bir az pulu qənaətlə xərcləyir, sakit bir həyat keçirirdi. O, Berlində son vaxtlar tez-tez keçirilən siyasi yığıncaqlara gedir, axşamlar isə öz təəssüratları haqqında söhbət etməklə gününü başa vururdu. Ordu sıralarından tərxis edilmiş, təzə tanış olduğu bir neçə alman zabitini pansionata gətirir, onlarla saatlarca söhbət edirdi. Ala-yarımçıq başa düşürdüm ki, onlar Almaniyanın xilasını Bismark kimi polad iradəli bir şəxsin iş başına keçməsində görür, haqsızlıqların müharibə yolu ilə, vaxt itirmədən silahlanıb ikinci bir müharibə başlamaq yolu ilə düzələ biləcəyini düşünürlər.

Bəzən kirayənişinlərdən biri köçüb gedir, boşalmış otağa bir başqası gəlirdi. Vaxtaşırı baş verən bu dəyişikliyə, nahar etdiyimiz salonun daima yanan qırmızı abajurlu elektrik lampasına, müxtəlif növ kələmlərin gün ərzində heç də əskilməyən qoxusuna, süfrə qonşularımın siyasi mübahisələrinə alışmışdım, hətta yavaş-yavaş yorulub darıxmağa başlayırdım. Hələ o mübahisələri demirəm... Almaniyanın xilası haqqında hərənin özünəməxsus bir fikri vardı.

71

Lakin bütün bu fikirlər əsl həqiqətdə Almaniya ilə deyil, hərənin öz şəxsi mənafeyi ilə bağlı idi. Pulun qiymətinin aşağı düşməsi nəticəsində var-dövlətini itirib müflis olmuş qoca ev sahibəsi zabitləri danlayıb əsəbiləşir, zabitlərsə tətillər keçirən adamları və müharibəni davam etdirmək istəməyən soldatları günahkar hesab edir, müstəmləkə taciri isə müharibəni başlayan imperatora yerli-yersiz lənət yağdırırdı.

Səhərlər otağımı yığışdırıb süpürən xidmətçi qız da mənimlə siyasətdən danışır, boş vaxtı olan kimi dərhal qəzet oxumaqla məşğul olurdu. Onun da özünə görə mülahizələri vardı. Bunlardan bəhs edərkən qıpqırmızı qızarır, yumruğunu düyüb havada silkələyirdi.

Almaniyaya nə üçün gəldiyimi, elə bil unutmuşdum. Təkcə hər dəfə atamdan məktub alanda sabunçuluqla məşğul olmaq məsələsini xatırlayırdım. Hələ alman dilini öyrənməklə məşğul olduğumu, bu yaxınlarda sabun hazırlayan müəssisələrin birinə müraciət edəcəyimi yazıb, həm ona, həm də özümə toxtaqlıq verirdim.

Bu günlərim bir-birinə oxşayırdı. Şəhərin hər yerini, heyvanat bağını, muzeyləri gəzib dolaşmışdım. Bir milyon əhalisi olan bu şəhərin bir neçə ay keçməmiş məni usandırmasından məyus oldum. Öz-özümə: "Bu da Avropa, burada nə var ki?" deyir, dünyanın mahiyyət etibarilə cansıxıcı olduğu qərarına gəlirdim. Çox vaxt günortadan sonra böyük və geniş küçələrdəki izdihamın içində dolaşır, çox mühüm iş görürlərmiş kimi, sifətlərində bir ciddilik ifadəsi evlərinə qayıdan, kişilərin qolundan yapışıb, az qala sallana-sallana gedən, xumar baxışları ilə ətrafı gülümsəyərək süzən qadınları, hələ də soldat kimi addımlayan kişiləri seyr edirdim.

Atamı tamam aldatmamaq üçün, türkiyəli tanışların köməyi ilə nümunəvi bir sabun firmasına müraciət etdim. İsveçrə kampaniyasına mənsub olan bu müəssisənin almaniyalı məmurları, yəqin ki, müharibədə Almaniya ilə müttəfiq olan Türkiyədən gəldiyimə görə, unudulmamış o dostluq naminə məni çox yaxşı qarşıladılar. Lakin burada Havrandakı sabunxanamızda görüb bildiyimdən artıq heç nə öyrənmədim. Çünki həmişə "bu firmanın sirridir" deyə sabunluğun bəzi incə xüsusiyyətlərini öyrətməkdən çəkinirdilər. Kim bilir, bəlkə də sabunçuluğa o qədər həvəsim olmadığını görüb, hədər yerə vaxt itirmək istəmirdilər. Get-gedə fabrikdən soyuyub, oradan ayağımı çəkdim. Lakin heç kəs "haradasan?" demədi.

Atamdan tez-tez məktub alırdım. Berlinə nə üçün gəlməyim, burada nə etməli olacağım barədə düşünmədən günümü keçirirdim.

Həftədə üç dəfə axşam vaxtları keçmiş zabitdən dil dərsi alır, gündüzlər isə muzeyləri yaxud da təzə açılmış sərgiləri gəzib tablolara tamaşa edir, geri dönərək, pansionata hələ yüz addım qalmış kələm qoxusunu hiss edirdim. Lakin bir neçə ay keçəndən sonra daha əvvəlki kimi darıxmadım. Yavaş-yavaş kitab oxumağa çalışır, bundan zövq alırdım. Bu hal bir müddətdən sonra zərurət şəklinə düşdü. Yatağımda üzü üstə uzanıb qarşıma kitab qoyur, ətrafıma köhnə qalın cildli lüğətlər düzür, saatlarla bu vəziyyətdə mütaliə edirdim. Çox vaxt lüğətə baxmağa də hövsələm çatmırdı, cümlələrə təxmini, nisbətən yaxın bir məna verib keçirdim. Elə bil gözlərimin qarşısında tamam yeni bir dünya açılırdı. Bu dəfə oxuduğum kitablar uşaqlığımda, gəncliyimin ilk illərində mütaliə etdiyim və təkcə qəhrəmanlardan, xariqüladə insanlardan, fantastik macəralardan bəhs edən kitablar deyildi. Bu dəfə oxuduğum əsərlərdə tanış şeylər görürdüm. Bunlar ətrafımda, özümdə olan müəyyən şeylərə oxşayırdı. Keçmişdə görüb mənasını dərk etmədiklərimi xatırlayır, indi onlara öz həqiqi mənalarını verdiyimi zənn edirdim. Rus yazıçıları mənə daha çox təsir bağışlayırdı. Turgenevin romanlarını ikinci dəfə və son səhifələrinə qədər oxuduğum hallar da olurdu. Bunlardan biri bir neçə gün bütün varlığımı sarsıtmışdı. Bu romanın qəhrəmanı Klara Miliç adlı bir qız, olduqca sadəlövh bir tələbəyə aşiq olur. O sevir və bu haqda heç kəsə bircə kəlmə də olsun demir. Qız öz coşqun ehtirasına qurban gedir, məhv olur. Nədənsə bu qızı özümə çox yaxın hesab edirdim. Ürəyindəkiləri açıb söyləməmək, çox qüvvətli, dərin və gözəl hisslərini, duyğularını həddən artıq bir qısqanclıqla, tərsliklə gizli saxlamaq baxımından onu özümə oxşadırdım.

Muzeylərdə əsərləri nümayiş etdirilən qədim sənətkar rəssamlar da mənim darıxmadan gün keçirməyimə kömək edirdilər. Bəzən milli sərgidə eyni bir rəsm əsərinə saatlarla tamaşa edirdim. Bundan sonra günlərlə eyni simanı, eyni mənzərəni xəyalımda canlandırır, bunların haqqında düşünürdüm.

Bir ilə yaxın idi ki, Almaniyaya gəlmişdim. Bir gün, – çox yaxşı xatırlayıram, yağışlı, tutqun bir oktyabr günü idi, – qəzetləri nəzərdən keçirərkən gözümə müasir rəssamların sərgiləri haqqında bir tənqidi məqalə sataşdı. Mən bu modernist rəssamların əsərlərini yaxşı başa düşmürdüm. Kim bilir, bəlkə də əsərlərindəki həddən artıq lovğalıq, müxtəlif şəkillərdə olsa da gözə soxulmaq meyli mənim ağır təbiətimə zidd olduğu üçün o rəssamlar xoşuma gəlmirdi... Buna görə həmin qəzetdəki yazını da oxumadım. Lakin bir neçə saatdan sonra, həmişəki kimi, mənasız-mənasız, boş-boşuna küçələri dolaşarkən birdən özümü qəzetdə haqqında bəhs edilən sərginin yerləşdiyi binanın qarşısında gördüm. Başqa bir işim də yox idi. Təsadüfə tabe olub içəri girməyi qət etdim. Divarlardan asılmış bir çox irili-xırdalı tablolara çox da dərindən fikir vermədən, elə-belə tamaşa edib salonda uzun müddət dolaşdım.

Şəkillərin əksəriyyəti – biçimsiz ayaqlar və çiyinlər, yöndəmsiz başlar və məmələr, ala-bula rənglərlə çəkilmiş təbiət mənzərələri, sınıq kərpic parçasına oxşayan büllur vazalar, illər boyu kitab vərəqləri arasında solmuş güllərə bənzər güllər və nəhayət, caniləri xatırladan qorxunc portretlər... adamı gülümsəməyə sövq edirdi. Hər halda bunlar adamı əyləndirirdi.

75

Cüzi bir zəhmətlə böyük iş görməyə çalışan adamlara bəlkə də acımaq lazımdı. Lakin bu rəssamların heç kəs tərəfindən başa düşülməyib, gülünc vəziyyətdə qalmaq kimi bir cəzanı xəstə bir zövqlə necə qəbul etdiklərini gördükdə və bu barədə fikirləşdikdə, adam yalnız əsəbiləşirdi.

Böyük salonun qapıya yaxın divarı qarşısında dayandım. O zaman ürəyimdən keçən hissləri, indi, aradan uzun illər keçdikdən sonra, şərh etmək mümkün deyil. Təkcə onu xatırlayıram ki, xəz paltolu bir qadının şəkli qarşısında yerə mıxlanmış kimi dayanmışdım. Divarlardakı şəkillərə tamaşa edib keçənlər məni sağa, sola itələsələr də, durduğum yerdən kənara çəkilmirdim. O şəkildə məni özünə cəlb edən nə vardı?.. Şübhəsiz, bunu izah edə bilməyəcəyəm. Təkcə onu deyə bilərəm ki, şəkildəki qadının sifətində o vaxta qədər heç kəsdə görmədiyim qəribə və çox qüvvətli bir ifadə vardı. Bir qədər çılğın və məğrur bir ifadə. Bu qadının üzünü və ona oxşar başqa bir simanı heç yerdə, heç zaman görmədiyimi ilk dəqiqədən bilsəm də, mənə elə gəlirdi ki, onu haradasa görmüşəm, haradansa o mənə tanışdır. Bu solğun üz, bu qara qaşlar, qara gözlər, bu qıvrım qara saçlar, məsumluqla iradəni, sonsuz bir məlalla qüvvətli bir şəxsiyyətə xas olan cizgiləri birləşdirən bu ifadə, mənə heç də yad ola bilməzdi. Mən bu qadını yeddi yaşımdan bəri oxuduğum kitablarda, beş yaşımdan qurduğum xəyal dünyasında görmüşdüm. Bu qadında, Xalid Ziyanın Nihalına, Vəcihi bəyin Mehriyyəsinə, Şevalye Buridanın

sevgilisinə, tarix kitablarından tanıdığım Kleopatra-
ya, hətta təsəvvürümə gətirdiyim Məhəmmədin anası
Əminəyə xas olan müəyyən cəhətlər vardı. O, mənim
xəyalımdakı bütün qadınların təcəssümü idi. Vəhşi
çöl pişiyi dərisindən tikilmiş paltonun içində, kölgədə
qalmasına baxmayaraq, ağ mərmər kimi qadın boy-
nunun bir hissəsi, bunun da üzərində azacıq sola çev-
rilmiş totuq bir qadın sifəti var idi. Dərin düşüncələrə
dalmış qara gözləri aşağıya, yerə zillənmişdi. Elə bil
nəyisə axtarıb tapa bilməyəcəyinə əmin idi. Lakin
buna baxmayaraq, axtardığını ümidlə gözləməyə ça-
lışırdı. Baxışları kədərli olsa da, bir qədər istehzalı
idi. Sanki: "Bəli, axtardığımı tapa bilməyəcəyəm... Nə
etməli?" demək istəyirdi. Bu istehzalı ifadəni, üst do-
dağına nisbətən azacıq dolğun görünən alt dodağın-
da açıq-aydın görmək olurdu. Göz qapaqları azacıq
şişkin idi. Qaşları bir az qısa, nə qalın, nə də nazik idi.
Qara qıvrım saçları, geniş alnını çevrələyərək aşağıya
doğru uzanır, vəhşi çöl pişiyinin tüklərinə qarışırdı.
Çənəsi azacıq irəliyə doğru qabarmış, bir qədər siv-
ri şəkilli idi. Bir az ətli burnu uzun, lakin nazik idi.
Əllərim əsə-əsə kataloqu gözdən keçirdim. Bu şəkil
haqqında orada geniş məlumat tapmaq istəyirdim.
Kataloqun son səhifələrinin birinin alt tərəfində, şəkin
nömrəsi qarşısında üç söz oxudum: Mariya Puder,
Selsportret. Başqa heç nə yazılmamışdı. Rəssamın
sərgidə təkcə bir əsərinin, onun öz portretinin nüma-
yiş etdirildiyini müəyyən etdim. Nədənsə bundan
razı qaldım. Çünki qorxurdum ki, bu fövqəladə şəkli

çəkən qadının başqa tabloları mənə bu dərəcədə güclü təsir bağışlamayacaq, hətta bəlkə də ilk vurğunluğumu zəiflədəcəkdir. Salonda çox ləngimişdim. Hərdən gəzişib başqa şəkillərə tamaşa etsəm də, sanki heç nə görmür, cəld yenə əvvəlki yerə qayıdır, uzun-uzadı həmin şəklə baxırdım. Elə bil qadının üzündə hər dəfə yeni ifadələr, getdikcə özünü büruzə verən bir aləm görürdüm. Mənə elə gəlirdi ki, o aşağıya, yerə tərəf zillənmiş gözləri ilə məni gizli-gizli süzür, dodaqları azacıq tərpənirdi.

Hamı çıxıb getmiş, salon boşalmışdı. Qapı ağzında dayanmış ucaboylu xidmətçi, görünür, məni gözləyirdi. Özümü tez ələ alıb eşiyə çıxdım. Narın yağış çiləyirdi. Hər axşamkı qaydaya zidd olaraq, yolda ləngimədən pansionata qayıtdım. Tələsik nahar edib otağıma çəkilmək, tək qalıb, o qadının sifətini gözlərimin qarşısında canlandırmaq arzusu ilə alışıb-yanırdım. Süfrə başında söhbətdə iştirak etmək istəmədim. Pansionatın sahibəsi frau Heppner:

– Bu gün haraya getmişdiniz? – deyə soruşdu.

– Heç yerə... elə-belə gəzişirdim. Sonra da modernist rəssamların sərgisinə getdim, – deyə cavab verdim. Salondakılar dərhal modernist rəssamlar haqqında söhbətə başladılar. Mən isə sakitcə qalxıb otaqdan çıxdım.

Soyunarkən pencəyimin cibindən yerə bir qəzet düşdü. Onu qaldırıb stol üstünə qoyanda ürəyim birdən-birə çırpınmağa başladı. Bu, səhər aldığım həmin qəzet idi ki, qəhvəxanada oxuduğum zaman sərgi haqqında məqalə gözümə sataşmışdı. O şəkil və onun müəllifi haqqında məqalədə nə yazıldığını öyrənməyə tələsdiyim üçün az qala qəzetin səhifələrini cıracaqdım. Mənim kimi ağır təbiətli, soyuqqanlı adamın bu cür təşvişə düşməsinə özüm də təəccüblənirdim. Yazının ilk sətirlərini tələsik gözdən keçirdim. Ortaya çatanda, gözlərim kataloqda gördüyüm sözlərə mıxlanıb qaldı: Mariya Puder...

Sərgidə ilk dəfə əsərini nümayiş etdirən bu gənc sənətkardan geniş danışılırdı. Daha çox klassiklərin yolu ilə getmək istədiyi aydın olan rəssam qadının, insanı heyrətə salacaq qədər qüvvətli ifadə qabiliyyətinə malik olması, öz portretini çəkən rəssamların fırçasında görünən "gözəlləşdirmə" və ya "qəsdən çirkinləşdirmə" meyillərinin onda olmaması haqqında söhbət gedirdi. Rəsm texnikasına aid mülahizələrdən sonra tablodakı qadının duruşu, üzünün ifadəsi qəribə bir təsadüf nəticəsi olaraq Andreas del Sartonun "Madonna delle Arpie" tablosundakı Məryəm ana surətinə oxşaması, həm də adamı heyrətə salacaq dərəcədə oxşaması iddia edilir, zarafatyana tərzdə "Xəz paltolu madonna"ya müvəffəqiyyətlər dilənirdi. Bütün bunlardan sonra başqa rəssamdan bəhs edilirdi.

Ertəsi günü, hər şeydən əvvəl, məşhur tabloların reproduksiyaları satılan mağazaya gedib Arpie madonnasını axtarmaqla məşğul oldum. Sartonun əsərlərindən ibarət bir albomun içində həmin şəkli tapdım. Aşağı keyfiyyətli bir nüsxədə madonnanın surəti çox aydın görünməsə də, hər halda məqalə sahibinin haqlı olduğu aşkar idi. Qucağında müqəddəs uşağını tutub, yüksək bir yerdə oturmuş, nə sağ tərəfindəki saqqallı kişiyə, nə də sol tərəfindəki gəncə etina etmədən gözlərini aşağıya, yerə zilləmiş bu ilahənin üzündə, baxışlarında və dodaqlarında açıq-aydın görünən kədər və pərişanlıq ifadəsi... bütün bunlar dünən gördüyüm şəkildə də vardı. Albomun ayrıca satılan bu vərəqini alıb, otağıma qayıtdım. Diqqətlə baxdığım zaman bu şəklin sənət baxımından çox qiymətli bir xüsusiyyətə malik olması qərarına gəldim. Həyatımda ilk dəfə idi ki, belə bir ilahə qadın görürdüm. İndiyə qədər Məryəm ananın müxtəlif şəkillərini görmüşdüm. Bunlarda lazım olduğundan artıq, hətta mənasız dərəcədə mübaliğəli bir məsumluq təsvir olurdu. Bu şəkillərdəki Məryəm ana surətləri qucaqlarındaki körpəyə baxaraq: "görürsünüzmü, müqəddəs Allah mənə nələr bəxş etmişdir" demək istəyən, kiçik uşaqlara və ya adını çəkməyəcəkləri adamlardan dünyaya gətirdikləri övladlarına gözlərini dikib, çaşqın-çaşqın gülümsəyən xidmətçi qızlara oxşayırdılar. Halbuki Saronun tablosundaki Məryəm, düşünməyi bacaran, həyat haqqında öz nəticələrini çıxarmış, dünyaya istehza ilə baxmağa başlamış bir qadın idi... Onun gözləri hər iki tərəfdə dayanıb ibadət edənləri xatırladan əziz adamlarına, qucağındaki Məsihə, göyə tərəf yox, yerə zillənmiş, nəsə görüb bu haqda düşünən adamın gözlərinə oxşayırdı.

Şəkli stolun üstünə qoydum. Gözlərimi yumub sərgidəki qadın şəklini xəyalımda canlandırdım. Ancaq indi fikrimə gəldi ki, orada təsvir edilən adam həyatda da mövcuddur. Madam ki, o öz rəsmini çəkmişdir, deməli bu xariqüladə qadın haradasa aramızda dolaşır, mənalı qara gözlərini aşağıya, yerə, yaxud da qarşısında duran adama zilləyir. Alt dodağı bir qədər dolğun olan ağzını açıb söhbət edir, yaşayır. Deməli, onu haradasa görmək olardı... Bu ehtimal haqqında düşünərkən əvvəlcə bir qorxu hiss etdim. Çünki həyatında heç bir sevgi macərası baş verməyən, mənim kimi bir adamın elə bir qadınla üz-üzə gəlməsi həqiqətən dəhşətli idi.

İyirmi dörd yaşında olduğum halda, başımdan heç bir qadın macərası keçməmişdi. Havranda yaşayarkən məndən yaşca böyük bəzi məhəllə yoldaşlarımın təhrikilə vur-tut bir-iki dəfə içki içib sərxoş olmuşdum. Başqa heç bir vaxt əyyaşlıqla məşğul olmamışdım. Sərxoşluğun lazım olub-olmadığını da dərk etməmişdim. Təbiətimdəki utancaqlıq bu hərəkətlərin bir daha təkrar edilməsinə yol verməmişdi. Mənim aləmimdə qadın, mənliyimi qamçılayan, isti yaz günləri zeytun ağaclarının altında uzandığım zaman xəyalımda qurduğum min bir macərada iştirak edən, maddilikdən daha uzaq bir məxluq idi. Ona yaxın düşmək mümkün deyildi. İllər boyu heç kəsə bildirmədən vurğun olduğum qonşumuz Fəxriyyə ilə xəyalımda dəfələrlə ədəbsizliyə qədər gəlib çatan münasibətlərim olduğu halda, onunla küçədə qarşılaşdığım zaman ürəyim şiddətlə çırpınmağa başladığı üçün az qala yerə yıxılardım. Üzüm od tutub yanar, qaçmağa yer axtarardım. Ramazan gecələri anası ilə birlikdə, əli fənərli axşam namazına gedəndə, ona baxmaq üçün qapıları ilə üzbəüz bir yerdə gizlənərdim. Lakin qapı açılıb küçəyə düşən sarımtıl işıqda qara örtüklü vücudlar görünər-görünməz üzümü divara tərəf çevirib, mənim burada olduğumu hiss edərlər, deyə tir-tir əsməyə başlayardım.

Hər hansı şəkildə olursa olsun, bir qadın xoşuma gəldimi, hər şeydən əvvəl ondan qaçmağa çalışardım. Onunla üz-üzə gəldiyim zaman hərəkətimlə, baxışımla sirrimi açacağımdan qorxar, təsvir edilməsi mümkün olmayan bir utancaqlıqla dünyanın ən yazıq, ən fağır adamına çevrilərdim. Ömrümdə heç bir qadının, hətta anamın da gözlərinə diqqətlə baxdığımı xatırlamıram. Son zamanlarda, xüsusilə İstanbulda yaşadığım vaxtlar, o mənasız utancaqlığımla mübarizə etməyə cəsarət etmiş, yoldaşlarımın vasitəsilə tanış olduğum bəzi cavan qızlarla sərbəst dolanmağa çalışmışdım. Lakin onların mən qarşı cüzi yaxınlığını gördükdə bütün planlarım, çıxardığım qərarlar puç olmuşdu. Tamamilə məsum, sadəlövh bir adam hesab edilə bilməzdim. Çünki təkbaşına qaldığım vaxtlar xəyalımda canlanan bu qadınlarla ən mahir aşiqlərin də təsəvvürünə gəlməyəcək səhnələr qurar, ehtirasdan titrəyən odlu dodaqların məstedici qüvvəsini həqiqətdə ola biləcəyindən də qüvvətli şəkildə dodaqlarımda hiss edərdim.

Lakin sərgidə gördüyüm xəz paltolu qadın məni elə sarsıtmışdı ki, ona xəyalən də olsa toxuna bilməzdim. Aramızda nəinki bir eşq səhnəsini təsəvvür edə bilməzdim, hətta iki dost kimi üz-üzə oturacağımızı belə xəyalımdan keçirməzdim. Buna görə də gedib o şəklə tamaşa etmək, mənə baxmadığına əmin olduğum o gözləri saatlarla seyr etmək arzusu getdikcə ürəyimdə artırdı. Paltomu geyib, yenə də sərgiyə yollandım. Sonralar da bu hərəkətlərimdən əl çəkmədim.

Hər gün günortadan sonra oraya gedər, guya dəhlizlərdəki şəkillərə baxırmış kimi yavaş-yavaş, lakin böyük bir səbirsizliklə əsl hədəfə yaxınlaşmaq istəyən addımlarımı zorla saxlayaraq gəzinərdim. Elə bil təsadüfən gözümə sataşmış o şəklin qarşısında dayanar, "Xəz paltolu madonna"nı seyr edər, qapılar bağlanana qədər orada gözləyərdim. Özüm də duymuşdum ki, sərgi gözətçilərinin və hər gün burada olan rəssamların əksəriyyətinin nəzər-diqqətini cəlb etmişəm. İçəriyə girər-girməz onlar gülümsəyir, gözləri ilə bu qəribə rəsm həvəskarını uzun müddət təqib edirdilər. Son günlər, başqa şəkillərin qarşısında dayanıb, guya bunlara baxdığımı qələmə verməkdən də əl çəkmişdim. Açıq-açığına "Xəz paltolu madonna" şəklinin qarşısına gəlib, stullardan birində əyləşərdim. Gözlərimi bu şəklə zilləyib baxar, baxardım, ancaq yorulanda başımı aşağı salardım. Bu hərəkətim sərgi iştirakçılarını cəlb etməyə bilməzdi. Doğrudan da belə oldu. Qorxub çəkindiyim bir hadisə baş verdi. Salonda bir neçə dəfə rast gəldiyim, uzunsaçlı, qara paltarlı, iri qalstuk taxmış rəssamlarla söhbət etməsindən onun da rəssam olduğunu zənn etdiyim bir qadın mənə yanaşıb soruşdu:

– Deyəsən, bu şəkillə çox maraqlanırsınız? Hər gün ona tamaşa edirsiniz.

Bir anlığa ona baxıb tez gözlərimi yerə dikdim. Çünki qarşımda duran qadının çox laqeyd, bir az da istehzalı gülümsəməsi mənə pis təsir bağışladı. Məndən bir addım aralıda gözə görünən uzun burunlu ayaqqabılarına baxırdım. Onlar da elə bil üzümə baxıb məndən cavab gözləyirdi. Paltarının qısa ətəklərinin aşağı tərəfindən görünən ayaqları düzgün biçimli idi. Bunu inkar etmək olmazdı. Bu ayaqlar hərdənbir azacıq geri çəkilir, corablı yumru diz qapaqlarına qədər çatan xoş bir dalğa əmələ gətirirdi. Qadının məndən cavab almamış getməyəcəyini gördükdə:

– Bəli, – dedim, – gözəl şəkildir. – Bundan sonra nə üçünsə bilmirəm, yalan bir söz söyləmək, nəsə bir izahat vermək ehtiyacı duyub pıçıldadım: – Həm də anama çox oxşayır...

– Hə, belə deyin, buna görə də o şəklə saatlarla baxırsınız?!

– Bəli!

– Ananız vəfat edib?

– Yox.

Elə bil sözümə davam etməyimi istədi. Başımı aşağı salıb əlavə etdim:

– Çox uzaqda olur.

– Hə? Harada olur?

– Türkiyədə.

– Türksünüz?

– Bəli.

– Əcnəbi olduğunuzu hiss etmişdim.

Qəhqəhə ilə güldü. Çox sərbəstcəsinə yanımda oturdu. Ayaqlarını bir-birinin üstünə aşıranda ətəyi diz qapaqlarının yuxarısına kimi açıldı. Belə hallarda həmişə olduğu kimi indi də üzümə bir istilik yayıldığını hiss etdim. Görünür, mənim bu vəziyyətim yanımda oturan qadını həddən artıq əyləndirirdi.

Yenə sual verdi.

– Sizdə ananızın şəkli var?

Heç bir ehtiyac olmadığı halda anamla maraqlanması məni pərt etdi. Məhz zarafat xatirinə belə etdiyini hiss etdim. Rəssamlar da utanıb çəkinməyərək, uzaqdan bizə baxırdılar.

– Var... Ancaq bu başqa cürdür.

Qadının səsi bir qədər ciddiləşdi:

– Hə... deməli, bu başqa cürdür, – deyib dərhal qəhqəhə çəkərək güldü.

Qalxıb buradan qaçmaq məqsədi ilə yerimdə qurcalandım. O, bunu hiss edərək:

– Narahat olmayın, mən gedirəm... Sizi ananızla baş-başa buraxmaq istəyirəm, – dedi. Qalxıb bir neçə addım getdi. Birdən-birə dayanıb, yenə də mənə tərəf yaxınlaşdı. Əvvəlki danışığına heç də oxşamayan ciddi bir şəkildə, həm də bir az kədərli tərzdə soruşdu:

– Doğrudanmı istəyirsiniz belə bir ananız olsun?

– Bəli... Həm də çox istəyirəm.

– Hə?!

Geriyə dönüb iti və iri addımlarla uzaqlaşdı. Başımı qaldırıb baxdım. Qısa saçları boynunun ardında atılıb düşürdü. Əllərini jaketinin ciblərinə soxduğu üçün dar paltarı bədəninə daha sıx yapışmışdı. Söylədiyim son cümlə ilə yalanımı büruzə verdiyim barədə fikirləşdikdə, özümü son dərəcə itirdim. Cəld yerimdən qalxdım. Ətrafıma baxmağa cürət etmədən küçəyə çıxdım. Ürəyimdə qəribə bir hiss vardı. Sanki səfər zamanı tanış olub alışdığım, lakin çox tez də ayrılmağa məcbur olduğum bir adamla vidalaşırdım. Bir daha bu sərgiyə ayaq basmayacaqdım. İnsanlar, biri-birini başa düşməyən insanlar, məni buradan da qaçırıb uzaqlaşdırdılar.

Pansionata qayıdar-qayıtmaz yenə də əvvəlki mənasız günlərin təkrar olunacağını, yemək zamanı Almaniyanın xilası planlarına, pulun qiymətdən düşməsi nəticəsində var-dövlətini itirmiş adamların şikayətlərinə qulaq asacağımı, otağıma çəkilib Turgenevin və ya Teodor Stornun əsərlərini oxumaqla məşğul olacağımı fikirləşdikdə, son iki həftə ərzində həyatımın bir məna almağa başladığını və bundan əl çəkməyin nə qədər acı olacağını başa düşdüm. Bir imkan, varlığına inanmağa da cürət etmədiyim bir imkan, boş-boşuna ötüb keçən mənasız həyatıma daxil olmaq üçün yaxınlaşmış, sonra gəldiyi kimi də birdən-birə, ani və səbəbsiz-filansız çəkilib getmişdi. Bunu ancaq indi başa düşürdüm. Özümü dərk etməyə başlar-başlamaz, öz-özümə də etiraf etmədən, xəbərsiz olaraq, mənə yaxın bir adam axtarmaqla günlərimi keçirmiş, hamıdan uzaq qaçmışdım. O şəkil, axtardığım adamı tapmağıma, hətta qısa müddətə olsa da ona yaxın olduğuma məni inandırmış, ürəyimdə artıq sönməyəcək bir ümid qığılcımı yandırmışdı. Buna görə də ürəyim bu dəfə ağır bir zədə aldı. Nəticədə məni əhatə edən adamlardan daha da uzaqlaşmağa başladım. Hər şeyi ürəyimdə gizli saxlayıb, başqasına bir söz demədim. Atama məktub göndərib artıq geri qayıtmaq fikrinə düşdüyümü bildirmək istəyirdim. "Avropada nə öyrəndin?" – deyə soruşsalar nə cavab verəcəkdim. Bir neçə ay da qalmaq və bu müddət ərzində atamı razı salacaq dərəcədə "sabunçuluğu" öyrənməyi qət etdim.

Yenə İsveçrə firmasına baş çəkdim. Bir qədər soyuq qarşılanmağıma baxmayaraq, fabrikə müntəzəm gedib-gəlməyə başladım. Öyrəndiyim düsturları, üsulları diqqətlə dəftərə qeyd edib, sabunçuluq sənətinə aid kitablar tapıb, onları oxumağa çalışırdım.

Pansionatda yaşayan hollandiyalı dul qadın frau Tiedeman da mənimlə dostluğu möhkəmləndirməyə çalışırdı. Məktəbin axşam növbəsində oxuyan onyaşlı oğlu üçün aldığı uşaq hekayələrini mənə oxutdurur, bunların haqqında rəyimi öyrənirdi. Bəzən axşam yeməyindən sonra, bir bəhanə ilə otağıma gəlib uzunuzadı laqqırtı vururdu. Əksər hallarda alman qızları ilə nə kimi macəralar keçirtdiyimi öyrənməyə cəhd edir, ona sözün düzünü deyəndə "nə kələkbazsan" deyirmiş kimi, gülümsəyir, şəhadət barmağını havada yelləyib aşağı salır, sonra da gözlərimin içinə baxırdı. Bir dəfə günortadan sonra birlikdə gəzməyi təklif etdi. Axşamüstü evə qayıdanda təkidlə məni pivəxanaya apardı. Hiss etmədən burada çox əyləşib içmişdik. Berlinə gələndən bəri arabir pivə içdiyim olmuşdusa da, bu axşamkı vəziyyətə düşməmişdim. Salonun başıma hərləndiyini, huşumu itirərək frau Tiedemanın qucağına yıxıldığımı xatırlayıram. Bir az-dan sonra özümə gələndə gördüm ki, bu xoşxasiyyətli qadın, xidmətçilərin islatdığı yaylıqla üzümü silir. "Tez evə gedək" dedim. Qadın inadla: "pivənin pu-lunu mən verəcəyəm" dedi. Eşiyə çıxanda onun da mənim kimi sərxoş olduğunu gördüm. Biri-birimi-zin qoluna girib, yanımızdan gəlib keçənlərə toxuna-toxuna addımlayırdıq. Gecəyarısına az qaldığı üçün küçələrdə adam seyrəlmişdi. Bir yerdə, küçənin bu tərəfindən o tərəfinə gedəndə, qəribə bir hadisə baş verdi. Frau Tiedemanın ayağı səkinin kənarına toxun-du. Bədəni bir qədər dolğun olan qadın yıxılmamaq üçün məndən yapışmaq istədikdə, boyu məndən hündür olduğu üçün əlləri ilə boynumu qucaqla-dı. Müvazinətini düzəltsə də məni qollarının ara-sında daha möhkəm sıxıb buraxmırdı. Sərxoşluğun nəticəsindənmi, ya başqa səbəbdənmi, bilmirəm, mən də utancaqlığımı unudub onun qucağına sıxıl-mışdım. Birdən bu otuz beş yaşlı qadının ehtiraslı və bir qədər atəşin dodaqlarını üzümdə hiss etdim. Bu coşqun məhəbbət təzahürü ağır, lakin gözəl bir qoxu kimi içimə yayıldı. Yanımızdan ötüb keçənlərin bir neçəsi gülə-gülə bizə müvəffəqiyyətlər arzuladı. Elə bu vaxt gözlərim on addımlıqdakı elektrik dirəyinin yanından bizə doğru gələn bir qadına sataşdı. Təsviri mümkün olmayan bir həyəcanla bütün bədənimin titrəyib əsməyə başladığını hiss etdim. Məni qucaqlamaqda davam edən qadın bədənimin titrəyib əsdiyini duyanda daha da coşub saçlarımı busələrə qərq etdi. Lakin mən onun qucağından xilas olmağa çalışır, bizə yaxınlaşan qadına baxmaq istəyirdim. Bəli, o idi. Onun bir anlığa gördüyüm sifəti, sərxoş başımda ildırım sürətilə canlanmışdı. Bu, sərgidə gördüyüm vəhşi pişik dərisindən tikilmiş xəz paltolu, solğun üzlü, qaragözlü, azacıq uzun burunlu qadının siması idi, daha doğrusu, "Xəz paltolu madonna"nın özü idi. Üzündə özünəməxsus həmişəki kədərli, hər şeydən usandığını əks etdirən bir ifadə vardı. Elə bil ətrafındakı adamlara etina etmədən addımlayırdı. Bizi görəndə bir anlığa təəccübləndi. Bu vaxt nəzərlərimiz qarşılaşdı. Elə bil boynumun ardına qamçı zərbəsi dəydi, yerimdəcə silkələndim. Sərxoşluğuma baxmayaraq, çox yaxşı başa düşürdüm ki, onunla ilk dəfə belə bir vəziyyətdə rastlaşmağım çox pis iş oldu. Mənə həmişəki təbəssümlə baxıb, haqqımda çıxardığı ilk nəticənin də necə olacağını çox yaxşı dərk edirdim. Nəhayət, Tiedemanın qolları arasından xilas oldum. Qaçıb "Xəz paltolu madonna"ya çatmaq istədim. Nə edəcəyimi, nə deyəcəyimi özüm də bilmədən meydançanın o başına qədər getdim. O, yox olub gözdən itmişdi. Bir neçə dəqiqə ətrafa baxdım. Bir kimsə yox idi. Frau Tiedeman mənə yaxınlaşıb: "Nə oldu sənə? Söylə görüm sənə nə oldu?" – deyə soruşdu. Qoluma girib məni evə tərəf apardı. Yolda qolumu öz bədəninə sıxır, üzümə tərəf əyilirdi. İsti nəfəsi bu dəfə mənə dözülməz dərəcədə ağır gəldi. Buna baxmayaraq müqavimət göstərmirdim. Ömrümdə heç kəsə müqavimət göstərməmişdim, ancaq qaçmağı bacarırdım. İndi bunu da edə bilməyəcəkdim, çünki üç addım getməmiş qadın məni yaxalayacaqdı. Həm də bundan bir az qabaqkı təsadüf məni az qala dəli edəcəkdi. Sərxoşluğum nisbətən keçdiyi üçün məntiqi qaydada fikirləşməyə çalışır, bir neçə dəqiqə qabaq üzümə zillənib gülümsəyən gözləri xatırlamaq istəyirdim. Lakin bütün bunlar mənə indi bir xəyal, dumanlı başımın uydurduğu dəhşətli səhnələr kimi görünürdü. Yox, onu görməmişdim. Belə bir vəziyyətdə onunla qarşılaşa bilməzdim. Bunların hamısı yanımdakı qadının məni qucaqlaması, öpməsi və odlu nəfəsinin üzümə toxunması nəticəsində yaranmış xəyal və kabuslardan ibarətdi... Bir az qabaq evə gedib yatağıma yıxılmaq, tez yatmaq, mənasız vahimələrdən xilas olmaq istəyirdim. Lakin qadın məndən heç də əl çəkmək fikrində deyildi. Evə yaxınlaşdıqca hərəkətləri daha da coşqun şəklə düşür, cilovlanmayan ehtirası qollarına qüvvət verir, bu qollar məni daha qüvvətlə qucaqlayırdı.

Pilləkənləri qalxanda yenə də boynuma sarıldı. Cəld bir hərəkətlə ondan xilas olub, yuxarı qaçdım.

O dolğun bədəni ilə pillələri titrədir, nəfəsi tutula-tutula ardımca cumurdu. Otağımın qapısına açar salmağa çalışanda, dəhlizin o biri başında keçmiş tacir herr Doppke göründü. Ağır addımlarla bizə tərəf gəlirdi. Onun nə üçün bu vaxta qədər yatmayıb bizi gözləməsinin səbəbini başa düşdüm. Dərindən nəfəs aldım. Çox hallı-dullu, ömrünün ən coşqun çağlarında olan bu dul qadına qarşı Doppkenin xoş arzular bəslədiyini pansionatın bütün kirayənişinləri bilirdi. Hətta bu qadının da onun səmimi hisslərinə biganə olmadığı, yaşı əllidən artıq olsa da, yaxşı qalmış bu subay qocanı özünə məftun etmək üçün Tiedemanın da müəyyən planlarının mövcud olması barədə söhbət gedirdi. İki dost dəhlizdə bir-birilə qarşılaşanda, bir müddət duruxub dayandılar. Tez otağıma girib qapını içəridən bağladım. Eşikdə bir xeyli vaxt onların pıçıltısı eşidildi. Müəyyən etmək olurdu ki, ehtiyatla verilən suallara heç də acıqlı cavablar verilmir, əksinə, bu cavablar həmişə inanmağa alışmış qulaqlara xoş gəlirdi. Az keçməmiş ayaq səsləri, pıçıltılar dəhlizin o biri başına doğru uzaqlaşdı, yox oldu.

Yatağıma girər-girməz yuxuya getmişdim. Səhərə yaxın ürəksıxıcı yuxular gördüm, xəz paltolu qadın müxtəlif şəkillərdə qarşıma çıxır, dəhşətli və kinayəli təbəssümlə məni titrəməyə salırdı. Ona nəsə demək, nə barədəsə izahat verib başa salmaq istəyir, lakin buna nail ola bilmirdim. Qara gözlərindəki sərt ifadə elə bil ağzıma qıfıl vurmuşdu. Onun tərəfindən qəti, dəyişilməz bir hökmlə məhkum edildiyimi görüb daha da möhkəm titrəyir, sonsuz bir ümidsizliyə dü-şürdüm. Hələ hava işıqlanmamış yuxudan ayıldım. Başım ağrıyırdı. Lampanı yandırıb nəsə oxumağa çalışdım. Sətirlər gözlərimin qabağından qaçırdı. Ağ səhifələrin ortasında elə bil duman içindən baxan, miskinliyimə ürəkdən qopan səssiz qəhqəhələrlə gülən iki qara göz görünürdü. Dünən axşam gözlərimə sadəcə bir xəyal göründüyünə inansam da, sakitləşə bilmirdim. Qalxıb geyindim. Küçəyə çıxdım. Berlinin rütubətli, soyuq səhərlərindən biri idi. Küçələrdə ki-çik əl arabaları ilə evlərə süd, kərə yağı, çörək daşı-yan dükan satıcıları şagirdlərindən başqa heç kəs yox idi. Tinlərdə bir neçə polis gecə vaxtı divarlara yapış-dırılmış intibahnamələri qoparıb cırmaqla məşğul idi. Kanalın kənarı ilə Tirqartenə tərəf getdim. Dur-ğun sularda iki qu quşu cansız, oyuncaq quşlar kimi hərəkətsiz dayanmışdı. Meşədəki otlar sıx, hündür idi. Əzilmiş otluğa, bir yerdə bir neçə baş sancağı düş-müşdü. Bunları görəndə dünən axşamkı halımı xatır-ladım. Frau Tiedeman da çox güman, pivəxanada və yolda xeyli sancaq itirmişdi. Yəqin indi o otaq qonşu-su qoca herr Doppkenin yanında rahatca yatır, səhər tezdən xidmətçilərdən qabaq qalxıb öz otağına qaç-maq barədə düşünmürdü.

Fabrikə həmişəkindən tez getdim. Qapıçını ürək-dən salamladım. Dördəlli işə başladım, beləliklə iş-sizliyin yaratdığı cansıxıcı vahimələrdən xilas olmağı qət etmişdim. Sabun qazananlarının yanında dayanıb dəftərimə qeydlər etdim. Sabun qəliblərinin hansı fabriklərin məhsulu olmasını qeydə aldım. İndidən özümü Havranda açacağım müasir iri sabunxananın müdiri kimi təsəvvürümə gətirir, yumşaq zərli kağızlara bükülmüş, üstündə "Məhəmməd Raif-Havran" yazılmış ağ rəngli, yumurtavarı sabunların Türkiyənin hər tərəfinə necə yayılacağını xəyalımda canlandırırdım. Günortaya az qalmış hiss etdim ki, artıq əvvəlki kimi darıxmıram, həyat da mənə daha xoş görünür. Bu vaxta qədər özümü mənasız düşüncələrlə üzüb əldən saldığımı dərk edir, bunun günahını xəyalpərvərliyimdə, hər şeyi ürəyimə salmaqda görürdüm. Daha bəsdir, xasiyyətimi dəyişdirəcək, sabunçuluq sənətinə dair kitabları da az oxuyacağam. Mənim kimi bir şan-şöhrətli zadəgan balasının xoşbəxt olmasına nə mane ola bilər? Məgər atamın zeytun bağları, Havrandakı iki fabrik, bir sabunxana mənim deyildi? Varlı-dövlətli ərləri olan iki bacıma aid hissələri də satın alar, ölkənin mötəbər taciri kimi yaşaya bilərdim.

Düşmən vətənimizdən qovulmuş, milli ordu, Havranı azad etmişdi. Atam öz məktublarında özündən çıxır, vətənpərvərlik hissləri ilə dolu cümlələri bir-birinin ardına düzürdü. Bizim özümüz də səfirlikdə böyük bir yığıncaq düzəldib qələbəni bayram etmişdik. Arabir həmişəki sakitliyimdən əl çəkərək herr Doppkeyə, onun ətrafına toplaşan bekar zabitlərə, Anadolu hərəkatı haqqında eşidib bildiklərimə əsaslanaraq, Almaniyanın xilas edilməsinə dair məsləhətlər verirdim.

...Ürəyimi sıxa biləcək, darıxdırmağa səbəb olacaq heç bir əsas yox idi. Mənasız (tutalım mənalı olsun, nə fərqi var) bir şəkil, uydurma vaqiələrə əsaslanan bir roman nəyə görə həyatımda müəyyən rol oynamalı idi? Xeyr, daha xasiyyətimi tamamilə dəyişdirəcəkdim...

Bütün bunlara baxmayaraq axşam ətrafa qaranlıq çökən kimi, ürəyimi səbəbi bəlli olmayan bir kədər bürüdü. Süfrə başında frau Tiedemanla üz-üzə gəlməmək üçün küçədə nahar edib iki krujka da pivə içdim. Lakin bütün səylərimə baxmayaraq, gündüzkü nikbinliyim geri qayıtmırdı. Elə bil ürəyimi nəsə sıxıb ara vermədən ağrıdırdı. Açıq havada gəzinsəm, bu ağrıdan xilas ola bilərəm fikrilə tələsik yemək haqqını ödədim.

Göyün üzü tutqundu. Narın yağış yağırdı. Şəhərin bol işıqlarının göy üzündəki buludlarda əks olunduğunu müşahidə etmək olardı. Kürfüstendam adlanan geniş, uzun küçəyə çıxdım. Bura çox işıqlı idi. Bir neçə yüz metrlikdən tökülən yağış damcıları da narıncı rəngə çalırdı. Küçənin hər iki tərəfində teatrlar, kazinolar, kinoteatrlar vardı. Adamlar yağışa fikir verməyib, hallarını belə pozmadan yavaş-yavaş gəzişirdilər. Bir-birilə heç bir əlaqəsi olmayan müxtəlif və mənasız fikirlərə dalıb ağır-ağır addımlayırdım. Beynimə soxulmaq istəyən bir fikri özümdən uzaqlaşdırmağa çalışırdım. Belə bir halda bir neçə kilometr uzunluqda küçəni dəfələrlə o baş-bu başa var-gəl etdim. Sonra sağa dönüb Vittenberg meydanına tərəf addımladım. Burada Ka de We adlanan böyük

bir mağaza qarşısında səkidə gəzişən, ayaqlarına qır-
mızı uzunboğaz çəkmə geyinmiş, qadınlar kimi üzü-
nü boyamış bir dəstə cavan gəlib keçənləri ehtiraslı
baxışlarla seyr edirdi. Saatımı çıxarıb baxdım. On
ikiyə işləyirdi. Vaxt nə qədər tez gəlib keçmişdi. Ad-
dımlarımı sürətləndirib bu tərəflərə yaxın olan Hol-
lendorf meydanına yönəldim. Artıq bu dəfə hara get-
diyimi çox yaxşı bilirdim. Dünən axşam xəz paltolu
ilahəyə orada, həm də elə bu vaxtlar rast gəlmişdim.
Meydan bomboşdu. Cənub tərəfdə yerləşən teatrın
böyük binası qarşısında bir polis gəzişirdi. Yan küçəyə
dönüb keçən gecə frau Van Tiedemanla qucaqlaşıb
dayandığımız yerə gəldim. Elə bil axtardığımı indicə
görəcəkdim – gözlərimi qabaqdakı elektrik dirəyinə
tərəf zillədim. Dünən axşam gördüyümün bir xəyal ol-
duğuna özüm də inandığım halda, budur indi burada
dayanıb onu, o qadını, bəlkə də o kölgəni gözləyirdim.
Səhərdən bəri qurduğum o xəyal aləminin yeri bom-
boşdu. Orada ancaq quru yellər əsirdi. Əvvəllərdə ol-
duğu kimi, mən yenə də təsəvvürlərimin, daxili duy-
ğularımın əlində bir oyuncaq idim.

Elə bu vaxt bir adamın meydanın ortasından ke-
çib dayandığım tərəfə gəldiyini gördüm. Yaxınlıqdakı
evlərdən birinin qapısına tərəf çəkilib gizləndim,
gözləməyə başladım. Başımı çıxarıb baxdıqda cəld
addımlarla yaxınlaşan xəz paltolu qadını gördüm. Bu
dəfə səhv edə bilməzdim. İndi daha sərxoş deyildim.
Onun ayaqqabılarının taqqıltısı kimsəsiz küçənin ev-
lərinə dəyir, əks-səda verirdi. Ürəyim sanki sancıb

ağrımağa, dəhşət içində döyünməyə başladı. Ayaq səsləri lap yaxınlıqda eşidilirdi. Kürəyimi küçəyə tərəf çevirib, qapı ilə əlləşib, özümü elə göstərirdim ki, guya onu açıb içəri girmək istəyirəm. Ayaq səsləri düz arxamda eşidiləndə yerə mıxlandım, yavaşcadan da olsa qışqırmamaq üçün özümü ələ almağa çalışdım. Qadın yoluna davam etməkdə idi. Durduğum yerdən çıxdım. Bu dəfə də onu gözdən qaçıracağımdan qorxub, çox yaxından təqib etməyə başladım. Üzünü görməmişdim. Onunla göz-gözə gəlməkdən son dərəcə qorxduğum halda, indi arxasınca düşüb, cəmi beş-altı addım aralı gedirdim. Onun mənim bu hərəkətimdən xəbərsiz olduğu görünürdü. Xəbər tutsa idi, yer tapıb gizlənəcəkdim. Bəs onda nə üçün buraya gəlib, onun yolunu gözləmişdim? Nə üçün arxasınca düşüb gedirdim? Doğrudanmı, bu həmin qadındı? Nəyə görə mən elə nəticəyə gəlmişdim ki, gecənin hansı vaxtındasa bir küçədən keçmiş qadın ertəsi gün axşam yenə də həmin küçədən, həmin saatda keçməlidir? Bütün bu suallara cavab verəcək halda deyildim. Ürəyim yenə də tez-tez döyünürdü. Onun ardınca addımlayır, birdən geri dönüb, məni görsə nə edəcəyimi fikirləşir, daha da həyəcanlanırdım. Başımı aşağı salıb asfalt döşəməli səkidən başqa heç nə görmədən ayaq səslərini təqib edərək gedirdim. Birdən o səslərin arası kəsildi. Yerimdə dayanıb qaldım. Başımı daha da aşağı salıb, məhkum olmuş adamlar kimi gözlədim. Heç kəs mənə yaxınlaşmadı. Heç kəs: "Nə üçün ardımca düşüb məni izləyirsiniz?"

– deyə soruşmadı. Bir azdan gördüm ki, dayandığım yer küçənin başqa hissələrindən daha işıqlıdır.

Yavaş-yavaş başımı qaldırdım. Ətrafda heç kəsi görmədim. Qadın yoxa çıxmışdı. Bir neçə addım irəlidə, qapısı elektrik işığına qərq olmuş məşhur bir restoran vardı. Küçəyə tərəf baxan böyük lövhənin üzərində mavi elektrik işığı ilə yazılmış "Atlantika" sözü gah yanır, gah da sönürdü. Yazının alt tərəfində elektrik işığından düzəldilmiş və dəniz dalğalarını xatırladan şəkillər vardı. Qapıda dayanmış güləbətin paltarlı, qırmızıpapaqlı, boyu iki metrəyə çatan bir kişi mənə baş əyib içəri dəvət etdi. Qadının buraya girdiyini başa düşüb, tərəddüd etmədən qapıçıya yaxınlaşdım:

– Bir az bundan əvvəl xəz paltolu qadın burayamı girdi?

Qapıçı bir daha baş əyib dedi:

– Bəli.

Üzündə çox mənalı bir təbəssüm göründü. Birdən fikrimdən keçdi ki, yəqin qadın buranın daimi müştərilərindən biridir. Hər axşam eyni saatda buraya gəlməsi də bununla əlaqədardır. Dərindən rahat nəfəs alıb, paltomu çıxartdım, salona keçdim. Qələbəlik idi. Salonun ortasında, bir qədər çuxurda dairəvi rəqs meydançası, qarşı tərəfdə orkestr, divanlar boyunca yüksək və qapıları örtülü lojalar vardı. Bunlardan yarısından çoxunun pərdələri salınmışdı: içəridəki adamlar rəqs etmək üçün cüt-cüt meydançaya çıxır, sonra yenə də lojalara girib pərdələri örtürdülər. Boş bir lojaya girdim. Pivə sifariş elədim. Artıq ürəyimin döyüntüsü keçmiş, sakitləşmişdim. Tələsmədən ətrafa baxdım. Onu, həftələrdən bəri yuxumu qaçırtmış xəz paltolu qadını qoca və ya gənc əyyaşlardan birinin yanında, stolların birinin arxasında görəcəyim, bu qədər böyük əhəmiyyət və dərin məna verdiyim qadının bazara çıxıb özünü necə satdığını görəndə bütün boş xəyallardan əl çəkəcəyim barədə fikirləşirdim. O, rəqs meydançasının ətrafındakı stolların arxasında yoxdu. Görünür, lojaların birində idi. Acı-acı gülümsədiyimi hiss etdim. İnsanlara, onların olduğu kimi yox, başqa gözlə, başqa nəzərlə baxmaqda davam etdiyimə görə öz-özümü danlayırdım. 24 yaşa çatdığım halda hələ də sadəlövh bir uşaq olaraq qalırdım. Adi, bəlkə heç də yaxşı işlənməmiş bir rəsm məndə böyük intibaha səbəb olmuş, sonsuz ümidlər doğurmuşdu. Onun solğun üzünə, təsviri kitablara sığmayacaq dərəcədə böyük bir məna vermişdi. Onda əsl həqiqətdə heç də mövcud olmayan xüsusiyyətlər görmüşdüm. Halbuki o bir çox gənc qadınlar kimi, bu cür əyləncə yerlərində adi bir zövq ardınca düşmüş, görünür, mənim o qədər hörmətlə seyr etdiyim xəz paltosunu da buradakı xidmətlərinin əvəzində qazanmışdı. Pərdələri örtülü lojaları sıra ilə gözdən keçirir, içəridə oturanları görməyə çalışırdım. Yarım saatdan sonra artıq bu gizli guşələrdə ehtirasdan alışıb-yanan qadınların və kişilərin hamısını görüb nəzərdən keçirtmişdim. Xəz paltolu qadın lojaların heç birində yox idi. Çünki pərdələr açılıb örtüldükcə heç kəsdə şübhə oyatmamaq üçün, çox ehtiyatla lojalara diqqətlə baxmışdım. Tək və ya cüt oturmuş adamların hamısı rəqs etmək üçün öz lojalarından çıxmışdı.

Yenə də məni üzüb əzab verən bir şübhə bürüdü. Bəlkə bu axşam da səhv etmişdim? Məgər Berlində bu cür xəz paltonu təkcə o geyirdi? Doğrusu, buraya gələn qadının üzünü görməmişdim. Keçən axşam sərxoş olduğum zaman istehzalı təbəssümlə dolu gözlərini mənə zilləyən bir qadını yerişindən tanıya bilərdimmi? Deyə bilərdimmi ki, dünən axşam doğrudan da məhz onu görmüşdüm? Bəlkə hər şey səhərdən bəri təsəvvür etdiyim kimi, bir xəyaldan, kölgədən ibarət idi? Öz-özümə qorxmağa başladım. Mənə nə olmuşdu? Bu dərəcəyə qədər bir rəsmin təsiri altına düşmək, şəkildəki qadının gecə vaxtı qarşıma çıxdığını təsəvvür etmək, sonra təkcə ayaq səslərinə və paltosuna görə onun həmin qadın olduğuna inanıb arxasınca düşmək, izləmək düzgün hərəkət idimi? Tez buradan çıxıb getməli, özümü hökmən ələ almalıydım.

Salonun işıqları birdən-birə söndü. Təkcə orkestrin yerləşdiyi yerə zəif işıq düşürdü. Rəqs meydançası boşalmışdı. Çox keçmədən bir musiqi sədası ucalmağa başladı. Arxadan incə bir skripka səsi eşidildi. Bu səs yavaş-yavaş yaxınlaşırdı. Ağ rəngli və yuxarı hissəsi çox açıq paltar geymiş gənc bir qadın skripka çala-çala meydançaya tərəf düşdü. O zamanlar dəbdə olan mahnılardan birini çox astadan, lakin bir qədər kişi səsinə oxşar səslə oxumağa başladı. Projektordan salınan işıq yumurtavarı bir çevrə şəklində yerə düşüb, qadını işıqlandırırdı. Dərhal tanıdım. Bütün şübhələrim, min cür mənasız fərziyyələrim uçub yox oldu. Ürəyimi yenə də bir sıxıntı bürüdü. Onun ətrafdakı adamlara çox süni təbəssümlə baxması, özü də istəmədən naz-qəmzə etməyə məcbur olaraq burada işləməsi məni çox kədərləndirdi. Şəkildə gördüyüm qadını hər cür vəziyyətdə, hətta qucaqdan-qucağa keçən də təsəvvür edə bilərdim. Lakin onu bu cür, bu vəziyyətdə görəcəyimi ağlıma gətirməzdim. Zehnimdə yaratdığım məğrur, əyilməz, qüvvətli bir iradəyə malik qadın miskin bir vəziyyətdə idi. "Onu bir az bundan qabaq təsəvvürümə gətirdiyim kimi, kişilərlə birlikdə içib sərxoşluq edən, rəqs edib öpüşən görsəydim, daha yaxşı olardı", – deyə fikirləşdim. Çünki bütün bu hərəkətlər hər nə olur olsun, onun öz istəyindən asılı idi. Bu hərəkətləri sərxoş olub özünü unudanda edəcəkdi. Halbuki indi gördüyü işin heç də onun istəyincə olmadığı aşkar idi. Skripka çalmaqda da mahir sənətkar deyildi. Səsi isə o qədər gözəl olmasa da, çox təsirli idi. Elə bil sərxoş gənc oğlan şikayət dolu həzin mahnı oxuyurdu. Üzündəki donuq təbəssümün yoxa çıxması üçün kiçik bir bəhanə kifayət idi. Stolların birinin arxasında oturanlara tərəf dönüb, məstedici sözlər oxuduqdan sonra başqa stola yaxınlaşdıqda bir anlığa üzü ciddiləşir, tablodakına oxşar bir ifadə alırdı. Dünyada mənə heç bir şey təbiətən qəmgin bir insanın zorla gülümsəməyə çalışması qədər acı görünməmişdi. Yaxınlaşdığı stollardan birinin arxasında oturan sərxoş bir gənc hiss edilmədən yerindən qalxıb, onun çılpaq çiynindən öpdü. Qadın ilan çalmış kimi üzünü turşutdu. Bədənini buz kimi soyuq bir üşütmə bürüdü. Lakin bu çox qısa, bəlkə də saniyənin dörddə birindən də az bir müddət ərzində baş verdi. Sonra onun həmin gəncə tərəf baxıb gülümsədiyini və gözlərilə, elə bil: "ah, nə yaxşı iş gördünüz" deməyə səy etdiyini müşahidə etdim. Qadın stol yoldaşının kobud hərəkətinə görə əsəbiləşmiş kimi görünən başqa bir gəncə tərəf döndü. "Əsəbiləşməyin, kişilər bizə qarşı bu cür hərəkət etməkdə sərbəstdirlər", demək istəyən bir ifadə ilə başını aşağı saldı.

Hər dəfə oxuduğu mahnıdan sonra tək-tək alqış səsi eşidilir, qadın başı ilə orkestrə başqa mahnı ifa etməyi işarə verirdi. Bundan sonra eyni asta və şikayət dolu səslə başqa mahnıya keçir, bir stoldan başqa stola yaxınlaşır, bir-birinin boynunu qucaqlamış sərxoş adamların başı üstündə dururdu. İçərisində nələr baş verdiyi görünməyən, pərdələri salınmış lojaların qarşısında dayanıb, başını skripkaya dayayaraq çox da mahir işləməyən barmaqlarını skripka telləri üzərində dolaşdırırdı. Arxasında oturduğum stola yaxınlaşdığını görəndə təşvişə düşdüm. Bilmirdim ona necə baxacaq, nə deyəcəkdim. Sonra özüm öz halıma güldüm. Dünən gecəyarısı qaranlıq küçədə məni tanıya bilərdimi? Mən onun gözlərində hər hansı bir gəncdən, buraya kef çəkməyə, əyləncə yoldaşı tapmağa gəlmiş bir müştəridən başqa nə ola bilərdim? Buna baxmayaraq başımı aşağı salmışdım. Onun yerlə sürünməkdən ətəyi tozlu paltarını və paltarının altından burnu azacıq çıxmış ağ, üstü açıq ayaqqabısını gördüm. Corabsız idi. Projektorun parlaq işığında belə ağlığı bilinən ayaq pəncəsinin üst tərəfinin bir hissəsi, ayaq barmaqlarının başlandığı yerin bir barmaq enində kiçik bir hissəsi görünürdü. Bu, gözlərimə toxunanda məni bir üşütmə tutdu, elə bil bütün bədənini çılpaq görürdüm. Utana-utana gözlərimi qaldırdım. O diqqətlə mənə baxırdı. Nəğmə oxumur, ancaq skripka çalırdı. Üzündəki o süni təbəssümdən əsər belə yoxdu. Baxışlarımız qarşılaşanda o məni dostcasına salamladı. Bəli, mübaliğəsiz, heç də utanıb-çəkinmədən köhnə dost kimi salamladı. Bunu çox sadə bir şəkildə etdi, gözlərini bir dəfə açıb-yumdu. Səhv edə bilməzdim. Çünki o bunu çox açıq-aydın edib, sonra gülümsədi. Üzünün bütün hissələrinə yayılan təmiz, saf təbəssümlə, köhnə bir dost kimi gülümsədi... Yenə bir müddət skripka çaldı. Məni bir daha, həm də bu dəfə gözləriylə, başının hərəkətilə salamladıqdan sonra başqa stollara tərəf getdi. Yerimdən tez qalxıb boynunu qucaqlamaq, onu ağlaya-ağlaya öpmək kimi müdhiş bir arzu ürəyimdə baş qaldırdı. Ömrümdə bu qədər xoşbəxt olduğumu, ürəyimin bu qədər fərəhlə çırpındığını xatırlamıram. Bir adamın başqasını bu tezliklə, heç bir şey etmədən bu cür xoşbəxt etməsi mümkündürmü? Mənə bu anda dostcasına verilmiş bir salamdan saf bir təbəssümdən başqa heç nə lazım deyildi. Elə bil dünyanın çox zəngin bir adamı idim. Gözlərimlə onu izləyib öz-özümə pıçıldayırdım: "Sənə təşəkkür edirəm... təşəkkür edirəm!..." Sərgidəki şəklə tamaşa edərkən fikirləşdiklərimin doğru çıxdığını görüb bundan məmnun olurdum. O tamamilə mənim təsəvvür etdiyim kimi idi... Başqa cür olsaydı, mənə belə tanış gözlərlə baxardımı, salamlayardımı?

Arada ürəyimdə bir şübhə oyandı: bəlkə məni başqasına oxşatdı? Bəlkə də məni dünən axşam küçədə ötəri görərkən sifətim ona tanış gəlmiş, lakin məni haradan tanıdığını xatırlamamış, hər ehtimala qarşı salam vermişdi? Lakin üzündə azacıq bir tərəddüd, nəyisə xatırlamağa çalışdığını göstərən heç bir nişanə yox idi. Tam bir sakitliklə gözlərimin içinə baxıb, sonra da gülümsəmişdi. Hər halda, onun mənə göstərdiyi bu yaxınlıq məni dünyanın ən bəxtiyar adamına çevirdi. Həyatından razı adamlar kimi qayğısız-qayğısız gülümsəyirdim. Yerimdə əyləşib o tərəf-bu tərəfə boylanır, elə indicə salonun o biri başına getmiş gənc qadına baxırdım. Qara, qıvrım və qısa saçları boynunun ardına tökülmüşdü. Çılpaq qolları hərəkət etdikcə beli xəfifcə sağa-sola bükülür, çiyninin incə əzələləri arabir tərpənirdi. Son mahnısını oxuduqdan sonra cəld addımlarla orkestrin arxasına keçib gözdən itdi. Yenə də işıqlar yandı. Mən öz xoşbəxtliyimin nəşəsindən sərməst olmuş halda bir müddət dayanıb durdum. Sonra "Bəs indi nə etməliyəm?" deyə öz-özümdən soruşdum. Tez eşiyə çıxıb qapının qabağında onu gözləyim? Axı nə məqsədlə?.. Onunla bircə kəlmə danışmadığım halda yolunu gözləyib: "Sizə eviniza qədər yoldaşlıq edə bilərəm?" deyərsəm, haqqımda nə düşünər, nə nəticəyə gələrdi? Mənə göstərdiyi böyük mehribanlığın müqabilində kobudluq eləyib belə münasibətsiz bir təkliflə ona müraciət edə bilərdimmi? Qərara gəldim ki, tez buradan çıxıb getsəm, sabah axşam yenə buraya gəlsəm, bu mənim tərəfimdən çox mədəni bir hərəkət olar. Ancaq bu yolla dostluğumuzu yavaş-yavaş möhkəmləndirərəm... Bu fikrə düşməyim təsadüfi deyildi. Çünki hələ uşaqlıqdan bəri səadətimi birdən itirəcəyimdən qorxar, ehtiyatla hərəkət etməyə çalışardım... Bu xüsusiyyət bir çox imkanların əlimdən çıxmasına səbəb olardı. Lakin buna qane olar, yaxınlaşan xoşbəxtliyimi hürküdəcəyimdən həmişə qorxub çəkinərdim.

Xidmətçini çağırmaq üçün ətrafa boylandım. Elə bu vaxt gözlərim orkestr musiqiçilərinin arasından keçib salona doğru addımlayan qadına sataşdı. Skripkası əlində deyildi. Tez-tez addımlayaraq oturduğum tərəfə gəldiyini görəndə ətrafıma baxdım... Yaxınlığımda heç kəs yox idi. O, mənə yaxınlaşırdı. Bir az əvvəl olduğu kimi, dostcasına gülümsəyirdi. Qarşımda dayanıb əlini uzatdı:

– Necəsiniz? – deyə soruşdu.

Özümü itirmişdim. Bu sualdan sonra bir az özümə gəldim. Ayağa qalxmaq istədim.

– Təşəkkür edirəm... yaxşıyam!

O, stulda oturdu. Yanaqlarına tökülmüş saçlarını geriyə atmaq üçün başını silkələdi. Gözlərini mənə zilləyib soruşdu:

– Olmaya məndən küsmüsünüz?

Özümü tamamilə itirdim. Nə demək istədiyini başa düşmədiyim üçün zehnimdən yersiz-yersiz fikirlər keçdi.

– Xeyr, – dedim, – axı, nəyə görə küsməliyəm?!

Səsi mənə tanış gəlirdi. Üzünün hər bir cizgisini də əzbər bilirdim. Bu üzün həqiqətdə olduğundan dərin bir məna ifadə etdiyini bilməyim də təbii idi.

Rəsmini günlərlə seyr edərək, onu beynimdə nəqş etmiş, sonra bu şəkli Madonna ilə ağıllı-başlı təkmilləşdirmişdim. Lakin səsini... Mənə belə gəldi ki, bu səsi haradasa eşitmişəm. Bəlkə bundan çox qabaq, uşaqlıq çağlarımda... Bəlkə də sadəcə xəyal aləmində eşitmişdim. Bu barədə düşünməkdən yaxamı qurtarmaq üçün nəsə bir hərəkət etdim. Bir halda ki, o, qarşımda dayanmış, mənimlə söhbət edir, başqa şeylərlə məşğul olmağıma heç bir ehtiyac yoxdur, – deyə düşündüm.

O yenə də soruşdu:

– Demək, məndən küsməmisiniz... Bəs onda nə üçün bir daha görünmədiniz?

Aman... Demək doğrudan da məni başqasına oxşatmışdır... Məni haradan tanıyırsınız? – deyə soruşmaq məqsədi ilə dodaqlarım tərpəndisə də, fikrimdən vaz keçdim. Qorxdum ki, bu sualı versəm, o, özünün səhv etdiyini başa düşər, üzr istəyərək qalxıb gedər. Həqiqət məni məcbur etsə də, bu son dərəcə gözəl röyadan yarıda oyanmağa haqqım yox idi.

O, mənim dillənmədiyimi gördükdə başqa bir sual verdi:

– Ananızdan məktub alırsınız?

Bir saniyədən də az davam edən dəhşətli şaşqınlıqdan sonra stuldan qalxdım. Elə bil yuxuda ayıldım. Onun əllərini tutaraq:

– Aman Allah, o, siz idiniz? – deyə soruşdum.

Hər şeyi başa düşdüm. Bayaq eşitdiyim səsin mənə nə üçün tanış gəldiyini xatırladım. Bu həmin o qadın idi ki, sərgidəki şəklin qarşısında fikirli-fikirli oturub baxarkən yanıma gəlib şəkillə nə üçün çox maraqlandığımı soruşmuş, "anama oxşayır" dediyim zaman "məgər sizdə ananızın şəkli yoxdur?" – deyə qəhqəhəylə gülmüşdü... O zaman onu nə üçün tanıya bilmədiyimi heç də dərk edə bilmirəm. Məgər o şəkil məni o qədər sarsıtmışdı ki, tabloda əks olunan adamı qarşımda görüb tanımaq qabiliyyətimi də əlimdən almışdı?

– Nədənsə siz o vaxt tablodakı qadına heç oxşamırdınız, – deyə pıçıldadım.

– Bunu nəyə əsasən deyirsiniz? Axı, o vaxt heç üzümə də baxmadınız.

– Xeyr, zənn etmirəm... Heç olardımı...

– Doğrudur, bir dəfə baxdınız... Lakin necə?.. Gözləriniz seyr etsə də, məni görmürdünüz...

Hələ də ovuclarımda tutduğum əllərini çəkərək:

– Yoldaşlarımın yanına qayıtdıqda məni tanıya bilmədiyinizi onlara söyləmədim, – dedi. – Yoxsa sizə çox gülərdilər!

– Təşəkkür edirəm!

Bir qədər fikrə getdi. Gözlərindən bir bulud keçdi. Sonra birdən-birə ciddiləşib dedi:

– Siz hələ də istəyirsiniz ki, o cür bir ananız olsun?

İlk anda heç nə xatırlamayıb duruxdum.

– Əlbəttə... əlbəttə... həm də çox istəyirəm.

– Elə o vaxt da bu cür cavab verdiniz.

– Ola bilər.

Yenə güldü.

– Məgər məndən sizə ana olar?

– Xeyr, xeyr.

– Bəlkə bacınız olum?

– Neçə yaşınız var?

– Heç bunu soruşarlar! Nəsə, iyirmi altı. Bəs sizin?

– İyirmi dörd.

– Görürsünüz, bacı ola bilərəm.

– Bəli...

Bir müddət ikimiz də susduq... Beynimdə ona deyiləsi saysız-hesabsız sözlər olduğunu hiss edirdim... Lakin indi ağlıma heç bir kəlmə də gəlmirdi. O da susub gözlərini harayasa, naməlum bir nöqtəyə zilləyib dayanmışdı. Sağ dirsəyini stola dayamış, əlini ağ örtüyün üzərinə qoymuşdu.

Aşağıya doğru sivriləşən və sümüklərinin çox incə olduğu görünən xırda barmaqları vardı. Onların ucu elə bil soyuqdan üşüyüb qızarmışdı. Bir az əvvəl ovuclarımda tutduğum əllərinin bumbuz olduğunu xatırladım. Bundan istifadə etməyə çalışdım:

– Əlləriniz çox soyuq idi.

O, tərəddüd etmədən:

– Qızışdırın! – deyə əllərinin ikisini də mənə tərəf uzatdı. Üzünə baxdım. Gözlərində bir hökm, amiranə bir ifadə vardı.

İlk dəfə söhbət etdiyi adama əllərini uzadıb, onları isitməkdə sanki heç bir qəribəlik görmürdü. Yoxsa?.. Yenə də zehnimdən o əvvəlki yersiz fikirlər gəlib keçdi. Bu fikirləri başımdan çıxarmaq məqsədilə nəsə demək istədim:

– Sizi sərgidə tanımamaqda bir o qədər də günahkar deyiləm. O vaxt siz o qədər nəşəli, o qədər zarafatcıl idiniz ki... Bundan başqa, nə cür deyim, bütün hərəkətləriniz şəkildəkilərə zidd idi... Saçlarınız qısaca vurulmuş, paltarınız dar və ətəyi qısa idi... Yeriyəndə elə bil qaçırdınız. Doğrusu, sizi, tənqidçilərin Madonna adlandırdıqları o ağır təbiətli, düşüncəli, bir qədər də kədərli görünən qadın şəklinə oxşatmaq çox çətin idi. Bunlara baxmayaraq təəccüb edirəm... Necə olub tanımamışam... Deməli, o vaxt çox fikirli olmuşam.

– Bəli, çox fikirli idiniz... Sizi sərgiyə gəldiyiniz ilk gündən xatırlayıram. Ürəyi sıxılıb darıxan adam kimi gəzişdiyiniz zaman birdən-birə mənim şəklimin qabağında dayandınız. Elə diqqətlə, elə qəribə bir şəkildə baxmağa başladınız ki, sizin bu hərəkətiniz gəlib keçənlərin də nəzərini cəlb etdi. Mən əvvəlcə zənn etdim ki, siz şəkildəkini tanışlarınızdan birinə oxşatmısınız. Lakin sonra hər gün gəlməyə başladınız... Bu hərəkətinizin məni maraqlandırmağa başladığını, yəqin, yaxşı başa düşürsünüz. Bir neçə dəfə sizə yaxınlaşdım. Elə bil sizinlə baş-başa verib həmin tabloya baxdım. Bundan heç xəbər də tutmadınız. Arabir sizi narahat edən bu tamaşaçıya gözləriniz sataşsa da məni tanımadınız. Sizin bu dalğınlığınızda qəribə bir cazibə vardı... Sizinlə maraqlandığım üçün buna diqqət vermişdim... Nəhayət, yaxınlaşıb sizinlə danışmaq qərarına gəldim. Rəssam yoldaşlarım da sizinlə maraqlanırdılar. Onlar da təkid etdilər... Ancaq gərək o cür etməyəydim... Çünki bir daha görünmədiniz. Sizi itirdik... Bir daha sərgiyə gəlmədiniz!

– Məni ələ salıb əyləndiklərini zənn etmişdim, – dedim, – lakin hərəkətimdən tez də peşman oldum.

Bu sözdən inciyə bilərdi. Lakin o:

– Bəli, buna haqqınız vardı! – deyə cavab verdi.

Bu sözlərdən sonra, elə bil nəyisə öyrənmək məqsədilə gözlərini üzümə zilləyib soruşdu:

– Siz də Berlində kimsəsizsiniz?

– Necə?

– Yəni... təkbaşına... necə deyim... ruhən tək-tənha bir adam... Görkəminizdən bəlli olur ki...

– Başa düşürəm, başa düşürəm... Bəli, tamamilə tək-tənha bir adamam... təkcə Berlində deyil, bütün dünyada kimsəsizəm... Həm də uşaq vaxtlarımdan bəri...

– Mən də... – dedi. Əllərimi ovucları içinə alıb: – Kimsəsizlik və tənhalıqdan az qala ürəyim partlayır, – deyə sözünə davam etdi: – Tərk edilmiş xəstə bir köpək kimi kimsəsizəm...

Barmaqlarımı möhkəmcə sıxıb, bir qədər yuxarıya qaldırdı və stolun üstünə vurdu:

– Bir-birimizlə yoldaşlığımız tutar, – dedi. – Siz məni təzəcə tanımağa başlamısınız. Mənsə sizi on beş-iyirmi gün göz qoyub öyrənmişəm... Heç də başqalarına oxşamırsınız... Bəli, bir-birimizə yaxşı yoldaş ola bilərik.

Təəccüblə ona baxdım. Nə demək istəyirdi? Bir qadın bir kişiyə bu şəkildə nə təklif edə bilərdi? Heç bir şey başa düşmürdüm. Çünki insanları tanımaqda heç bir təcrübəm yox idi. Çətinlik qarşısında qalmışdım.

O, deyəsən, çətin vəziyyətə düşdüyümü anlamışdı. Dediklərinə başqa məna verib, yanlış fikrə düşəcəyimdən ehtiyat edən adamlar kimi təşvişlə:

– Siz başqaları kimi fikirləşməyin, – dedi. – Sözlərimə başqa məna verməyə çalışmayın... Mən həmişə elə belə, açıq-aydın danışıram... kişi kimi... çünki bir çox cəhətlərdən kişilərə oxşayıram... Bəlkə buna görə də kimsəsizəm...

Məni başdan-ayağa kimi xeyli süzdü. Birdən-birə:

– Sizdə isə nəsə bir qadınlıq var... – dedi. – Bunu indicə müəyyənləşdirdim. Bəlkə də məhz bu cəhətiniz görüşdüyümüz o ilk andan mənim xoşuma gəlib... Sizdə cavan qızlara məxsus cəhətlər vardır...

Valideynlərimdən tez-tez eşitdiyim bu fikri ilk dəfə söhbət etdiyim bir adamın dilindən eşitdikdə kədərlənib özümü itirdim. O, sözünə davam edərək:

– Dünən axşam nə vəziyyətə düşdüyünüzü unuda bilməyəcəyəm, – dedi. – Bütün gecə yadıma düşüb, gülmüşəm. Namusunu mühafizə etməyə çalışan məsum bir qız kimi çırpınırdınız. Halbuki frau Tiedemanın əlindən yaxa qurtarmaq heç də asan iş deyil.

Gözlərim təəccübdən açıla qaldı.

– Məgər onu tanıyırsınız? – deyə soruşdum.

– Necə də tanımayım, qohumumdur... Dayım qızıdır... Ancaq indi küsülüyük... Mən yox... Anam onunla görüşmək istəmir. Onun o cür hərəkətlərinə görə... Əri vəkil idi. Müharibədə öldü... İndi isə, anamın təbirincə desəm, "uyğunsuz bir həyat" sürür... ancaq bundan mənə nə... Dünən axşam nə olmuşdu? Yaxanızı onun əlindən qurtara bildinizmi? Onu haradan tanıyırsınız?

– Bir pansionatda oluruq. Dünən axşam təsadüfən yaxamı qurtara bildim. Bizim pansionatda dayı qızınıza etinasız yanaşmayan herr Doppke adlı bir nəfər var, onunla üz-üzə gəldik.

– Barı evlənəydilər.

Bu sözlərlə söhbəti bitirmək istədiyini başa düşdüm. Bir anlığa susub danışmadıq. Hər ikimiz hiss etdirmədən biri-birimizi tədqiq edir, gözlərimiz qarşılaşanda: "gördüklərimdən razıyam" demək istəyirmiş kimi gülümsəyirdik.

Sükutu ilk dəfə mən pozdum:

– Demək, ananız da var?!

– Sizinki kimi.

Mənasız bir söz soruşan adam kimi utanıb sıxıldım. O, bunu hiss edib söhbəti dəyişdirdi.

111

– Sizi birinci dəfədir burada görürəm.

– Doğrudur. Bu cür yerlərə gedən deyiləm... Ancaq bu axşam...

– Necə?

Bürün cəsarətimi toplayıb:

– Sizin arxanızca düşüb gəldim, – dedim.

Özünü bir qədər itirdi:

– Qapıya qədər arxamca gələn siz idiniz?

– Bəli, hiss etmişdiniz?

– Əlbəttə... Məgər qadın belə şeylərə fikir verməyə bilər?

– Axı, siz arxaya dönüb baxmamışdınız.

– Mən heç vaxt dönüb arxaya baxmıram.

Bir müddət susdu. Zehnindən nəsə keçdi. Şıltaq bir təbəssümlə:

– Bu, məşğul olduğum bir növ əyləncədir, – dedi. – Küçədə bir nəfərin arxamca gəldiyini hiss edən kimi marağımı boğub, başımı geriyə çevirməməyə və zehnimdə müxtəlif fərziyyələr yaratmağa çalışıram: ardımca gələn gənc ola bilər, qartımış bir qadın düşkünü, var-dövlətli bir vəliəhd, yoxsul bir tələbə, hətta sərxoş sərsəri də ola bilər. Addımlarının səsindən gələn adamın kim olduğunu müəyyən etməyə çalışıram. Beləcə bir də ayılıb görürəm ki, yolu başa vurmuş, getdiyim yerə gəlib çatmışam... Deməli, bu axşam arxamca düşüb gələn siz olmusunuz? Halbuki addımlarınızın səsindən sizi yaşlı və evdar bir adama oxşatmışdım.

Birdən gözlərimin içinə baxıb:

– Məni gözləmisiniz? – deyə soruşdu.

– Bəli.

– Nəyə əsasən fikirləşmişdiniz ki, bu axşam da eyni yoldan gəlib keçəcəyəm? Burada işlədiyimi bilirdiniz?

– Xeyr, – dedim. – Bəlkə... doğrusunu desəm, heç də fikirləşmədən yola çıxmış, oraya gəlmişdim... Sonra da siz oradan keçəndə məni görərsiniz deyə, qorxumdan bir qapıda gizlənmişdim.

– Daha bəsdir. Durun gedək... Yolda söhbət edərik.

Özümü itirdiyimi görəndə soruşdu:

– Məni evimizə qədər ötürə bilərsiniz?

Dərhal yerimdən qalxdım. O, bu hərəkətimə güldü.

– Tələsməyin, dostum, – dedi. – Hələ gedib paltarımı dəyişməliyəm. Məni beş dəqiqədən sonra qapıda gözləyin.

Cəld yerindən qalxdı. Sağ əli ilə ətəyini yığıb, tələsik addımlarla orkestrin arxasında gözdən itdi. Qalxıb gedəndə mənə baxdı, mənalı gözlərini dostcasına qırpdı.

Xidmətçini çağırıb haqqını verdim. Utancaqlığım gözlənilmədən yox olmuşdu. Dəftər vərəqinə bir neçə rəqəm yazan xidmətçinin üzünə dik-dik baxıb sanki deyirdim: "Ay sərsəm, məgər görmürsən nə qədər xoşbəxt bir adamam!" Hələ salonu tərk etməmiş müştərilərə, hətta orkestrə təbəssümlə baxıb "sağ olun" – demək istədim. Birdən-birə ürəyimdə hamı ilə qucaqlaşmaq, uzun illər boyu biri-birindən ayrı düşmüş və sonra biri-birinə qovuşarkən coşqun bir məhəbbətlə öpüşən dostlar kimi, hamını bağrıma basıb öpmək arzusu doğdu. Yerimdən qalxdım. İnamla, qəti addımlarla yeridim. Pillələri bir nəfəsə düşüb paltar asılan yerə getdim. Paltomu qaytaran qadına bir marka verdim. Halbuki belə hallarda bir o qədər də əliaçıqlığa adət etməmişdim. Qapı önündə dərindən nəfəs alıb ətrafa baxdım. Divardakı "Atlantika" sözü sönmüşdü, dəniz dalğalarını təsvir edən işıqlar yanmırdı. Göyün üzü açılırdı, qərbdə, üfüqə doğru yaxınlaşan bir aydınlıq vardı. Arxamda zəif bir səs eşidildi:

– Çox gözlədiniz?

– Xeyr... indicə çıxdım, – deyə cavab verdim.

O, qarşımda dayanmış, müəyyən bir qərara gələ bilməyən adamlar kimi durub gözlərini döyürdü. Nəhayət, dodaqları yüngülcə tərpəndi:

– Siz doğrudan da yaxşı adama oxşayırsınız, – dedi.

O mənə yaxınlaşdığı andan ixtiyarım əlimdən alınmış, məndə nə cəsarət, nə də sərbəstlik qalmışdı. Onun mənim barəmdə dediyi sözlərə görə əllərindən öpmək istədiyim halda yerimdə mıxlanıb qalmışdım. Eşidilər-eşidilməz bir səslə:

– Bilmirəm, – dedim.

O, çox sərbəstcəsinə qolumdan tutdu. O biri əlilə çənəmi tutdu. Elə bil balaca bir uşağı oxşayıb nazını çəkirdi.

Mehriban bir səslə dedi:

– Siz doğrudan da qız kimi utancaqsınız.

114

Ona baxdıqca yanaqlarım od tutub yanırdı. Bir qadının mənimlə bu cür sıxılıb çəkinmədən rəftar etməsindən son dərəcə utanırdım. O da öz növbəsində nəsə fikirləşib, əlini çənəmdən çəkdi. Qolumdan yapışmış o biri əli də yavaşca sürüşüb yanına düşdü. Gözlərimi qaldırıb ona baxanda təəccübləndim. Çünki onun da üzündə bir şaşqınlıq, utancaqlıq ifadəsi vardı. Boynundan yanaqlarına qədər bir qızartı yayılmaqda idi. Yarıyumulu gözlərini məndən gizlətməyə çalışırdı. Zehnimdən ildırım sürətilə bir sual keçdi: "Görəsən, o, nə üçün belə edir? Şübhə yoxdur ki, o, yüngül xasiyyətli qadınlardan deyil... Bəs nə üçün o, belə edir?" Zehnimdən keçənləri başa düşmüş kimi dedi:

– Nə etməli, mən beləyəm. Qəribə bir qadınam... Mənimlə dostluq etmək istəyirsinizsə, onda bəzi müəmmalarla qarşılaşmağa hazır olmalısınız... Çox mənasız şıltaqlıqlarım olur... Xasiyyətim saatda bir dəyişir. Xülasə, dostluq etdiyim adamlar mənə anlaşılmaz, şıltaq bir məxluq kimi baxırlar.

Özünü çox pis qələmə verdiyindən acıqlanırmış kimi sərt bir səslə əlavə etdi:

– Özünüz bilərsiniz... Kefiniz istəyirsə... Mənim heç kəsə ehtiyacım yoxdur... Heç kəsə minnətdar olmaq istəmirəm... Heç kəsin dostluğunu zorla qazanmaq niyyətində deyiləm... Əgər istəyirsinizsə...

Mən həmişəki sakit və təlaş dolu bir səslə:

– Sizi başa düşməyə çalışacağam... – dedim.

Bir neçə addım getdikdən sonra o, əlini qoluma keçirtdi... Elə bil çox adi şeylərdən bəhs edib danışırdı:

– Demək, məni başa düşməyə çalışacaqsınız? Pis fikir deyil... Lakin mənə belə gəlir ki, zəhmətiniz hədər gedəcək... Hər halda, zənnimcə yaxşı yoldaş ola bilərik... Zaman göstərər... Arabir sizinlə dava-dalaş eləsəm, bunu nəzərə almalısınız. Bu cür hərəkətlərimə əhəmiyyət verməməlisiniz...

Küçənin tən ortasında dayandı. Sağ əlinin şəhadət barmağını qaldırıb saldı. Elə bil balaca bir uşağa müraciət edir, dediyi sözlərə qulaq asıb itaət etməyi tələb edirdi:

– Yadınızda saxlayın, məndən artıq bir şey istəməməlisiniz. Artıq bir təmənnada oldunuzmu, o gündən hər şey bitəcək. Başa düşürsünüz? Məndən artıq bir şey istəməməlisiniz...

Elə bil naməlum bir rəqiblə danışırdı, acıqlı-acıqlı əlavə etdi:

– Dünyada sizə, bütün kişilərə həddən artıq nifrət bəsləməyimin səbəbi var. Bunu bilmək istəyirsinizsə, eşidin: adamdan hər şey tələb etdiklərinə görə, həm də bunu çox təbii hesab etdiklərinə görə... Məni düzgün başa düşün... Ola bilər, onlar nə istədiklərini sözlə ifadə etməsinlər... Kişilərin elə baxışları, təbəssümləri, xülasə qadınlarla elə rəftarları var ki... onlar özlərinə o qədər güvənir, həm də o qədər axmaqcasına güvənirlər ki, bunu ancaq kor adam görməyə bilər... Onların nə qədər qürurlu olduqlarını görmək heç də çətin deyil. Bunun üçün onların tələbləri, istəkləri hər hansı bir şəkildə rədd edildikdə, düşdükləri vəziyyətə baxmaq, özlərini necə itirdiklərini görmək kifayətdir. Onlar özlərini həmişə bir ovçu, biz qadınları isə aciz bir heyvan kimi təsəvvür etməkdən çəkinmirlər. Elə hesab edirlər ki, bizim vəzifəmiz onlara müti bir şəkildə itaət etməkdən, hər nə istəyirlərsə onu yerinə yetirməkdən ibarətdir... Öz barələrində isə belə fikirləşirlər: bizdən heç nə tələb etmək olmaz, bir şey istəsələr də vermərik... Mən kişilərin bu axmaq qururuna etinasız baxa bilmirəm. Başa düşürsünüz? Lakin bununla belə mənə elə gəlir ki, sizinlə dostlaşa bilərəm. Çünki o mənasız kişi qururu sizdə yoxdur... Lakin bilmək olmaz... Quzuya oxşar bir çox adamların ağzında vəhşi canavar dişlərinin ağardığını görmüşəm...

Söhbət edə-edə yenə də yolumuza davam etməyə başladıq. Onun addımları tələsik və sərt idi. Bəzən gözlərini yerə zilləyir, bəzən də başını qaldırıb göyə baxırdı. Əllərilə bəzi işarələr edib danışırdı. Cümləni bitirmir, uzun fasilələrlə danışırdı. Həm də bu zaman gözlərini yarı yumub yoluna davam edirdi.

Xeyli yol getdik. İndi yenə də susur, dinmirdi. Mən də dinməzcə onun yanınca, səksəkə içində addımlayırdım. Tirqartenin ucqarındakı küçələrdən birində üçmərtəbə binanın qabağında dayandı.

– Burada yaşayıram... Anamla birlikdə... – dedi. – Söhbətimizə sabah davam edərik... Bir şərtlə, oraya gəlməyin... Çünki sizin məni o vəziyyətdə görməyinizi istəmirəm, mənim üçün xoşa gələn iş deyil... Həm də

elə yerlərə getməmək sizin xeyrinizədir... Sabah gün-
düz görüşərik... Birlikdə gəzişərik... Berlində mənim
özümə məxsus gəzinti yerlərim var. Görək xoşunu-
za gələcəkmi... İndi isə... Gecəniz xeyrə qalsın... Bircə
dəqiqə... axı heç adınızı öyrənmədim?

– Raif.

– Elə-belə sadəcə Raif?

– Hatifzadə Raif.

– Eh, fərqi yoxdur... Bunu nə zehnimdə saxlaya-
caq, nə də ki, tələffüz edə biləcəyəm. Sadəcə olaraq
Raif deyə çağıra bilərəm?

– Çox şad olardım.

– Siz də mənə sadəcə olaraq Mariya deyə
bilərsiniz... Axı, dedim ki, heç kəsə minnətdar olmaq
istəmirəm!

Yenə güldü. Bayaqdan bəri müxtəlif ifadələr
alan sifəti yenə də sevimli bir şəklə düşdü. Əlimi ov-
cunun içində sıxdı. İncə bir səslə mənə ikinci dəfə:
"gecəniz xeyrə qalsın" – dedi. Elə bil məndən üzr
istəyirdi. Əl çantasından açarını çıxardıb getdi. Mən
də yavaş-yavaş uzaqlaşmağa başladım. Beş-on addım
getməmişdim ki, arxadan onun səsini eşitdim:

– Raif!

Dayanıb geri boylandım.

– Buraya gəlin, buraya gəlin, – deyə çağırdı. Elə
bil qəhqəhəylə gülmək istəyir, lakin özünü saxlayırdı.
Çox incə bir tərzdə:

– Sizə sadəcə olaraq adınızla müraciət etmək im-
kanını bu qədər tez qazandığıma sevinirəm, – dedi.
Qapı önündəki pilləkənin üst pillələrində dayandığı

üçün başımı qaldırıb ona baxdım. Ala-qaranlıqda dur-
duğu üçün üzünü görmədim. Sözünə davam etməsini
gözlədim. Gülməyi xatırladan səsini ciddiləşdirməyə
çalışaraq:

— Demək, gedirsiniz? — deyə soruşdu.

Ürəyim quş ürəyi kimi çırpındı. Bir addım qaba-
ğa getdim. Mən sevinib-sevinmədiyimi bu an təyin
edə bilmədiyim bir ehtimalla, ağlıma gətirməkdən
qorxduğum bir ümidlə soruşdum:

— Getməyim?

O da iki pillə aşağı endi. İndi küçə fənərinin işı-
ğında üzü çox aydın görünürdü. Şıltaq bir təbəssüm
dolu baxışlarla məni süzüb soruşdu:

— Məgər sizi nə üçün geri çağırdığımı başa düş-
mürsünüz?

"Başa düşdüm, başa düşdüm... gəlirəm", — deyə
qucağına atılacaqdım. Lakin bu vaxt ürəyimdə başqa
hisslər oyandı. Özümü itirdim. Ürək bulantısı duy-
dum. Qıpqırmızı olub, gözlərimi yerə zillədim. Xeyr,
xeyr, mən ondan bunu gözləmirdim. Onun əlini ya-
naqlarımda hiss etdim:

— Sizə nə oldu? Elə bil indicə ağlayacaqsınız...
Doğrudan da siz bacıdan daha çox bir anaya möhtac-
sınız... Deyin görək indi məndən ayrılıb gedəcəksiniz?

— Əlbəttə.

— Və bir də məni "Atlantika"da axtarmayacaqsı-
nız... Deyəsən, belə sözləşdik?!

— Bəli. Sabah gündüz isə görüşəcəyik.

— Bəs harada?

119

Səfeh-səfeh üzünə baxdım. Bunu soruşmaq heç ağlıma gəlməmişdi. Yalvarırcasına soruşdum:

– Məni buna görə çağırdınız?

– Əlbəttə... Siz doğrudan da başqa kişilərə oxşamırsınız... Onlar hər şeydən qabaq bu məsələləri həll edirlər. Siz isə bu haqda heç fikirləşmədən çıxıb gedirsiniz... Elə bilirsiniz istədiyiniz adam həmişə eyni yoldan gəlib getməlidir?

Beynimdə ruhumu əzən bir şübhənin baş qaldırdığını hiss etdim. Onunla ötəri bir macəra keçirməkdən qorxurdum. Mən belə edə bilməyəcəkdim. Aradan çıxıb qaçmağa hazırdım. Qoy, o, məni səfeh, axmaq hesab etsin, bir şərtlə ki, onu, xəz paltolu ilahəni xoşagəlməz vəziyyətdə görməyim. Lakin bir fikir də ürəyimi sıxırdı. Ondan ayrılsam, o ardımca baxıb mənə gülər, saflığımı, cəsarətsizliyimi məsxərəyə qoya bilərdi. Bu isə öz növbəsində çox acı nəticələr verərdi. Bütün insanlardan tamamilə üz döndərməyimə, hər kəsdən ümidimi kəsməyə, tək-tənha qalmağıma səbəb ola bilərdi.

İndi isə hələliyə ürəyim sakit idi, qüssə və kədərdən uzaqdı. Bir neçə dəqiqə bundan əvvəl başımdan keçmiş qara fikirlər yox olsa da, həddən artıq utanırdım. Məni müxtəlif şübhələrdən xilas edən bu qadına böyük minnətdarlıq hissi duyurdum. Özümü ələ aldım, məndən gözlənilməyən bir cürətlə:

– Siz nə qədər də fövqəladə qadınsınız! – dedim.

– Tələsməyin... Mənim haqqımda müəyyən bir nəticəyə gələrkən ehtiyatlı olmalısınız.

Əllərini tutub öpdüm. Nədənsə gözlərim yaşar-
mışdı. Onun üzünün bir anlığa yanaqlarıma yaxınlaş-
dığını hiss etdim. Bu vaxta qədər onda görmədiyim
çox hərarətli baxışlarla məni süzürdü. Mənə bəxş
edilən bu səadətdən az qala ürəyim susub dayanacaq-
dı. O, gözlənilmədən, kəskin bir hərəkətlə əllərini
çəkdi.

– Siz harada yaşayırsınız?

– Lützov küçəsində.

– Çox uzaq deyil... Sabah günortadan bir qədər
keçmiş buraya gələrsiniz...

– Evin hansı hissəsində yaşayırsınız?

– Mən sizi gözləyəcəyəm. Pəncərədən baxaram.
Yuxarı çıxmağınıza ehtiyac yoxdur.

Qapını açıb içəri girdi. Dönüb iti addımlarla evə
tərəf yollandım... Özümdə bir yüngüllük hiss edir-
dim. Onun siması gözlərimin qabağından çəkilmirdi.
Dodaqaltı nəsə pıçıldayır, lakin nə dediyimi özüm də
bilmirdim. Nə pıçıldadığımı öyrənmək istədim. Onun
adını təkrar-təkrar söyləməyimin fərqinə vardım. Ona
şirin, xoş sözlərlə xitab edirdim. Hərdən özümü sax-
laya bilməyib gülümsəyirdim. Pansionata çatdığım
zaman dan yeri artıq ağarırdı.

Bəlkə də uşaqlıq çağlarımdan bəri birinci dəfə
idi ki, acı düşüncələrin pəncəsindən xilas olub
sakitcə yuxuya getdim. Çünki mən həmişə həyatımın
məqsədsizliyi, boşluğu haqqında düşünür, "Bu gün
belə keçdi... Sabah da, gələcək günlərim də bu min-

valla ötüb keçəcəkdir... Məgər bütün bunların sonu belə olmayacaqmı?" – deyərdim.

Ertəsi gün fabrikə getmədim. Saat ikiyə işləmiş Tirqarteni keçərək Mariyanın yaşadığı evə yanaşdım. "Bəlkə hələ tezdir?" – deyə öz-özümdən soruşdum. Onu narahat etməkdən qorxurdum. O, bütün gecə işləmiş, səhərə qədər yuxusuz qalmışdı. Ürəyimdə ona qarşı hədsiz bir şəfqət vardı. Onun yatağında necə uzandığını, nə cür yavaş-yavaş nəfəs aldığını, saçlarının yastığın üzərinə dağıldığını təsəvvür edir, həyatda bu mənzərəni seyr etməkdən böyük bir xoşbəxtlik ola bilməyəcəyi barədə düşünürdüm. Bu vaxta qədər insanlarla ünsiyyətdən əl çəkmiş, dostluq etməkdən çəkinmiş, heç kəsə qarşı möhkəm məhəbbət hiss etməmişdim. İndi isə elə bil bu hisslər birdən-birə baş qaldırmış, bir küll halında cəm olub, bu qadına münasibətimdə meydana çıxmışdı. Onun haqqında heç bir şey bilmir, ancaq təsəvvür və xəyallar əsasında müəyyən nəticələrə gəlmişdim. Buna baxmayaraq onun haqqında heç də aldanmadığıma dair qəti bir qənaətə gəlmişdim.

Bütün ömrüm boyu həmişə onu axtarmış, onu gözləmişdim. Səhv edə bilməzdim. Çünki varlığımla, ruhumla hər yerdə, hər tərəfdə belə bir adam axtarmışdım. Hər kəsi bu baxımdan tədqiq etmişdim. Hiss və duyğularım indiyə qədər məni heç vaxt aldatmamışdı. Kimin haqqında olursa olsun, əvvəlcə hisslərim, duyğularım müəyyən bir nəticə çıxarar, sonra ağlım, həyat təcrübələrim, əksər hallarda, yanılıb səhv etdiyimi göstərərdi. Lakin hər dəfə ilk nəticələrim, qərarlarım doğru olardı. Elə hallar olurdu ki, bir adam haqqında müsbət fikirdə olurdum. Lakin müəyyən vaxt keçdikdən sonra onun tamamilə başqa cür adam olduğunu görər, fikrimdə yanıldığımın şahidi olardım. Belə hallarda öz-özümə deyərdim: "Deməli, hisslər, duyğular məni aldatmışdır". Lakin qısa və ya uzun bir vaxt keçdikdən sonra görərdim ki, ilk nəticələrim, qərarlarım doğrudur. Bunlar bəzən ötəri hadisələr, düzgün düşünməmək, ötəri təsirlər nəticəsində mənə başqa cür, yanlış görünərdi.

Mariya mənim üçün, həyatda danışıqsız möhtac olduğum bir adam idi. Bu fikir ilk zamanlar mənə çox qəribə gəlirdi. Çünki son vaxtlara qədər hətta varlığından belə xəbərdar olmadığım bir adama birdən-birə bu dərəcədə ehtiyac hiss etdiyimi başa düşməkdə çətinlik çəkirdim. Müəyyən şeylərə möhtac olduğumuzu, onları görüb öyrəndikdən sonra kəşf edirik... O dövrə qədərki həyatımın boşluğunu, məqsədsizliyini məhz Mariya kimi bir adamdan məhrum olmağımda görməyə başlamışdım. İnsanlardan uzaq qaçmaq, ürəyimdəkilərin cüzi bir hissəsini də olsa ətrafımdakı adamlara açıb göstərməkdən çəkinmək kimi hərəkətlərim mənə mənasız, səbəbsiz görünürdü. Əvvəllər tez-tez kədərlənər, həyatdan usanıb bədbinləşərdim. Mən bu hərəkətlərimi ruhi bir xəstəliyin nişanələri hesab edib qorxuya düşərdim. Bir kitabın oxunmasına sərf etdiyim iki saatın ömrümün bir çox illərdən daha mənalı, daha əhəmiyyətli olduğunu gördükdə insan həyatının heçliyi haqqında düşünər, qəm-qüssəyə batardım.

İndi isə hər şey dəyişmişdi. Mənə belə gəlirdi ki, Mariyanın şəklini gördüyüm vaxtdan bəri keçmiş bir neçə həftə ərzində ömrümün bütün illərində olduğundan daha çox yaşamışam. Hər saatım, hər günüm, hətta yuxuda olduğum zaman keçən dəqiqələrim, saatlarım mənalı idi. Mənə ağır bir yük olan bədənimin də, ruhumun da yaşamağa başladığını hiss edirdim. Məndən xəbərsiz ürəyimdə gizlənib, özünü büruzə verməyən bir çox hisslər birdən-birə meydana çıxır, son dərəcə cazibədar, gözəl mənzərələr yaradırdı. Mariyanı görəndə inandım ki, mənim də ruhum, mənim də hisslərim var. Onu da gördüm ki, bu vaxta qədər rast gəldiyim adamlardan fərqli olaraq Mariya başqa bir ruha, başqa hisslərə malikdir. Şübhə yoxdur ki, hər kəsin özünəməxsus ruhu var. Lakin çoxları, bütün ömrü boyu bunun fərqinə varmır. Bu ruh ancaq özünə oxşarı ilə rastlaşdıqda meydana çıxıb özünü göstərir. Həm də bizdən, ağlımızdan, istəyib-istəmədiyimizdən asılı olmayaraq meydana çıxır... Biz sözün əsl mənasında, ancaq bu zaman yaşayıb hiss edirik. Bu vaxt hər cür tərəddüd, utancaqlıq kənara atılır, bir-birinə oxşar iki ruh bütün maneələri aradan qaldıraraq, bir-birinə qovuşmağa can atır.

Məndə utancaqlıqdan əsər-əlamət qalmamışdı. Bu qadının qarşısında ürəyimdəkiləri açıb boşaltmağa, heç nəyi gizlətmədən yaxşı və pis, qüvvətli və zəif cəhətlərimin hamısını, ruhumu ona açıq-aydın şəkildə göstərməyə tələsirdim. Ona deyiləcək o qədər sözüm vardı ki! Hesab edirdim ki, bütün ömrüm boyu bunları ona nəql edib qurtara bilməyəcəyəm. Çünki həmişə, bütün ömrüm boyu susmuşdum. Zehnimdən bir şey keçdikdə daima: "Tutalım, bunu bir adama danışdım, nə olsun?" – deyə fikirləşərdim. Hər kəs haqqında "bu məni başa düşməz" qərarına gələrdim. Halbuki bunun heç bir əsası olmazdı. Bununla belə, nədənsə bu fikrin əleyhinə getməz, onu zehnimdən çıxara bilməzdim. Düzgün, ya yanlış olub-olmadığından asılı olmayaraq, ilk hissə, ilk qərara tabe olardım. Budur, indi də o qadın haqqında heç bir əsasa arxalanmayan ilk hissə tabe olaraq öz-özümə deyirdim: "Bu, məni anlayar, başa düşər".

Ağır-ağır addımlayaraq Tirqartenin cənub ucqarından keçən bir kanala yanaşdım. Buradakı körpünün üstündən Mariyagil görünürdü. Saat üç olardı. Evin pəncərə şüşələri günün işığından parıldadığı üçün pəncərənin arxasında bir kimsənin olub-olmadığı seçilmirdi. Körpünün sürahisinə söykənib hərəkətsiz sulara baxdım. Təzəcə başlamış yağış damcıları suyun səthinə tikan kimi batırdı. Bir qədər irəlidə motorlu böyük yük gəmisindən sahilə meyvə, tərəvəz boşaldırdılar. Yol kənarındakı ağaclardan qopan tək-tük yarpaqlar havada süzüb, yerə düşürdü. Bu tutqun, ürək darıxdırıcı mənzərə mənə çox gözəl görünürdü. Rütubətli hava nə qədər də təmiz idi. Duyub yaşamaq, təbiətin ən xırda hadisələrini, həyatın sarsılmaz bir məntiqlə axıb getdiyini seyr edərək yaşamaq... Başqalarından daha qüvvətli, daha coşqun hisslərlə yaşadığını duymaq... Keçirdiyin hər anın bir insan ömrü qədər mənalı, dolğun olduğunu bilərək yaşamaq... Bütün bunları şərh etməyə qadir bir adamın mövcud olması barədə fikirləşib, onu gözləyərək yaşamaq... Dünyada bundan fərəhli nə ola bilərdi?!

Bir azdan sonra onunla birlikdə bu yağışlı-sulu yollarda addımlayacaq, kimsəsiz, tənha bir yerdə oturacaq, göz-gözə gələcəyik. Ona nələr, nələr danışmayacağam! İndiyə qədər heç kəsə, hətta özümə də açmadığım məsələlərdən danışacağam. Ona deyəcəyim sözlər, fikirlər bir anlığa beynimdə canlanır, azacıq keçməmiş bunları başqaları əvəz edirdi. Həm də bunlar məni heyrətə salacaq dərəcədə sürətlə baş verirdi. Onun əllərini yenə də ovuclarımın içinə alacaq, üşüdükləri üçün ucları qırmızıya çalan barmaqlarını ovuşdurub isidəcəkdim. Bir sözlə, ona çox yaxın olacaqdım.

Saat üçə az qalırdı. "Görəsən, yuxudan oyandı?" – deyə öz-özümdən soruşdum. Onun yaşadığı evə yaxınlaşıb, o ətrafda gəzişmək, görəsən, düzgün olar? Pəncərədən baxacağını söyləmişdi. Burada gözlədiyimi biləcəkmi? Doğrudanmı, gələcək? Şübhələri dərhal başımdan çıxarıb atdım, çünki bu cür fikirləşmək ona qarşı etimadsızlıq, haqsızlıq olub, şirin arzulardan qurduğum binanı dağıtmağa oxşayırdı. Zehnimdən müxtəlif, bir-birinə zidd fikirlər keçirdi. Bəlkə xəstələnib? Bəlkə təcili bir işi olub, başqa yerə getmişdir?.. Görünür, belə də olmalı idi. Çünki o böyük səadətin beləcə sürətlə, qısa bir müddətdə baş verməsi təbii olmazdı. Dəqiqələr keçdikcə təşvişə düşür, ürəyim daha sürətlə döyünməyə başlayırdı. Dünən axşamkı hadisə insan həyatında baş verən fövqəladə hadisələrdən idi. Bunun bir daha təkrar olunacağını gözləmək düzgün olmazdı. Öz-özümə təsəlli verir, zehnimdən nikbin fikirlər keçirməyə çalışırdım. Birdən-birə yeni bir yola, haraya aparıb çıxaracağı bəlli olmayan bir yola qədəm qoymaq, bəlkə də mənim üçün xeyirli olmayacaqdı. Əvvəlki durğun, sakit bir həyata qayıtmaq, qəflət yuxusuna dalmaq mənim üçün daha yaxşı olmazdımı?

Qarşı tərəfə baxdıqda, onun mənə tərəf yaxınlaşdığını gördüm. Əynində qəşəng palto, başında lacivərdi beret vardı. Alçaqdabanlı ayaqqabı geymişdi. Üzündə bir təbəssüm dolaşırdı. Yaxınlaşıb əlini uzatdı:

– Məni burada gözləyirdiniz? Çoxdan?

– Bir saat olar.

Həyəcanlandığım üçün səsimdə bir titrəyiş vardı. O, bunu bir şikayət zənn edərək yarızarafatla söylədi:

– Təqsir özündədir. Mən sizi yarım saatdır gözləyirəm. Yaşadığım evin qabağına gəlməkdənsə, buranı, şairanə mənzərəni seyr etməyi üstün tutduğunuzu təsadüfən gördüm.

Deməli, məni gözləmişdi. Görünür, onun nəzərində heç də əhəmiyyətsiz bir adam deyiləm. Nazı çəkilən pişik kimi dayanıb onun gözlərinə baxdım:

– Təşəkkür edirəm!

– Nəyə görə?

Cavabımı gözləmədən qoluma girdi.

– Haydı, gedək.

Onun əmrinə tabe olub addımlamağa başladım. Qısa, lakin iti addımlarla gedirdi. Haraya yollandığımızı xəbər almaqdan çəkinirdim. Heç birimiz danışmırdıq. Doğrudur, aramızda hökm sürən sükutdan son dərəcə razı idim, lakin nəsə bir söz deməyin mütləq lazım olduğunu fikirləşdikcə içimi yeyirdim. Bir az bundan əvvəl biri-birini təqib edib başımdan keçən xoş sözlər, gözəl fikirlər yoxa çıxmışdı. Bir söz demək üçün özümü zorlayır, lakin başıma heç bir fikrin yol tapa bilmədiyini duyurdum. Gözaltı ona baxdım. Məndəki qorxu və həyəcandan onda heç əsər-əlamət yox idi. Qara gözlərini yerə zilləmiş, üzündə sarsılmaz bir sakitlik, dodaqlarının kənarında çətinliklə seçilən bir təbəssüm vardı. Yoluna davam edib gedirdi. Sol əlini yavaşca qolumun üstünə qoymuşdu. Şəhadət barmağını azacıq qaldırmış, elə bil qabaqda nəyəsə işarə edirdi.

Təkrarən üzünə baxdıqda bir qədər dağınıq qalın qaşlarının çatıldığını gördüm. Elə bil nə barədəsə düşünürdü. Göz qapaqlarının incə, mavi damarları görünürdü. Üzərində bir neçə yağış damlasının parıldadığı qara sıx kirpikləri yüngülcə tərpənirdi.

Birdən-birə mənə tərəf dönüb:

– Nə üçün mənə bu qədər diqqətlə baxırsınız? – deyə soruşdu.

Bu sual eyni zamanda mənim də zehnimdə baş qaldırmışdı. Fərqinə varmadan bir qadına utanıb-çəkinmədən uzun-uzadı baxmağım, həm də bəlkə ilk dəfə beləcə diqqətlə tamaşa etməyim təəccüblü deyildimi? Hələ onu demirəm ki, o, sual verdikdən sonra gözlərini mənə zilləyərək baxır, mənsə özümü qətiyyən itirməyib, onu seyr etməkdə davam edirdim. Mənim özümü də heyrətə salan bir cəsarətlə:

– Xoşunuza gəlmir? – deyə soruşdum.

– Xeyr, ona görə demirəm, elə belə soruşdum... Bəlkə də xoşuma gəldiyi üçün xəbər aldım.

Onun gözləri o qədər qara, o qədər mənalı idi ki, özümü saxlaya bilməyib sual verdim:

– Siz, əslən almansınız?

– Bəli. Nə üçün soruşursunuz?

– Çünki nə saçlarınız sarışındır, nə də ki, gözləriniz mavidir.

– Doğrudur.

Üzündə yenə də həmişəki təbəssüm göründü. Lakin bu dəfə mənalı-mənalı gülümsəyirdi.

– Atam yəhudi idi, – dedi. – Anam isə almandır. Lakin o da sarışın deyil.

Marağım artdı.

– Demək siz yəhudisiniz?

– Bəli... Olmaya siz də yəhudilərin düşmənisiniz?

– Nə üçün belə deyirsiniz. Türklərdə belə şeylər olmur. Heç fikrimə gəlməmişdi ki...

– Bəli, yəhudiyəm. Atam Praqalı idi. Mən hələ dünyaya gəlməmişdən katolik olub.

– Deməli, siz din etibarı ilə xaçpərəstsiniz.

– Xeyr... daha doğrusu, şəxsən mənim heç bir dinlə əlaqəm yoxdur.

Xeyli yol getdik. O, sözünü yarıda kəsib danışmırdı. Mən də ondan başqa bir söz soruşmurdum. Yavaş-yavaş şəhərin ucqar tərəflərinə gəlib çıxdıq. Haraya getdiyimizlə maraqlandım. Şübhəsiz, belə havada çöldə gəzib dolaşmayacaqdıq. Yağış da ara vermədən yağırdı. Mariya aradabir soruşdu:

– Haraya gedirik?

– Bilmirəm.

– Bəs bu sizi maraqlandırmır?

– Mən sizə tabeyəm... Hara istəsəniz oraya da gedəcəyəm.

Üstü yağış damcıları ilə örtülmüş ağ bir çiçəyi xatırladan yağışdan islanmış solğun üzünü mənə çevirib dedi:

– Çox sadəlövhsünüz... Məgər sizin heç bir fikir və arzunuz yoxdur?

Dərhal dünən axşamkı sözlərini xatırlatdım:

– Sizdən heç nə istəməyəcəyimi məgər mənə özünüz tapşırmadınız?

Cavab vermədi. Bir müddət gözlədikdən sonra əlavə etdim:

– Məgər dünən axşamkı sözlər ciddi deyilməmişdi? Bəlkə bu gün fikrinizdən dönübsünüz?

Tez etiraz etdi:

– Xeyr, xeyr... Yenə də o fikirdəyəm...

O, yenə də fikrə getdi.

Dəmir qapılı böyük bağın qabağına gəldik.

Addımlarını yavaşıdıb:

– Oraya girəkmi? – deyə soruşdu.

– Ora haradır?

– Nəbatat bağı.

– Özünüz qərara gəlin.

– Elə isə gedək bağa... Mən çox vaxt, xüsusilə belə yağmurlu havalarda buraya gəlirəm...

Bağda kimsə yoxdu. Cığırlarla uzun müddət addımlayıb gəzişdik. Hər iki tərəfimizdə, mövsümün keçməsinə baxmayaraq, hələ də yarpaqları tökülməmiş ağaclar ucalırdı. İçinə iri daşlar düzülmüş böyük hovuzların ətrafında müxtəlif rəngli otlar, güllər, yosunlar vardı. Hovuzlardakı suların üzü xəzəl olmuş iri yarpaqlarla örtülmüşdü. Uca limon ağaclarının arasında isti iqlimli ölkələrdə bitən yoğun gövdəli, xırda yarpaqlı ağaclar görünürdü.

Mariya:

– Bura Berlinin ən gözəl guşəsidir... – dedi. – İlin bu vaxtında buraya, demək olar ki, heç kəs gəlmir, bu yer tənha bir bucağa çevrilir... Bu qərib ağaclar həmişə həsrətində olduğum uzaq ölkələri xatırladır. Onları uyuşub alışdıqları torpaqdan çıxarıb buraya gətirmiş, süni vasitələrlə qoruyub saxlayırlar. Bu barədə düşünərkən o ağacların halına acıyıram... Bilirsiniz, Berlində ilin yüz günü hava açıq, günəşli olur, iki yüz altmış beşi isə dumanlı, yağmurlu. Limonluqlardakı projektorlar, düzəldilmiş süni günəş istisi bu ağacların işığa, istiyə alışmış yarpaqlarının ehtiyacını bir o qədər də ödəmir. Buna baxmayaraq onlar yaşayır, qurumur... Lakin buna yaşayış demək olarmı?! Canlı bir vücudu alışıb öyrəndiyi iqlimdən ayıraraq, bir neçə həvəskarın zövqünü oxşamaq üçün bu cür süni şərtlərə tabe etmək ona bir növ əzab, işgəncə vermək deyilmi?

– Unutmayın ki, siz də o həvəskarlardan birisiniz...

– Bəli, haqlısınız. Lakin hər dəfə buraya gəldikdə qəlbimi ağır bir kədər bürüyür.

– Elə isə nə üçün gəlirsiniz?

– Bilmirəm.

Üstü bir qədər yaş skamyalardan birində əyləşdik. Ona yaxın oturdum. Üzündəki yağış damcılarını əlilə silib:

– Mən buradakı ağacları, otları seyr edərkən öz haqqımda da düşünürəm, – dedi. – Bu ağacların, bu qərib güllərin gətirildiyi yerlərdə bir neçə əsr əvvəl bəlkə mənim də əcdadlarımın yaşadıqlarını xəyalıma gətirirəm. Məgər biz də bu ağaclar və güllər kimi öz yurdumuzdan qoparılıb başqa torpaqlara atılmamışıq? Nə isə, bunlar sizə təsir edə bilməz... Sözün doğrusu, mənim özümə də bir o qədər təsir etmir... Lakin hey düşünməyə məcbur olur, müxtəlif fikirlərə qapılıram... Mənimlə yaxından tanış olanda görəcəksiniz ki, maddi həyatla deyil, daha çox xəyallarla yaşayan, öz daxili aləminə qapanmış bir adamam... Əsl həyatım mənim üçün cansıxıcı bir röyadan başqa bir şey deyildir... "Atlantika"dakı işimin bəlkə də çox acınacaqlı olması qənaətindəsiniz. Halbuki mən onun belə olub-olmamasının heç fərqinə də varmamışam. Hətta bəzən bu iş məni əyləndirir də... Çünki bunu

132

anama görə edirəm. Ona yardım göstərməyə və qulluq etməyə məcburam. İl ərzində çəkdiyim bir necə rəsmlə dolanmaq mümkün olmur... Siz necə, şəkil çəkməklə məşğul olubsunuz?

– Bir az.

– Bəs nə üçün bunu davam etdirmədiniz?

– Məndə istedadın olmadığını başa düşdüyümə görə.

– Belə deyil... Sizin bu sahədə nə qədər istedadlı olduğunuzu sərgidəki tablolara tamaşa edərkən üzünüzün aldığı ifadə aydın göstərirdi... "Cəsarətsiz olduğumu başa düşdüyümə görə", – desəydiniz daha doğru olardı. Bu qədər cəsarətsiz, qorxaq olmaq heç də xoşa gələn cəhət deyil... Bəli, bunu sizin haqqınızda deyirəm. Çünki məndə cəsarət var... Şəkil çəkərkən, insanlar haqqında öz mülahizələrimi əks etdirməyə çalışıram. Bəlkə az da olsa müvəffəq oluram... Lakin bunun heç bir mənası olmur... Çünki istehza etdiyim adamlar mənim fikir və mülahizələrimi başa düşməyə qadir olmayanlardır, başa düşənlər isə istehzaya layiq adamlar deyillər. Rəssamlıq da başqa sənətlər kimi, əslində sənin demək istədiklərini açıb göstərməkdə acizdir!.. Lakin bütün bunlara baxmayaraq onu dünyada ciddi xüsusiyyət daşıyan yeganə iş sayıram... Çünki bu cür hərəkət etsəm, o zaman mən öz istədiyimi deyil, məndən tələb olunub istənilənləri çəkməyə, əks etdirməyə məcbur olacağam... Bunu isə heç vaxt edə bilməyəcəm... Heç vaxt... Bundansa bazara çıxıb özümü sataram... Çünki bunun, məncə, bir o qədər də əhəmiyyəti yoxdur...

Əlini ərklə dizimə vurdu:

– Əziz dostum, əslinə baxsan, mən elə bununla da məşğulam. Dünən axşam bir sərxoş çiynimi öpərkən orada deyildiniz?.. Əlbəttə, öpər... Çünki buna haqqı var... pul xərcləyir... Bundan əlavə deyirlər ki, mənim çiynim cəzbedicidir... Siz də öpmək istəyirsiniz? Pulunuz var?

Elə bil dilim tutuldu. Gözlərimi tez-tez qırpır, dodaqlarımı sümürürdüm. Bunu gördükdə Mariyanın qaşları çatıldı, üzü həmişəkindən daha solğun idi, rəngi kirəc rənginə çalırdı:

– Yox, Raif, mən bunu istəmirəm... Əsla... Dünyada dözə bilmədiyim bir şey varsa o da mərhəmətdir... Mənim halıma acıdığınızı gördümmü, sizi Allaha tapşıracağam, bir daha üzümü görməyəcəksiniz.

Özümü tamamilə itirdiyimi, əslində mənim daha acınacaqlı vəziyyətə düşdüyümü görəndə əlini çiynimə qoydu:

– Sözlərimə fikir verib əsəbiləşməyin. Gələcəkdə dostluğumuzu poza biləcək məsələlər barəsində açıq danışmaqdan çəkinməməliyik. Belə hallarda qorxaqlıq göstərmək zərərlidir... Nə olar? O olar ki, bir-birimizi başa düşməyəcəyimizi dərk etsək, vidalaşıb ayrılarıq... Bu o qədər də böyük fəlakət olmaz, deyilmi? Həyatda tək-tənha yaşamağı mümkün hesab etmirsiniz? Ünsiyyət və yaxınlıq zahiri şeylərdir. İnsanlar ancaq müəyyən dərəcəyə qədər bir-birinə yaxınlaşır və bu yaxınlığın gözəlliyini özləri uydururlar. Sonra günlərin birində bunun belə olmadığını, səhv etdiklərini başa düşdükdə kədərlənib hər şeyi ataraq qaçırlar. Halbuki insanlar mümkün olanla kifayətlənsəydilər, xəyallarındakıları həqiqətən zənn etməkdən vaz keçsəydilər, bu heç də belə olmazdı. Hər kəs nə təbiidirsə, onu olduğu kimi qəbul edər, ortada nə həyata keçməyən xəyal, nə də bunun nəticəsində baş verən kədər, qüssə qalardı... Bu cəhətdən hamımızın vəziyyəti acınacaqlıdır. Buna görə öz-özümüzə heyifsilənməliyik. Müəyyən bir adama qarşı mərhəmətli olmaq o deməkdir ki, sən özünü ondan qüvvətli zənn edirsən. Halbuki, nə özünü bu qədər qüvvətli, nə də başqalarını özündən daha zavallı, daha miskin hesab etməyə heç kəsin haqqı yoxdur... Daha bəsdir, gedəkmi?

Hər ikimiz yerimizdən qalxdıq. Paltolarımızın yağışını çırpdıq. Su hopmuş torpaq ayaqlarımızın altında fırçıldayırdı.

Küçələrə qaranlıq çökməyə başlasa da lampalar hələ yandırılmamışdı. Necə gəlmişdiksə, o cür tələsik addımlarla, həm də eyni yolla geri qayıdırdıq. Bu dəfə mən onun qoluna girmişdim. Balaca uşaq kimi ona qısılır, başımı ona tərəf əyirdim. Ürəyimdə nə sevinc, nə də kədərə oxşamayan qəribə bir hiss vardı. Onun bir çox hiss və duyğularının, mülahizələrinin mənim duyğularıma çox oxşadığını başa düşəndə aramızdakı yaxınlığı, oxşarlığı dərindən duyub sevinirdim. Lakin onun bir məsələdə mənə oxşamadı-

135

ğını, həqiqəti gizlətmək, nəyin bahasına olursa olsun özünü aldatmaq istədiyini başa düşüb təşvişə düşürdüm. Çünki naməlum bir hiss mənə pıçıldayırdı ki, kimin olursa olsun fərqi yoxdur, başqasının bütün yaxşı və pis cəhətlərini aydın görən və gizli saxlamaq istəməyən bir adama çox yaxınlaşmaq mümkün deyildir. Lakin mən heç də son dərəcə həqiqət sevər olmaq istəmirdim. Heç bir həqiqət məni ondan uzaqlaşdıra bilməyəcəkdi. Başqa cür olsa, buna dözməyəcəyimi anlayırdım. Ruhumuz üçün ən vacib, ən qiymətli cəhətləri biri-birimizdə axtarıb tapdıqdan sonra, xırda təfərrüatlara göz yummaq, daha doğrusu, böyük həqiqət naminə xırda həqiqətləri qurban vermək daha düzgün, daha ədalətli olmazdımı? Hər bir məsələdə düzgün, sərrast mülahizələr yürüdən bu qadın, şübhəsiz ki, həyatdakı acı təcrübələrinə, mühitin insanları korlayan təsirinə tabe olaraq belə düşünürdü. Sevmədiyi, xoşlamadığı adamlar arasında yaşamağa, özünü zorlayıb onların qarşısında gülümsəməyə məcbur olduğu üçün həddindən artıq xəcalət çəkir, hər kəsdən şübhələnirdi. Mən isə bütün ömrüm boyu insanlardan uzaq qaçıb, məni bir o qədər də incitmədikləri üçün heç kəsə qarşı kin bəsləmirdim. Varlığımı çeynəyib gəmirən təkcə tənhalıq hissi idi. Budur, yenə bu tənhalığın təsiri nəticəsində, mənə ruhən yaxın olduğunu başa düşdüyüm bir adamın qarşısında bir çox məsələlərdə öz-özümü aldatmağa hazır idim.

Şəhərin mərkəzinə gəlib çıxmışdıq. Küçələr işıqlı və qələbəlik idi. Mariya dalğın, bir qədər də məhzun idi. Təşvişə düşüb soruşdum:

– Olmaya ürəyiniz sıxıldı?

– Xeyr! – deyə cavab verdi. – Ürəyimi kədərləndirəcək bir şey yoxdur. Əksinə bugünkü gəzintimizdən çox razıyam... Hər halda məmnunam...

Bu sözləri deyərkən nəsə başqa şey haqqında fikirləşdiyi bəlli idi. Ara-sıra üzümə zillənən gözlərində bir dalğınlıq, təbəssümündə məni hürkməyə məcbur edən bir yabancılıq vardı. Bir anlığa küçənin ortasında dayandı.

– Evə getmək istəmirəm! – dedi. – Gəl birlikdə şam edək. Mənim iş vaxtıma qədər söhbət edərik.

Heç də gözləmədiyim bu təklifi əsassız bir həyəcanla qarşıladım. Lakin mənim bu hərəkətimin onun ciddi tövr almasına səbəb olduğunu görəndə, tez özümü ələ aldım, gözlərimi tələsik ondan çəkib başqa tərəfə baxdım. Şəhərin qərb tərəfindəki böyük bir aşxanaya girdik. Bura o qədər də qələbəlik deyildi. Bir tərəfdə mil-mil paltar geymiş bavariyalı qadınlardan ibarət orkestr coşqun havalar ifa edirdi. Kənardakı bir stol arxasında, yemək və şərab sifariş etdik. Qarşımda oturan adam kimi, mən də süst, qəmgindim. Ürəyimə səbəbi bəlli olmayan bir qüssə çökmüşdü. O, bunu hiss etdikdə düşüncələrindən ayrılmağa, gülümsəməyə çalışdı. Əlini stolun üstündə saxladığım əlimə vurdu.

– Qaşqabağınızı niyə sallamısınız?! Gənc bir qadınla ilk dəfə nahar edən cavanlar daha fərəhli, daha söhbətcil olurlar! – deyə qəhqəhə ilə güldü. Lakin aydın görünürdü ki, dediklərinə özü də inanmırdı. Tez əvvəlki halına düşmək, nəsə bir hərəkət etmək xatirinə ətrafdakı stollara göz gəzdirdi. Bir neçə qurtum şərab içdi. Sonra birdən-birə mənə tərəf dönüb, gözlərimin içinə baxaraq:

– Nə edim? Hə, nə edim? Özünüz də görürsünüz ki, özümü dəyişdirməyi bacarmır, başqa cildə girə bilmirəm! – dedi. Nə demək istədiyini dumanlı şəkildə başa düşürdüm. Onun istədiyi şeylə məni bayaqdan bəri üzüb əldən salan şeyin eyni olduğunu hiss edir, lakin mahiyyətini açıq şəkildə təyin edə bilmirdim. Gözləri seyr etdiyi hər nöqtəyə zillənib qalır, elə bil nəzərlərini bu nöqtədən ayırmaq üçün özünü zorla ələ alırdı. Sədəf kimi solğun üzündən bəzən zorla seçilən kölgələr keçirdi. Yenə də sözünə davam etdi. Səsində çətin seçilən bir titrəyiş, zorla saxlanılan bir həyəcan vardı:

– Məndən incıməyin... – deyirdi. – Həyata keçməyəcək arzulara düşməməyiniz üçün sizinlə açıq danışmaq daha yaxşı olar... Bir şərtlə ki, məndən incıməyəsiniz... Dünən yanınıza gəldim... Məni evimizə ötürməyinizi xahiş etdim... Bu gün birlikdə gəzməyi təklif etdim... Birlikdə şam edək, dedim... Bir sözlə yaxanıza ilişdim... Lakin bilin, sizi də sevmirəm... Bayaqdan bəri bu haqda düşünürdüm... Bəli, sizi də sevmirəm... Nə edim?! Ola bilsin ki, siz mənə xoş, hətta cazibədar görünürsünüz, indiyə qədər tanıdığım kişilərin hamısından fərqli cəhətləriniz vardır. Lakin bundan artıq heç nə görmürəm... Sizinlə danışıb söhbət etmək, bir çox məsələlər ətrafında mübahisə etmək... inciyib sonra yenidən barışmaq... Şübhəsiz ki, bütün bunlar məni razı salacaq, fərəhləndirəcəkdir... Lakin sevmək? Yox, bunu edə bilməyəcəyəm! Çox güman, bunları nə üçün söylədiyimlə maraqlanırsınız... İndicə dediyim kimi, məndən başqa şeylər gözləməmək, gələcəkdə məndən incimemək üçün bu sözləri söyləyirəm... Sizə nə verə biləcəyimi indidən bildirirəm ki, sonra sizinlə əyləndiyimi iddia etməyəsiniz. Başqalarından nə qədər seçilsəniz də, hər halda siz də kişisiniz... Tanıdığım kişilər bunu, yəni onları sevmədiyimi, sevə bilmədiyimi başa düşdükdə, məni böyük bir inciklikle, hətta qəzəblə, acı istehzalarla tərk edirdilər... Lakin nə üçün məni günahkar sayırdılar? Başa düşmürəm... Vəd etmədiyim, ancaq özlərinin uydurduqları fikir və arzulara əməl etmədiyimə görəmi? Məgər bu haqsızlıq deyilmi? Yox, mən istəmirəm ki, siz də mənim haqqımda elə fikirləşəsiniz... Bunu nəzərə alsanız sizə xeyri dəyər.

Özümü itirsəm də bunu heç də nəzərə çarpdırmamağa çalışaraq:

– Bu sözlərə nə ehtiyac var? Dostluğumuzun nə şəkildə olacağı məndən yox, sizdən asılıdır. İstədiyiniz kimi də olacaqdır, – dedim.

Qəti şəkildə etiraz etdi:

– Xeyr, xeyr. Belə yaramaz. Görürsünüzmü, siz də başqa kişilər kimi bütün şərtlərlə razılaşdığınızı bildirirsiniz, hər şeyi danışıqsız qəbul etmək yolu ilə gedəcəyimizi söyləyirsiniz. Yox, dostum! Belə arxayınlaşdırıcı vədlərlə iş düzəlməz. Təsəvvür edin ki, bu məsələdə, istər mənə, istərsə də başqasına qarşı olsun, fərqi yoxdur, həmişə açıq-aydın ikiüzlülük etmədən qərar çıxarmağa çalışdığım halda, bir nəticəyə gələ bilməmişəm. İnsanlar, xüsusilə qadın və kişi arasında münasibət o qədər mürəkkəb və qatmaqarışıq, arzularımız, hisslərimiz o qədər anlaşılmaz və dumanlıdır ki, heç kim nə etdiyini bilmir, axına düşüb gedir. Mən bunu istəmirəm. Məni qane etməyən, ürəyimə yatmayan lüzumsuz işlərlə məşğul olmaq, məni öz gözlərimdə alçaldır... Xüsusilə, qadının kişi qarşısında hər zaman ətalətdə qalmağa məcbur olmasına heç cür dözə bilmərəm... Nəyə görə? Nəyə görə həmişə biz qaçmalı, siz isə bizi qovmalısınız? Nə üçün sizin yalvarışlarınızda bir əmr, hökm olmalı, bizim rədd cavabımızda belə acizlik duyulmalıdır? Uşaqlıqdan bəri buna qarşı etiraz etmiş, bununla heç vaxt razılaşmamışam. Nəyə görə mənim təbiətim belədir, nə üçün başqa qadınların fərqinə varmadıqları xırda məsələlər mənə bu dərəcədə mühüm və əhəmiyyətli görünür? Bu haqda çox fikirləşmişəm. Bəlkə məndə qeyri-normal bir cəhət vardır? – deyə düşünmüşəm. Sonra qərara gəlmişəm ki, belə deyil, əksinə, bəlkə də başqa qadınlardan sağlam olduğum, daha düzgün mövqedə durduğum üçün belə düşünürəm. Çünki mənim həyatım məhz bir təsadüf nəticəsində, başqa qadınlara göstərilən təsirlərdən kənarda keçmişdir. Başqaları kimi mən öz qadınlıq taleyimi və müqəddəratımı təbii saymamışam. Atam vəfat edəndə mən hələ uşaq idim. Anamla mən tək qaldıq. Anam yazıq, aciz qadınların canlı timsalı idi. Həyatda təkbaşına addımlamaq inamını itirmiş, daha doğrusu, belə bir inama əvvəllər də malik olmamışdı. Yeddi yaşında olmağıma baxmayaraq, mən ona başçılıq etdim. Ona həyatda dözümlü olmağı məsləhət gördüm, başına ağıl qoyub ona dayaq oldum. Öz üzərimdə kişilərin hökmranlığını görmədən, beləcə sərbəstcəsinə böyüdüm. Məktəb rəfiqələrimin miskinliyi, hərəkətləri məni həmişə təəccübləndirər, özümü oğlanlara bəyəndirmək üçün heç bir cəhd göstərməzdim. Heç vaxt kişilərdən utanıb çəkinməz, onlardan mərhəmət gözləməzdim. Bu hal məni dəhşətli bir tənhalığa məhkum etdi. Rəfiqələrim mənimlə dostlaşmağı, fikir və mülahizələrimi qəbul etməyi öz zövqlərinə yabançı saydılar, onların rahatlığını pozacağımı zənn etdilər. Onlar əsl insan olmaqdansa, xoşa gələn oyuncağa çevrilməyi daha asan və cazibədar hesab edirdilər. Oğlanlarla da yoldaşlıq etmədim. Çünki onların axtardığı yağlı tikə olmadığımı görürdülər. Onlar qüvvələrinə bərabər bir qüvvə ilə, mənim kimi bir adamla qarşı-qarşıya gəlməyi xoşlamırlar. Məhz bu vaxtlar kişilərdəki təkəbbürün və qüvvətin nədən ibarət olduğunu çox yaxşı başa düşdüm. Dünyada heç bir məxluq kişilər kimi asan müvəffəqiyyət ardınca düşmür. Heç bir məxluq kişilər kimi bu dərəcədə özünə vurğun, xudbin, özünə güvənən, lakin eyni zamanda da qorxaq və rahatlıq düşkünü ola bilməz. Bütün bu cəhətlərini gördükdən sonra, kişiləri qəlbən sevə biləcəyim mümkün deyildi. Nisbətən xoşuma gələn və bir çox cəhətlərdən mənə oxşayan adamların da bu mənada, canavar dişlərini görmüşəm. Hər ikimizə eyni dərəcədə zövq verən bərabərlikdən sonra üzr istəməyə, məni himayə etməyə çalışan, lakin eyni zamanda özünün qələbə çaldığını hesab edib, bunu müəyyən şəkildə nəzərə çarpdıracaq axmaq baxışlarla mənə yanaşan adamları da görmüşəm. Halbuki bu halda mənim yox, onların acınacaqlı vəziyyəti, miskinliyi meydana çıxırdı. Heç bir qadın, kişilərin ehtiras pəncəsində olduqları zaman düşdükləri vəziyyətə – aciz və gülünc şəklə düşə bilməz. Halbuki onlar özlərinin bu vəziyyətini bir qüvvənin təzahürü zənn edir, yersiz-yersiz lovğalanırdılar... Anam Allah, adam dəli ola bilər... Özümdə heç bir qeyri-təbii meyil və həvəsin olmadığını bildiyim halda, qadına aşiq olmağı üstün tuturam...

Bir qədər dayanıb, üzümə diqqətlə baxdı. Elə bil nəyisə öyrənmək istəyirdi. Bir qurtum şərab içdi. Söhbət etdikcə üzü gülür, ruhunu incidən fikirlərdən xilas olduğu görünürdü:

– Nə üçün özünüzü itiribsiniz? – deyə soruşdu və sözünə davam etdi: – Qorxmayın, sizin zənn etdiyiniz kimi deyiləm. Lakin çox təəssüf, gərək o cür olaydım. Heç şübhəsiz ki, insan ruhunu bir o qədər də alçaltmayan bir iş görərdim... Lakin özünüz də bilirsiniz ki, mən rəssamam... Gözəllik haqqında öz görüşlərim, mülahizələrim vardır... Bir qadınla sevişməyi gözəl bir şey hesab etmirəm... Necə deyim... Estetik deyil...

Mən təbiəti daha çox sevirəm... O şey ki, təbii deyil, ondan həmişə uzaq qaçıram... Şübhə yoxdur ki, bunun belə olması üçün bir kişini sevməliyəm... Əsl mənasında bir kişini... Heç bir maneədən qorxmayan, məni sürükləyib irəli apara biləcək bir şəxsi... Məndən heç bir şey istəmədən, üzərimdə hakimlik etmədən, mənliyimi tapdalamayıb məni sevəcək və həyat yollarında mənimlə birlikdə addımlayacaq bir şəxsi... Daha doğrusu əsl həqiqətdə və tam mənasında qüvvətli bir kişini... İndi başa düşürsünüz sizi nə üçün sevmirəm?! Əlbəttə, sevmək üçün müəyyən vaxt lazımdır. Lakin siz də mənim axtardığım adam deyilsiniz... Doğrudur, bir az əvvəl bəhs etdiyim özündən razılıq hissi sizdə yoxdur, lakin siz uşaq xasiyyətlisiniz, daha doğrusu, qıza bənzəyirsiniz... Sizin də anam kimi, başqası tərəfindən idarə olunmağa ehtiyacınız var... Bu başqası mən ola bilərəm... Əgər istəsəniz... Ancaq bundan artıq ola bilmərəm... Sizinlə möhkəm dost ola bilərəm... Çünki siz tanıdığım ilk kişisiniz ki, sözlərimi kəsmədən, məni fikrimdən daşındırmağa çalışmadan, başqa yola dəvət etmədən dinləyirsiniz. Baxışlarınızdan görürəm ki, məni anlayırsınız. Dediyim kimi, yaxşı dost ola bilərik. Mən sizinlə nə cür açıq danışıramsa, siz də ürəyinizi mənə o cür aça bilərsiniz. Məncə, bu da az deyil. Çünki çox şey dalınca qaçıb, azı da itirməkmi yaxşıdır? Dünən axşam da demişdim ki, xasiyyətim tez-tez dəyişir... Lakin bu sizi səhv fikirlərə sövq etməsin... Əsas məsələlərdə xasiyyətimi dəyişən deyiləm... Hə, nə deyirsiniz? Mənimlə dost olacaqsınız?

Deyilən sözlərdən az qala dəli olacaqdım... Onun haqqında qəti bir qərara gəlməkdən çəkinirdim. Fikrimdən ancaq bir arzu keçirdi: nəyin bahasına olursa olsun, fərqi yoxdur, ona yaxınlaşmaq və ondan ayrılmamaq... Başqa bir şey də istəmirəm, çünki bu mənə lazım da deyildi. Heç kəsdən artıq bir şey istəməmişəm. Kim nə veribsə, ancaq onunla qənaətlənmişəm... Buna baxmayaraq, ürəyimdə qəribə bir durğunluq vardı. Gözlərimi məndən cavab gözləyən dalğın qara gözlərə dikib, ağır-ağır sözə başladım:

– Mariya, sizi yaxşı başa düşürəm... Həyat təcrübələrinizin sizi belə uzun bir izahat verməyə sövq etdiyini də hiss edirəm. Sevinirəm ki, gələcəkdə dostluğumuzu poza biləcək şeylərə yol verməmək üçün belə deyirsiniz. Deməli, dostluğumuzu qiymətləndirirsiniz?!

Təsdiq əlaməti olaraq başını əydi. Sözümə davam etdim: – Bəlkə də bütün bunları söyləməyinizə ehtiyac yox idi. Lakin nə biləsən? Bir-birimizi təzəcə tanıyırıq. Hər halda ehtiyatlı olmaq daha yaxşıdır... Mənim sizin qədər həyat təcrübəm yoxdur. Adamları az tanıyıram. Həmişə özbaşına yaşamışam. Bununla belə, həyatda müxtəlif yollarla addımlasaq da eyni nəticəyə gəldiyimizi görürəm. İkimiz də eyni bir adam axtarırıq. Əgər axtardığımızı bir-birimizdə tapsaq, fövqəladə bir şey olar... Əsas məsələ budur, o birilər ikinci dərəcəlidir... Qadın və kişi münasibətlərinə gəlincə, heç vaxt qorxduğunuz adamların cərgəsinə qoşulmayacağıma əmin ola bilərsiniz. Doğrudur, eşq macəralarım olmamışdır, lakin özüm qədər qüvvətli hesab etmədiyim, lazımınca hörmət bəsləmədiyim bir şəxsi sevə biləcəyimi ağlıma belə gətirməmişəm. Bir az bundan əvvəl təhqir olunmaqdan, mənliyin tapdalanmasından bəhs etdiniz. Əgər bir kişi buna razı olursa, məncə bu o deməkdir ki, o öz şəxsiyyətini inkar edir, əslində özünü təhqir edir. Sizin kimi mən də təbiəti çox sevirəm. Hətta deyə bilərəm ki, insanlardan nə qədər uzaq gəzib dolaşmışamsa, bir o qədər təbiətə yaxın olmuşam. Mənim vətənim dünyanın ən gözəl yerlərindən biridir. Tarixlərdə haqqında oxuduğumuz mədəniyyətin bir çox sahələri o yerlərdə yüksəlmiş, sonra da tənəzzül etmişdir. On-on beş əsrlik tarixə malik olan zeytun ağaclarının altında uzanarkən – bir zamanlar onların məhsulunu toplayan adamlar haqqında düşünərdim. Xəyalımda şam ağacları ilə örtülü dağların insan ayağı dəyməmiş yerlərində mərmər körpülər, cilalanmış sütunlar görərdim. Bunlar mənim uşaqlıq çağlarımın həmdəmi, xəyal və arzularımın mövzusu olardı. O zamandan bəri təbiəti, onun məntiqini hər şeydən uca və üstün tuturam. Bizim aramızdakı dostluğun təbii yolla inkişaf etməsinə mane olmayın. Biz ona süni istiqamət verməyə çalışmayaq. Onu qabaqcadan çıxardığımız nəticələrlə məhdud etməyək!

Mariya şəhadət barmağı ilə əlimə toxunub söylədi:

– Siz heç də zənn etdiyim qədər uşaq deyilsiniz!

O, ürkək baxışlarla məni gözdən keçirirdi. Baxışları bir nöqtədə qərar tutmurdu. Nisbətən qabarıq olan alt dodağı azacıq qabağa uzanmışdı. O bu vəziyyətdə indicə bu dəqiqə ağlayacaq balaca qıza oxşayırdı. Gözləri isə, əksinə, mənalı idi, sanki nəyisə öyrənməyə çalışırdı. Qısa bir müddətdə onun sifətində nə qədər müxtəlif ifadələrin əks olunduğuna təəccüb edirdim.

– Mənə öz həyatınız, ölkəniz, zeytun ağacları haqqında çox danışdınız, – deyə sözə başladı. – Mən də sizə bəzi uşaqlıq xatirələrimi, atam haqqında yadımda qalan bəzi xatirələri nəql edərəm. Hər halda söhbət üçün söz tapmaqda çətinlik çəkmərik... Bura nə səs-küylü yer imiş. Görünür, salon boş olduğuna görə belədir... Yazıqlar heç olmazsa musiqinin gurultusu ilə buranın sahibini sevindirmək istəyirlər... Eh, bilsəydiniz bu yerlərin sahibləri nə cür adamlar olur!

– Çox kobud olurlar?

– Həddindən artıq. Kişiləri yaxından tanımaq üçün elə bu da bir vasitədir. Məsələn, bizim "Atlantika"nın sahibi çox incə adamdır. Təkcə müştərilərə deyil, onunla alış-verişi olmayan qadınlara da ehtiyatla yanaşır. Heç şübhəsiz ki, onun restoranında işləməsəydim, mənə baron kimi yanaşar, məni kübarlığına heyran etməyə çalışardı. Lakin ondan maaş alan işçilərə qarşı münasibəti tez-tez dəyişir və buna adətən, "məslək əxlaqı" deyir. "Qazanc əxlaqı" söyləsəydi, daha doğru olardı. Çünki insafsızlığa, bəzən də tərbiyəsizliyə qədər gəlib çatan kobudluğu müəssisəmizdəki ciddiliyi müdafiə etmək arzusundan daha çox, aldadılmaq qorxusundan irəli gəlir. Ehtimal ki, ailə başçısı və bir vətəndaş olan adamın təkcə səsimizi, oxumağımızı, gülüşümüzü, bədənimizi deyil, hətta insanlığımızı da satmağımızı istədiyini görsəniz, iyrənərsiniz, ürəyiniz bulanar...

Müəyyən bir məqsədlə sözünü kəsdim:

– Atanız nəçi idi?

– Məgər demədim? Vəkil idi. Niyə soruşursunuz? Nə üçün bu vəziyyətə düşməyim sizi maraqlandırır?

Susub dinmədim.

– Görünür, Almaniyanı hələ də yaxşı tanımırsınız. Mənim bu vəziyyətə düşməyimdə heç bir fövqəladəlik yoxdur. Atamın miras qoyub getdiyi pulla oxudum. Güzəranımız pis deyildi. Müharibə vaxtı şəfqət bacısı oldum. Akademiyada təhsilimə davam etdim. Sonralar müflisləşdik. Pul qazanmağa məcbur oldum. Əlbəttə, şikayət etmirəm. İşləmək heç də qəbahət deyil... Mənə ağır gələn, ürəyimə toxunan odur ki, ruhumuzu alçaltmadan işləmək istəməyimiz başqalarının xoşuna gəlmir... Sərxoşlarla, insan ətinə həsir sərxoş adamlarla qarşılaşmaq məcburiyyəti mənə əzab verir. Bəzən onlar adama elə baxırlar ki, buna yalnız vəhşilik deyə bilərəm... Elə olsaydı yenə təbii görünərdi... Bu, vəhşilikdən də alçaq bir hərəkətdir... insan riyakarlığının, hiyləgərliyinin, miskinliyinin qarışıb qatışdığı bir vəhşilik... Bu nə qədər də iyrəncdir!..

Ətrafa nəzər saldı. Orkestrin qopardığı gurultu daha da artmışdı. Bavariya modası ilə geyinmiş, saçları qabarıq, şişman bir qadın ətrafa nəzər salaraq, intim mahnılar oxuyurdu.

Mariya:

– Bəsdir burada oturduq. Gedək sakit bir yerə... Hələ gec deyil, – deyib diqqətlə üzümə baxdı. – Sizi darıxdırmıram?.. Ağına-bozuna baxmadan danışır, sizi səhərdən bəri ora-bura dartıb aparıram. Qadınların bu qədər üzlü, zəhlətökən olması yaxşı deyil!.. Ciddi deyirəm! Ürəyiniz sıxılıb darıxan kimi sizdən əl çəkə bilərəm!

Əllərini tutdum. Ürəyimdən keçənləri başa düşdüyünə əmin olub:

– Sizə minnətdaram! – dedim.

– Mən də! – dedi və əllərini çəkdi.

Küçəyə çıxanda:

– Yaxındakı qəhvəxanalardan birinə gedək, – dedi. – Çox xoşagəlimli bir yer var. Qəribə adamlarla qarşılaşarsınız.

– Dediyiniz yer Romanişes kafe deyil?

– Bəli, haradan tanıyırsınız? Orada olubsunuz?

– Xeyr, olmamışam. Onu nəzərdə tutduğunuzu hiss etdim.

Güldü:

– Olmaya oranı sizə ayın axırlarında pulsuz qalan yoldaşlarınız nişan veriblər?

Mən də gülümsədim. Sonra gözlərimi ondan çəkib qarşı tərəfə baxdım. Həmişə sənətkarların gəlibgetdiyi bu qəhvəxanaya gecələr, xüsusilə saat on birdən sonra zövq düşkünlərinin, cavanların, yaşlıların, varlı qadınların doluşduğunu, müxtəlif millətdən olan yaşlı modabazların bu vaxtlarda oraya gəlib özlərini başqalarına bəyəndirməyə çalışdıqlarını zənn etmişdim.

Hələ erkən olduğu üçün qəhvəxanada gənc sənətkarlardan başqa kimsə yoxdu. Onlar dəstə-dəstə toplaşıb ucadan mübahisə edirdilər. Sütunlar arasındakı bir pilləkənlə yuxarı mərtəbəyə qalxdıq. Çətinliklə boş bir stol tapdıq. Ətrafımızda, kənarı enli papaq qoymuş, uzun saçlı, özlərini fransızlara oxşatmağa çalışan gənc rəssamlar, damağı çubuqlu, uzun dırnaqlı, mətbuata xəbərlər yazan jurnalistlər oturmuşdular.

Uzunboylu, sarışın bir gənc uzaqdan müxtəlif işarələr edib, stolumuza yaxınlaşdı. "Xəz paltolu ilahəyə salamlar!" – deyərək, Mariyanın başını əlləri arasına aldı, əvvəlcə alnından, sonra da yanaqlarından öpdü.

Gözlərimi yerə zilləyib gözlədim. Söhbətlərindən məlum olurdu ki, eyni sərgidə özlərinin rəsm əsərlərini nümayiş etdirmişlər. O gənc, nəhayət, Mariyanın əlini bərk-bərk sıxıb buraxdıqdan sonra mənə tərəf dönüb, "Allah köməyiniz olsun, cavan oğlan" – dedi. Sənətkarlara məxsus bir tövrlə vidalaşıb uzaqlaşdı. Hələ də gözlərimi qarşı tərəfdəki bir nöqtəyə zilləyib baxırdım.

Mariya:

– Nə fikrə getmisən? – deyə soruşdu.

– Mənə "sən" dediyinizin fərqinə vardınız?

– Bəli... Xoşunuza gəlmədi?

– Bu nə sözdür, əksinə, təşəkkür edirəm.

– Aman Allah, bu qədər də təşəkkür edərlər?

– Biz şərqlilər çox kübar adamlarıq... Bilirsiniz nə haqda fikirləşirdim? O gənc sizi öpdü, mən isə qısqanmadım.

– Doğrudan?

– Nə üçün qısqanmadığımla maraqlanırsınız, deyilmi?

Biri-birimizə uzun-uzadı baxdıq. Ehtiyatla, biri-birimizi öyrənmək məqsədilə baxdıq.

– Mənə öz haqqınızda bir qədər danışın, – dedi.

Razılıq işarəsilə baş əydim. Bundan əvvəl öz-özlüyümdə düşünüb-daşınmışdım, ona müəyyən sözlər söyləyəcəkdim. Lakin indi o sözlərdən heç birini xatırlaya bilmirdim. Zehnimdən isə tamamilə yeni və müxtəlif fikirlər keçirdi. Nəhayət, özümü yığışdırıb, ağlıma gələni danışmağa başladım. Müəyyən bir mövzu ətrafında danışmır, uşaqlığımdan, əsgərlik etməyimdən, oxuduğum kitablardan, qurduğum xəyallardan, qonşumuz Fəxriyyədən və tanıdığım quldurlardan bəhs edirdim. Bu vaxta qədər hətta özümə açıb söyləməkdən qorxub çəkindiyim, gizlin saxladığım cəhətlər, təfərrüatlar, mənim istəyimdən asılı olmayaraq meydana çıxırdı. Öz barəmdə başqasına ilk dəfə söhbət açdığım üçün, heç nəyi ört-basdır etmədən danışır, özümü bütün çılpaqlığımla göstərmək istəyirdim. Ona yalan danışmamaq, öz barəmdəki məlumatı təhrif etməmək, heç nəyi dəyişdirib başqa şəklə salmamaq üçün var qüvvəmi əsirgəmirdim. Daha doğrusu, istəniləndən də artıq dərəcədə səy göstərirdim. Lakin öz barəmdəki təfərrüatları geniş şəkildə aydınlaşdırsam da, əsl həqiqətdən uzaqlaşırdım.

Xatirələr, uzun illər boyu cilalanmış hisslər, həmişə susdurulmuş həyəcanlar sel kimi köpürüb daşır, çılğın bir şəkildə meydana çıxırdı. Onun çox diqqətlə qulaq asdığını, haqqında danışmadıqlarımı gözlərilə axtarıb görmək istədiyini hiss etdiyim zaman daha da cürətlənir, danışırdım. O, bəzən razılıq əlamətilə ağır-ağır başını tərpədir, bəzən də təəccüblənirmiş kimi, dodaqlarını yüngülcə aralayırdı. Ağzımdan çıxan sözlər şikayət tonunda səslənəndə, şəfqət dolu baxışlarla gülümsəyirdi.

Naməlum bir qüvvə tərəfindən silkələnib saxlanılan adam kimi, birdən sözümü kəsib saata baxdım. On birə az qalırdı. Ətrafımızdakı stollar boşalmışdı. Cəld yerimdən qalxıb:

– İşə gecikirsiniz, – dedim. O, özünü ələ almağa çalışdı. Əllərimi daha da bərk sıxıb tələsmədən qalxdı.

– Siz haqlısınız, – dedi. Beretini başına qoyurkən əlavə etdi:

– Yaxşıca söhbət etdik.

Onu "Atlantika"ya qədər ötürdüm. Yol uzunu dinib danışmadıq. Elə bil hər ikimiz bugünkü axşamın doğurduğu hisslərdən, duyğulardan yorulub onları ürəklərimizdə yerləşdirməklə məşğul idik. Yolun axırına çatar-çatmaz bütün bədənimə bir titrəmə düşdü-yünü hiss etdim.

– Mənim günahım üzündən evə gedib paltonuzu geymədiniz, üşüyəcəksiniz, – dedim.

– Sizin günahınız ucundan?.. Elədir... Lakin əslində günah məndədir... Əhəmiyyəti yoxdur, tez gedək!

– Sizi evə ötürmək üçün gözləyim?

– Xeyr, xeyr... Əsla... Sabah görüşərik!

– Özünüz bilərsiniz.

Bəlkə də soyuqdan üşüməmək üçün mənə sığın-dı. Elektrik işıqları ilə işıqlanmış qapıya yaxınlaşanda dayandı, əlini mənə uzatdı. Elə bil nəsə fövqəladə bir məsələ haqqında düşünürdü. Məni divar dibinə tərəf apardı. Üzümə doğru əyildi. Gözlərini səkiyə zilləyib, eşidilər-eşidilməz pıçıltı ilə tələsik soruşdu:

– Deməli, məni qısqanmırsınız? Doğrudanmı, məni bu qədər çox sevirsən? – Birdən-birə gözlərini qaldırıb üzümə zillədi, baxdı. Bu anda nələr duydu-ğumu ona izah etmək üçün bir kəlmə də olsun söz tapa bilmədiyim üçün köksümün sıxıldığını, boğa-zımın quruduğunu hiss etdim. Qorxurdum ki, ağ-zımdan çıxacaq hər hansı bir söz, hər hansı bir səs xoşbəxtliyimi, səadətimi pozub məhv edə bilər. Bu dəfə mənə təşvişlə baxırdı. Cəsarətsizlikdən gözlə-rimin yaşardığını hiss etdim. Bu zaman onun üzün-dəki ifadənin mülayimləşdiyini gördüm. Nəyəsə qu-laq asırmış kimi, bir anlığa gözlərini yumdu, sonra başımı əlləri arasına alıb dodaqlarımdan öpdü, geriyə dönüb baxmadan, heç bir söz demədən, yavaş-yavaş addımlayıb içəri keçdi.

Tələsik, sanki qaça-qaça pansionata qayıtdım. Heç bir şey haqqında düşünməməyə, heç nəyi xatırlamamağa çalışırdım. Bu gecə baş verən hadisələr mənim üçün son dərəcə qiymətli idi. Onlara xəyalən də olsa toxunmaq istəmirdim. Bir az bundan əvvəl ağzımdan bir söz, bir səs çıxarıb təsəvvürə sığmayan xoşbəxtlik dəqiqələrimi pozacağımdan nə qədər qorxurdumsa, indi də bu gün yaşadığım bir neçə saatlıq fövqəladə hadisələrə, onların misli olmayan ahənginə zərər vuracağımdan qorxurdum.

Pillələnləri, qaranlıq dəhlizləri vahimələrlə dolu pansionat bu dəfə xoşuma gəldi.

Bu gecədən başlayaraq hər gün Mariya ilə görüşməyə, birlikdə gəzintiyə çıxmağa başladım. Bir-birimizə deyiləsi sözləri o ilk axşam danışıb qurtarmışdıq. Həmişə qarşılaşdığımız adamlar, mənzərələr bu dəfə yeni bir məna kəsb edirdi, onlar fikir və düşüncələrimizi izah etməkdə və bunların bir-birinə nə qədər yaxın, oxşar olduğunu göstərməkdə bizə kömək edirdi. Müəyyən bir məsələ haqqında eyni şəkildə düşündüyümüz üçün fikirlərimiz də bir-birinə oxşayırdı. Şübhəsiz ki, bir tərəfin fikrini digər tərəfin təqdir edib, onu qəbul etməsi və mənimsəməsi də iki nəfər arasındakı ruhi yaxınlığın nişanəsi idi.

Əksər hallarda muzeylərə, sərgilərə gedirdik. O, mənə müasir və qədim rəssamların əsərləri haqqında izahat verir, bu barədə mübahisələr edirdik. Bir neçə dəfə nəbatat bağına, bir-iki axşam isə operaya getdik. Lakin bundan tezliklə əl çəkdik, çünki axşam saat onun yarısında, on tamamda operadan çıxıb, işə getmək onun üçün ağır olurdu. Həm də o bir gün mənə belə dedi:

– Təkcə vaxta görə deyil, başqa bir səbəbdən də operaya getmək istəmirəm. Operadan sonra gedib "Atlantika"da mahnı oxumağımı dünyada ən gülünc, ən bayağı bir iş sayıram.

Fabrikə ancaq günortaya qədər gedib-gəlirdim. Pansionat sakinləri ilə də az-az görüşürdüm.

Frau Heppner hərdənbir:

– Olmaya səni bir başqası əlimizdən aldı, – deyə məni məzəmmət etdikdə, sadəcə gülümsəyib, söhbəti uzatmazdım. Çünki frau Van Tiedemanın məsələdən duyuq düşməsini istəmirdim. Ola bilsin, Mariya bunu bir qəbahət saymazdı, lakin hələ Türkiyədə olduğum zaman məndə yaranıb möhkəmlənmiş bir ehtiyatla dolanmağı lazım bilirdim.

Əslində başqalarından gizlədiləsi bir şey də yox-du. O ilk axşamdan sonra dostluğumuz ikimizin də sözləşdiyimiz çərçivə daxilində qalmış, "Atlantika"nın qarşısında baş vermiş hadisəni isə, heç birimiz hər hansı bir şəkildə olursa olsun xatırlatmamışdıq. İlk zamanlar bizi biri-birimizə yaxınlaşdıran bir şey vardı-sa, o da bir maraq hissi idi. Əcəba, daha nə var? – deyə biri-birimizlə daha çox söhbət edib, bunu aydınlaşdır-mağa çalışırdıq. Sonralar bu maraq hissini başqa şey, vərdiş əvəz etdi. Biz bir-birimizə möhkəm bağlandıq.

Bəzi səbəblərə görə iki-üç gün görüşmədikdə çox da-
rıxır, bir-birimizi görməyə can atırdıq. Görüşəndə bir-
biri ilə dostluq edib, lakin bir müddət ayrı düşmüş
kiçik uşaqlar kimi sevinir, əl-ələ tutub yol uzunu ad-
dımlayırdıq. Onu çox sevirdim. Ürəyimdə ona qarşı
dünyalar qədər böyük məhəbbət olduğunu hiss edir-
dim. Qəlbimdə bir sevginin, nəhayət, baş qaldırdığını
görüb özümü xoşbəxt hesab edirdim. Aydın görünür-
dü ki, onun da məndən xoşu gəlir. Lakin o, dostluğu-
muzun başqa qılığa düşməsinə yol vermirdi.

Bir gün Berlinin civarındakı Qrunevald meşə-
sində gəzişəndə, qolunu boynuma sarımışdı, mənə
qısılaraq addımlayırdı. Çiynimdən aşağı sürüşməyə
başlayan əli yavaş-yavaş sallanır, baş barmağı, göydə
çevrələr cızırmış kimi tərpənirdi. Nə cür yarandığını
özümün də başa düşmədiyim bir istəklə onun əlini
tutub, ovcunun içini öpdüm. O, mülayim, lakin sərt
bir hərəkətlə tez əlini çəkdi. Bu haqda heç bir söz
söyləmədən gəzişməkdə davam etdik. Lakin onun
həmin o bir anlıq baxışı və hərəkəti o qədər ciddi, o
qədər güclü, o qədər aydındı ki, bu, bir daha özgə
xəyallara düşməməyim üçün kifayət idi. Bəzən eşq,
məhəbbət məsələlərindən də bəhs edirdik. Lakin onun
bu mövzuya çox laqeyd, çox maraqsız bir məsələ kimi
yanaşdığını görəndə qəlbimi qəribə bir kədər bürü-
yürdü. Nə etməli, dözməli idim. Çünki onun bütün
şərtlərilə razılaşıb qəbul etmişdim. Buna baxmaya-
raq, bəzən söhbəti məharətlə dəyişib özümüzdən söz
açır, dostluğumuzu təhlil etməyə çalışırdım. Mənim

fikrimcə, eşq təcrid edilmiş mücərrəd bir məfhum deyildi. İnsanların qarşılıqlı münasibətlərində özünü büruzə verən sevgi, hüsn-rəğbət hissi bir növ eşqdi. Təkcə fərq ondan ibarətdi ki, bunlar müəyyən hallarda şəklini, adını dəyişir. Qadınla kişi arasındakı sevgiyə, öz həqiqi adını verməmək bir növ özümüzü aldatmaqdan başqa bir şey deyildir.

Belə vaxtlarda Mariya şəhadət barmağını silkələyib gülür: "Xeyr, dostum, xeyr! – deyirdi. – Eşq heç də sizin dediyiniz adi bir hüsn-rəğbət hissi və yaxud bəzi hallarda dərinləşən sevgi deyil. O tamamilə başqa, bizim təhlil edə bilmədiyimiz elə bir hissdir ki, necə yaranıb meydana gəldiyini bilmədiyimiz kimi, günlərin birində haraya çıxıb getdiyini də bilmirik. Dostluq isə daha dözümlü olur və izah edilib başa düşülür. Onun nə cür başlandığını görə bilir, pozulduğu zaman, bunun səbəblərini təhlil edə bilirik. Eşq isə izah edilə bilməyən bir təhlildir. Bundan başqa, özünüz bir fikirləşin, dünyada hamımızın xoşladığımız çox adamlar var. Məsələn, mənim həqiqətən sevdiyim bir çox dostlarım var (Hörmətli Raifin bunların hamısından ön cərgədə durduğunu deyə bilərəm). Məgər bu o deməkdir ki, mən onların hamısına aşiqəm?"

Mən öz fikrimdə təkid edərək:

– Bəli! – demişdim. – Ən çox sevdiyiniz adamlara həqiqətən, başqalarına isə az da olsa aşiqsiniz!

Mariya heç gözləmədiyim bir cavab vermişdi:

– Belə isə nə üçün məni qısqanmadığınız barədə danışmışdınız?

Buna cavab tapmayıb, bir müddət fikrə getdim, sonra izah etməyə çalışdım:

– Ürəyində həqiqətən sevmək qabiliyyəti olan şəxs, heç zaman bu sevgini bütünlüklə bir adama münasibətdə cəmləşdirməz və başqasından da bunu gözləyə bilməz. Başqalarını nə qədər çox sevsək, ürəkdən sevdiyimiz yeganə adamı da o qədər çox, o qədər böyük bir qüvvətlə sevərik. Eşq müxtəlif hisslərə parçalanıb dağılmaqla tükənmir.

– Mən şərqlilərin başqa cür düşündüyünü fikirləşirdim.

– Hər halda mən başqa cür düşünürəm.

Mariya gözlərini eyni bir nöqtəyə zilləyib, uzun-uzadı fikrə getdikdən sonra:

– Mənim arzuladığım eşq tamamilə başqadır, – dedi. – O bütün məntiqlərdən kənarda, təsvir edilməsi mümkün olmayan, mahiyyəti bilinməyən bir şeydir... Sevmək və xoşlamaq başqa, istəmək, bütün ruhunla, bütün vücudunla, varlığınla istəmək isə bambaşqadır... Məncə eşq bu cür bir istəkdir. Müqavimətsiz bir istək!

Bu zaman onu öz sözü ilə yaxalamış kimi, özümdən razı halda dedim:

– Sizin haqqında danışdığınız bu istək anidir. Ürəyinizdə mövcud olan sevgi, özünü açıq şəkildə büruzə verməyən bəzi vasitələrlə, bir an içində, birdən-birə görünür, bir yerə cəmləşir. Adamı oxşayıb isidən günəş şüaları zərrəbindən keçdikdən sonra bir nöqtədə cəmləşərək yandırıb yaxmağa başladığı kimi, qəlbimizdəki sevginin də gücü son dərəcə artır, bizi pəncəsinə alır və alışdırıb yandırır. Sevgi bizim öz qəlbimizdə əmələ gəlir. Onu, kənardangəlmə bir şey zənn etmək doğru deyil. O, ürəyimizdə mövcud olan hisslərin bizi heyran edəcək dərəcədə şiddətlənib artmasından ibarətdir.

Münaqişəni bu yerdə kəsmiş, lakin sonralar yenə də onu davam etdirmişdik. Nə söylədiyim sözlərin, nə də onun fikir və düşüncələrinin tamamilə bir-birinə uyğun gəlmədiyini hiss edirdim. Hər ikimiz, bir-birimizlə çox açıq olmağa çalışsaq da, bizdən asılı olmayan bir çox gizli, qeyri-müəyyən fikirlər və arzuların əsiri olmaqda davam edirdik. Bir çox məsələlərdə hər ikimizin fikri eyni, bəzilərində isə müxtəlif idi. Birimiz o birimizlə müəyyən məsələlərdə asanlıqla razılaşırdıq. Çünki bunu əsas məqsəd xatirinə edirdik. Qəlbimizin bir çox gizli sirlərini açıb bu barədə mübahisə etməkdən də çəkinmirdik. Bununla yanaşı, tamamilə toxunmadığımız məsələlər də vardı. Bunların nədən ibarət olduğunu özümüz də doğru-dürüst müəyyən edə bilmirdik. Lakin hansı bir duyğu isə mənə pıçıldayırdı ki, əslində bunlar ən vacib, ən mühüm məsələlərdir.

Bu vaxta qədər mənə bu dərəcədə yaxın bir adama təsadüf etmədiyim üçün qəlbimdə onu bütün məsələlərdə müdafiə etmək arzusu vardı. O, bütün arzu və istəklərimin son qayəsi idi. Ona bütün maddi və mənəvi varlığımla sahib olmaq istərdim. Lakin əldə etdiyimi itirməkdən qorxub, son məqsədə toxunmaqdan çəkinir, tamaşa edib tutmaq istədiyi gözəl bir quşu kiçik bir hərəkətlə hürküdüb qaçırtmaqdan qorxan adam kimi, aciz bir vəziyyətdə qalırdım. Dumanlı şəkildə hiss edirdim ki, mənim fəaliyyətsizliyim, qorxuya əsaslanan bu tərəddüd hissi çox zərərlidir. İnsanlar bir-birlərinə münasibətlərində eyni nöqtədə qala bilməzlər. Lazım olduqda irəliyə atılmayan addım adamı geriyə aparar, məqsədə yaxınlaşdırmayan dəqiqələr, əksinə, adamı məqsəddən uzaqlaşdıra bilər. Mən bunu da hiss edirdim ki, ürəyimdə səssiz-səmirsiz baş qaldırıb, gündən-günə artıb böyüyən bir qorxu özünə yer etməyə başlamışdır. Nə etməli, başqa cür hərəkət etmək üçün başqa təbiətli adam olmalı idim. Əsl məqsədin ətrafında dolaşdığımı bildiyim halda, ona çatmaq üçün lazım olan yolları tapmır, onları axtarmırdım. Doğrudur, əvvəlki utancaqlığımdan xilas olmuşdum. Daha öz-özümə qapılmır, hətta ürəyimdəkiləri müəyyən şəkildə açıb göstərirdim. Lakin, bununla belə, əsas məsələyə toxunmurdum... Bütün bunları o zaman bu şəkildə, dərindən düşünüb-düşünmədiyimi bilmirəm. Bu gün, aradan on iki ildən artıq bir vaxt keçdikdən sonra ogünkü vəziyyətimi gözlərimin önündə canlandıraraq bu nəticəyə gəlirəm. Mariya haqqında çıxardığım qərarlar da belə bir nöqteyi-nəzərlə əlaqədar olmamış deyildir. O vaxtlar Mariyanın da müxtəlif zidd hisslər keçirdiyini başa düşürdüm. O, bəzən ətalətin pəncəsinə keçib, son dərəcə laqeyd bir görkəm alır, bəzən də birdən-birə coşub-daşır, məni cəsarətə gətirə

biləcək dərəcədə xüsusi bir yaxınlıq göstərirdi. San-
ki məni qəsdən nəyəsə təhrik edirdi. Lakin ondakı
bu hallar ötəri olub tez keçir, aramızda əvvəlki dost-
luq, yenə də eyni şəkildə davam etməyə başlayırdı. O
da mənim kimi hiss edirdi ki, dostluğumuz əvvəlki
şəkildə qalıb, çıxılmaz bir vəziyyətə düşmüşdür. O
görürdü ki, axtardığını tapmamışdır. Lakin mənim
bir çox cəhətlərimi qiymətli sayır, bunları qurban
vermək istəmirdi. Buna görə də məni ondan uzaq-
laşdıra biləcək hər şeydən çəkinirdi. Bütün bu qarışıq
hisslər sanki özünü büruzə verməkdən qorxur, ru-
humuzun ən gizli guşələrində gizlənirdi. Əslində biz
əvvəllərdə olduğu kimi, biri-birimizdə nəyisə axta-
ran, biri-birimizlə görüşdən hər zaman razı qalan, bu
görüşdən sonra yeni hisslərlə zənginləşdiyini duyan,
qəlbi bir vuran iki yaxın dost idik...

Əfsuslar olsun ki, hər şey birdən-birə dəyişdi,
gözləmədiyimiz bir istiqamət aldı. Oktyabr ayının son
günləri idi. Anası yeni ili bayram etmək üçün Praqa
civarında yaşayan uzaq qohumlarından birinə qonaq
getmişdi. Mariya bundan razı olub belə deyirdi:

– Yolka ağacının mumdan qayırılmış şamlarla
və gözqamaşdırıcı işıqlarla bəzədilməsi əsəblərimə
çox toxunan şeylərdən biridir. Bunu yəhudi olma-
ğımla əlaqələndirməyin. İnsanların özlərini bir an-
lığa xoşbəxt zənn etmək həvəsilə bu cür mənasız
mərasimə əl atdıqlarını süni hesab etdiyimə görə
belə danışıram. Bu cür qəribə və heç bir ehtiyac hiss
edilməyən mərasimlərlə dolu olan yəhudi dinindən

də xoşlanmadığım mənim üçün təbii bir haldır. Protestant məzhəbinə mənsub olan anamın bu adətlərə riayət etməsi onun qocalığından irəli gəlir. O, mənim bəzi dinə zidd mülahizələrimi eşidəndə qorxur. Lakin o buna özünün dini qənaəti baxımından yanaşmır. Son günlərini keçirən bu qoca qadın mənim mülahizələrimdən ona görə qorxur ki, bunlar onun ruhi sükunətini poza bilər.

— Sizin fikrinizcə il başının heç bir xüsusiyyəti yoxdur? — deyə soruşdum.

— Yoxdur, — dedi. — Onun ilin başqa günlərindən nə fərqi var? Təbiət onu başqa günlərdən nə cür fərqləndirmişdir? Ömrümüzdən daha bir ilin keçdiyini göstərsə də bunun o qədər əhəmiyyəti yoxdur. Çünki ömrümüzü illərə bölməyin özü də insanların uydurmasından başqa bir şey deyil... İnsanın ömrü, doğulduğu gündən öldüyü ana qədər, uzun bir ildən ibarətdir. Bunun üzərində aparılan hər cür bölgü sünidir... Gəlin bu fəlsəfədən əl çəkək. Könlün istəyirsə, yeni il axşamı bir yerə gedək. "Atlantika"dakı işim gecəyarısından qabaq qurtaracaq, çünki o axşam başqa, yeni çıxışlar olacaq. Birlikdə çıxıb gedər, başqaları kimi yeyib-içib sərxoş olarıq... Axı, hərdən öz daxili hisslərimizin pəncəsindən xilas olmaq da lazımdır... Hə, nə deyirsən? Bunlardan əlavə, axı, səninlə heç rəqs etməmişəm, düz demirəm?

— Bəli, rəqs etməmişik.

— Bundan çox zövq almasam da rəqs etdiyim adamdan bəzən xoşum gəldiyi üçün bu əzaba dözürəm.

– Bu işdə sizin xoşunuza gələcəyimi zənn etmirəm.

– Mən də belə hesab edirəm... Lakin bunun nə eybi, yoldaşlıqda fədakarlıq da lazımdır!

İlin son gecəsi birlikdə şam etdik, onun iş vaxtı qurtarana qədər restoranda oturub söhbət etdik. "Atlantika"ya gələndə o, paltosunu soyunmaq üçün otaqlardan birinə keçdi. Mən buraya ilk dəfə gələndə oturduğum stol arxasına keçdim. Salon müxtəlif rəngli fənərlərlə, kağızdan düzəldilmiş lentlərlə, zərli saplarla bəzədilmişdi. Ətrafdakı adamların artıq sərxoş olduqları nəzərə çarpırdı. Rəqs edənlərin, demək olar, hamısı öpüşür, qucaqlaşırdı. Qəlbimdə səbəbi bəlli olmayan bir kədər vardı.

– Nə olsun? – deyirdim. – Doğrudan da, bu gecənin fövqəladəliyi nədən ibarətdir? Özümüzü aldadır, uydurduğumuza inanırıq. Hər kəs gedib öz evində yatsaydı, daha yaxşı olmazdımı? Bəs görəsən biz nə edəcəyik? Yəqin ki, bunlar kimi biri-birimizə sarılıb evə qayıdacağıq... Təkcə fərq ondan ibarət olacaqdır ki, biz öpüşməyəcəyik... Görəsən, mən rəqs edə biləcəyəm? İstanbuldakı incəsənət məktəbində oxuyarkən məktəb yoldaşlarımın bəziləri, o vaxtlar şəhərdə çox olan beloruslardan öyrəndikləri rəqsləri mənə göstərmişdilər. Zəif də olsa vals edə bilirdim... Lakin təxminən yarım il olardı, rəqs etmirdim. Görəsən, bu axşam bacara biləcəkdimmi? Yarıda dayanıb öz yerimdə otursam nə olar? – deyə öz-özümə danışırdım.

Mariyanın skripka çalıb oxuması, nəzərdə tutduğum vaxtdan da tez qurtardı. O, üst-başını dəyişdirdikdən sonra eşiyə çıxdıq. Anhalter stansiyasının qabağındakı "Avropa" adlı böyük bir restorana gəldik. Bu, balaca və intim "Atlantika" dan çox fərqlənirdi. Böyük salonlarda yüzlərlə adam rəqs edirdi. Stolların üstü müxtəlif içki şüşələri ilə dolu idi. Başını qabağındakı stola dayayıb, indidən yatanlar da vardı. Bir-birinin qucağında oturanlar da gözə çarpırdı.

Mariya bu axşam qəribə görünürdü, çox fərəhli idi. Qoluma toxunaraq dedi:

– Beləcə lal-dinməz oturacağını bilsəydim, bu axşam özümə başqa bir adam seçərdim.

Bir-birinin ardınca sifariş etdiyi turş Reyn şərablarını dalbadal içir, məni heyrətə salırdı. Məni də içməyə məcbur edirdi. Salonda əsl təntənə və şənlik gecəyarısından sonra başlandı. Qışqırıq və qəhqəhə səsləri, hər tərəfdə çalınan musiqi alətlərinin qulaqbatırıcı sədaları, köhnə üsulla hoppana-hoppana vals edən adamların ayaq tappıltıları bir-birinə qarışmışdı. Müharibənin son illərinin nəticələri burada bütün çılğınlığı ilə özünü göstərirdi. Bədənləri zəif, ordları batıb, sümükləri görünən, gözləri əsəb xəstəliyinə tutulmuşların gözləri kimi parlayan və cilovlanmayan bir sevincdən özlərini itirmiş gənclərin, cəmiyyətin ədalətsiz və məntiqsiz qanunlarına, yanlış hökmlərinə qarşı üsyan etməyin ən yaxşı ifadəsini özlərinin cinsi duyğularını başlı-başına buraxmaqda görən gənc qızların vəziyyəti çox acınacaqlı idi. Mariya yenə də şərabla dolu qədəhi mənə verərək pıçıldayırdı:

– Raif, Raif, sən heç yaxşı iş görmürsən... Qorxulu bir ürək sıxıntısına, bədbinliyə düşməmək üçün nə qədər çalışdığımı görürsən. Gəl, heç olmazsa bu axşam öz daxili hisslərimizdən əl çəkib, başqa adamlara oxşayaq... Fərz et ki, biz də başqaları kimiyik. Bu salonları dolduran bir yığın adamlardan biriyik. Məgər onların hamısı zahirdən göründükləri kimidir? İstəmirəm, özümü hamıdan ağıllı, hamıdan həssas hiss etmək istəmirəm. İç və kəflənib gül!..

Bir qədər sərxoş olduğunu başa düşmüşdüm. Qarşımdakı stuldan qalxıb yanımda əyləşmiş, əlini çiynimə qoymuşdu. Ürəyim qəfəsə salınmış quş ürəyi kimi döyünürdü. Onun fikrincə, mən kədərliydim. Lakin belə deyildi. Şənlənib gülməsəm də, xoşbəxt idim, ciddi görkəmimə baxmayaraq, qəlbimdə fərəhlənirdim.

Vals başlandı. Qulağına tərəf əyilib yavaşca:

– Gəlin rəqs edək... – dedim. – Lakin səriştəli olmadığımı nəzərə alarsınız...

Sözümün gerisini elə bil eşitmədi. Yerindən qalxıb:

– Gedək! – dedi.

Adamların arasında fırlanmağa başladıq. Əlbəttə, bunu heç də rəqs adlandırmaq olmazdı. Bu, dörd tərəfdən sıxışdıran insan bədənlərinin hökmünə tabe olaraq bir yerdən başqa yerə sürüklənməkdi. Buna baxmayaraq, ikimiz də şikayət etmirdik. Mariya gözlərini mənə zilləmişdi. Qara, dalğın gözlərində bəzən başa düşmədiyim ifadələr yaranırdı. Bu, mənim özümü itirməyimə səbəb olurdu. Sinəsindən yüngül, lakin son dərəcədə gözəl bir qoxu qalxırdı. Mənə belə gəlirdi ki, məqsəd mənim ona nə dərəcədə yaxın olduğumu öyrənməkdi.

– Mariya, – deyə pıçıldadım. – Necə olur ki, bir adam başqasını bu dərəcədə xoşbəxt edə bilir?.. Bunun üçün insanın daxilində gizli, çox böyük bir qüvvə olmalıdır! Böyük bir qüvvə olmalıdır!

Yenə də gözlərində bir az əvvəlki ifadə, parıltı əmələ gəldi. Lakin o, mənə bir müddət diqqətlə baxdıqdan sonra dodağını gəmirməyə başladı. Baxışları dumanlı idi, heç bir məna ifadə etmirdi.

– Bəsdir, gedək oturaq! – dedi. – Nə çox adam var! Görünür yenə ürəyim sıxılmağa başlayacaq.

O, yenə də dalbadal içməyə başladı. Bir qədər keçmiş yerindən qalxıb:

– Bu dəqiqə gəlirəm! – dedi, ayaqları bir-birinə dolaşa-dolaşa uzaqlaşdı.

Xeyli gözlədim. Onun təkidlərinə baxmayaraq çox içməkdən özümü saxlamışdım. Sərxoş olmaqdan daha çox çaşqın idim. Başım ağrıyırdı. Aradan on beş dəqiqəyə yaxın bir vaxt keçsə də, o qayıdıb gəlmirdi. Təəccüblənməyə başladım. Bir yerdə yıxıla bilər, deyə bütün otaqları axtardım. Bəzək otaqlarında qadınlar paltarlarını səliqəyə salır, güzgü qabağında üst-başlarını düzəldirdilər. Salonların divarları boyunca qoyulmuş taxtların üzərində əyləşmiş qadınların hamısını nəzərdən keçirdim. Tapa bilmədim. Bir an içində ürəyimdə oyanıb artmağa başlayan bir qorxu duydum. Əyləşmiş və yaxud ayaq üstə durmuş adamlara toxuna-toxuna bir salondan o birinə keçirdim. Pillələrin bir neçəsini birdən atlanıb alt mərtəbəyə endim. Bu zaman gözlərim restoranın fırlanan qapısının tərləmiş şüşələri arasından eşiyə sataşdı. Orada ağ paltarlı bir adamın dayandığını seçmək olurdu. Qapıya tərəf atıldım. Eşiyə çıxanda sinəmdən bir fəryad qopdu. Mariya hər iki əli ilə başını tutub üzünü qapı önündəki ağaclardan birinə söykəyərək durmuşdu. Əynində nazik yun paltar vardı. Ağır-ağır yağan qar saçlarına və çiyninə qonurdu. Səsimi eşitdikdə dönüb gülümsündü:

– Harada qalıbsan? – deyə soruşdu.

– Bəs siz harada qalıbsız? Siz nə edirsiniz? Dəli olubsunuz nədir? – deyə bağırdım.

Barmağını dodaqlarımın üstünə qoyub:

– Sus!.. – dedi. – Hava almaq, sərinləmək istəyirdim. Yaxşı, gedək!

Onu tələsik içəri apardım, bir stul tapıb oturtdum. Yuxarı mərtəbəyə qalxıb haqq-hesabı verdim. Paltomu və onun xəzli paltosunu gətirdim. Ayaqlarımız küçədə qara bata-bata addımlamağa başladıq. Qolumdan möhkəm yapışıb, cəld addımlarla getməyə çalışırdı. Küçələrdə gəzişən sərxoş adamlara rast gəlmək olurdu. Böyük küçələr izdihamlı idi. Yayda olduğu kimi yüngül geyinmiş qadınlar gecəyarısından iki-üç saat keçməsinə və havanın bu cür olmasına baxmayaraq gəzməyə çıxmışdılar, sərxoş qəhqəhələrlə gülür, mahnı oxuyurdular. Mariya bu kefli, sərxoş adamla-

rın arasından daha tələsik keçib getmək üçün məni
dartır, çəkirdi. Yol boyu ona söz atan, onu qucaqla-
maq istəyən adamların üzünə zorla gülümsünür,
onların əlindən məharətlə sivişib çıxır, məni ardınca
sürükləyirdi. Bir qədər bundan əvvəl elə zənn etmiş-
dim ki, o son dərəcə sərxoş olduğuna görə ayaq üstə
dayana bilməyəcək. İndi tamam yanıldığımı gördüm.

Nisbətən seyrəklik küçələrə çıxanda yavaş-yavaş
addımlamağa başladı. Tez-tez nəfəs alırdı. Dərindən
bir "ah" çəkib mənə tərəf döndü:

– Hə, necədir? Bu gecədən razısanmı? Əyləndinmi?
Mən çox əyləndim, o qədər, o qədər əyləndim ki...

Qəhqəhə çəkib gülməyə başladı. Birdən-birə onu
öskürək tutdu. Elə bil boğulurdu. Bütün bədəni titrəsə
də, sarsılsa da, qolumdan möhkəm tutub buraxmırdı.
Bir qədər sakitləşəndə:

– Nə oldu sənə? Gördünmü, özünü soyuğa ver-
din! – dedim.

Yenə də gülərək:

– Ah, o qədər əyləndim ki... – dedi.

Mənə elə gəlirdi ki, o, bir azdan ağlayacaqdır.
Odur ki, onu tez evə çatdırmağa çalışırdım. Mənzil
başına çatar-çatmaz ayaqları bir-birinə dolaşmağa
başladı. Sanki bütün iradəsi, qüvvəsi onu tərk et-
mişdi. Məni isə soyuq hava tamam ayıltmışdı. Onu,
belindən yapışıb aparır, hərdənbir ayaqlarını bastala-
yırdım. Bir səkidən o birinə keçərkən, az qala sürüşüb
qarın üstünə yıxılacaqdıq. O, eşidilər-eşidilməz bir
tərzdə nəsə qarmaqarışıq sözlər pıçıldayırdı. Əvvəlcə

onun dodaqaltı mahnı oxumağa çalışdığını zənn et-
dim. Lakin sonra gördüm ki, mənə müraciət etmək
istəyir. Qulaq asdım:

– Bəli... Bax, mən beləyəm... – deyirdi. – Raif... Se-
vimli Raif... Mən beləyəm... Məgər sənə deməmişdim?..
Bir gün belə, o biri gün başqa cür oluram... Lakin
kədərlənməyə ehtiyac yoxdur... Heç bir şeyə ehtiyac
yoxdur... Sən çox yaxşı uşaqsan... Heç bir şübhə ola
bilməz, sən yaxşı uşaqsan!..

Birdən-birə hıçqırmağa başladı, sonra da təkrar
etdi:

– Xeyr, xeyr, kədərlənməyə ehtiyac yoxdur...

Yarım saatdan sonra onun yaşadığı evin qapısı qa-
bağında dayanmışdıq. Çiynini pilləkənin sürahisinə
söykəyib dayandı.

– Açarlar haradadır? – deyə soruşdum.

– Acıqlanma, Raif... Acıqlanma mənə!.. Yəqin
cibimdədir.

Əlini xəz dərili paltosunun içəri tərəfinə salaraq,
bir dəstə açar çıxartdı və mənə uzatdı. Küçə qapısını
açdım. Onu yuxarı qaldırmaq üçün qayıtdıqda, qolla-
rımın arasından çıxıb, pillələri tələsik çıxmağa başladı.

– Yıxılarsan! – dedim.

Nəfəsi darala-darala:

– Xeyr... Özüm çıxaram, – dedi.

Açarlar məndə qaldığı üçün onun arxasınca qalx-
dım. Üst mərtəbələrdən birində, qaranlıqdan məni
səslədi:

– Buradayam... Bu qapını aç!

Qapını açdım. İçəri keçdik. Otaqda elektrik işığı yoxdu. Köhnə olsa da, çox yaxşı saxlanmış mebellər və palıd ağacından düzəldilmiş gözəl bir çarpayı ilk baxışdan nəzəri cəlb edirdi.

Dinib-danışmadan otağın ortasında dayanmışdım. O, xəz dərili paltosunu əynindən çıxarıb bir kənara atdı. Mənə bir stul göstərib:

– Otursana! – dedi. Özü də yatağın kənarında əyləşdi. Cəld bir hərəkətlə ayaqqabılarını, corablarını çıxartdı. Baş yaylığını stulun üstünə atdı, yorğanın altına girdi. Oturduğum yerdən qalxdım. Bir söz demədən əlimi ona uzatdım. İlk dəfə gördüyü bir adamı öyrənirmiş kimi məni süzdü. Üzünə mənalı bir təbəssüm yayıldı. Gözlərimi yerə zillədim. Təkrarən baxdığım zaman onun yataqda azacıq dirsəkləndiyini, qayğı ilə məni süzdüyünü, arabir də gözlərini geniş açıb yuxusunu qaçırtmağa çalışdığını gördüm. Ağ örtüklərin altından çıxmış sağ çiyni və qolu, sifəti kimi solğun və ağ idi. Sol dirsəyini yastığa dayamışdı.

– Üşüyürsən, – dedim.

Qolumdan tutub cəld bir hərəkətlə məni yatağının kənarında oturtdu. Hər iki əlimi tutub, üzünü ovuclarımın içinə qoydu.

– Ah, Raif! – dedi. – Demək sən bu cür də ola bilirsənmiş? Haqqın var... Lakin nə edim... Əgər bilsəydim... Ah, əgər bilsəydim... Amma nə yaxşı əyləndik, deyilmi? Şübhəsiz ki, belədir... Xeyr, xeyr, bilirəm. Əllərini çəkmə... Səni heç də bu cür görməmişdim. Nə qədər ciddi görkəmin var. Görəsən, bunun səbəbi nədir?

Başımı qaldırıb ona baxdım. Yataqda diz çökərək, yanımda oturdu. Əlləri ilə hər iki yanağımı tutaraq:

– Mənə bax! – dedi. – Düz fikirləşmirsən!.. Bunu sənə sübut edəcəyəm... Öz-özümə də sübut edəcəyəm. Nə üçün belə dayanıb durmusan?.. Hələ də inanmırsan? Yenə də şübhə edirsən?

Gözlərini yumdu. Beynində arabir baş qaldırıb sonra yoxa çıxan hansı bir fikrisə dərk etməyə cəhd edir, alnı qırışır, qaşları çatılırdı. Çılpaq çiyinlərinin titrəyib əsdiyini gördükdə yorğanı çiyninə çəkib bürüdüm. Sürüşməsin deyə əlimlə tutdum. Gözlərini açdı. Çaşqın-çaşqın gülümsəyərək:

– Demək belə... Sən də mənə gülürsən? – deyib sözünə davam etmədən otağın hansı bir tərəfinəsə baxmağa başladı. Saçları alnına tökülmüşdü. Yan tərəfdən düşən işıq kirpiklərinin kölgəsini burnunun üstə salmışdı. Alt dodağı xəfif-xəfif titrəyirdi. Bu anda üzü tablodakından da, Arpiye madonnasından da gözəl idi. Yorğanı tutmuş əlimlə onu özümə tərəf çəkdim. Bədəninin titrədiyini hiss etdim. Qırıq-qırıq nəfəs alaraq:

– Təbiidir... təbiidir! – dedi. – Sizi sevirəm. Həm də çox sevirəm... Başqa cürə ola da bilməz... Şübhə yoxdur ki, sevirəm... Bəs nə üçün özünüzü itirmisiniz?.. Başqa cür ola bilərmi?.. Bəlkə təsəvvür edirsiniz ki, başqa cür də ola bilər? Məni nə qədər çox sevdiyinizi anlayıram... Mənim də sizi o qədər sevdiyimə şübhə yoxdur.

Başımı özünə tərəf çəkib, üzümü atəş kimi odlu öpüşlərə qərq etdi...

* * *

Səhər tezdən oyananda onun dərindən və sakit nəfəs aldığını hiss etdim. Əlini başının altına qoymuş, arxasını mənə tərəf çevirmişdi. Saçları ağ yastığın üstünə dağılmışdı. Ağzı azacıq aralı idi. Dodaqlarının kənarlarında çox incə tüklər görünürdü. Nəfəs aldıqca burun pərləri tərpənir, dodaqlarının üstünə düşmüş bir cəngə saç gah qalxır, gah da düşürdü. Başımı yastığa qoydum. Gözlərimi tavana zilləyərək gözləməyə başladım. Ürəyim səbirsizliklə döyünürdü. Oyananda mənə nə cür baxacağı, nə deyəcəyilə maraqlanırdım. Oyanmasından qorxurdum. Səbəbini özüm də bilmirdim. Belə hesab etmişdim ki, gözlərimi açar-açmaz bir sakitlik, asudəlik duyacağam. Lakin bu hissdən əsər-əlamət belə yox idi. Səbəbini heç cür başa düşə bilmirdim. Nə üçün özü haqqında çıxarılacaq hökmü gözləyən müqəssir kimi ürəyim hələ də çırpınırdı? Ondan daha nə istəməliyəm ki? Məgər bütün arzularım son nöqtəsinə qədər yerinə yetirilmədimi? Ürəyimdə nəsə bir boşluq odluğunu və mənə əzab verdiyini hiss edirdim. Nəsə bir şey çatmırdı. Bəs bu çatmayan şey nə idi? Evdən çıxdıqdan sonra nəyisə unutduğunu hiss edib ayaq saxlayan, lakin nəyi unutduğunu heç cür xatırlaya bilməyən, hafizəsini araşdıran, ciblərini axtaran və nəhayət, ümidsiz, nigarançılıq içində yoluna davam etmək istəyən bir adama oxşayırdım. Mariyanın artıq ahəngdar nəfəs almadığının fərqinə vardım. Ehtiyatla başımı qaldırıb üzünə baxdım. O, gözlərini harasa bir nöqtəyə zilləyib baxırdı. Üzünə tökülmüş saçlarını belə kənara atmırdı. Ona baxdığımı bildiyi halda, başını döndərmədən həmin nöqtəni süzməkdə davam edir, gözlərini də qırpmırdı. Çoxdan oyaq olduğunu anladım. Qəlbimdəki qorxunun birdən-birə artdığını, köksümün məngənə kimi sıxıldığını hiss etdim. Bütün bu mənasız hisslərə, yersiz təşvişə bu anda heç bir ehtiyac olmadığı halda, ömrümün ən xoş, aydın gününü vahimələrlə, şübhələrlə korlamağın səbəbsiz olduğunu fikirləşdikcə ürəyim daha da möhkəm sıxılırdı.

Mənə baxmadan soruşdu:

– Oyanmısınız?

– Bəli!.. Siz çoxdan oyaqsınız?

– Bir az olar.

Səsi məni cəsarətləndirdi. Xeyli vaxtdan bəri qulaqlarımı xoş bir nəğmə kimi oxşayan, ruhumda ancaq gözəl arzular yaradan bu səs, həmişə görüşü səbirsizliklə gözlənən və qəflətən peyda olan bir dost kimi, ürəyimə sevinc, fərəh gətirdi. Lakin bu təsir çox ani oldu. O "oyanmısınız?" – deyə soruşmuşdu. Son günlər bir-birimizə bəzən "sən", bəzən də "siz"

deyə müraciət edirdik. Lakin bu son gecənin səhəri
o, yenədəmi mənə "siz" deməli idi? Bəlkə bu onun
yuxudan tamam oyanmamasının nəticəsi idi?!

Hələ də yataqda uzanmışdı. Mənə tərəf çevrilib
gülümsədi. Lakin bu heç də ürəkdən gələn, səmimi
təbəssüm olmayıb, daha çox "Atlantika" təbəssümünə
oxşayırdı, elə bil müştərilərə gülümsəyirdi.

– Qalxmırsan? – deyə soruşdu.

– Qalxacağam... Bəs sən?

– Bilmirəm... Özümü o qədər də yaxşı hiss et-
mirəm. Ola bilsin, içkinin nəticəsidir... Çiynim də ağ-
rıyır...

– Bəlkə dünən axşam soyuq dəyib? – dedim. –
Çıl-çılpaq küçəyə çıxmağa nə ehtiyac vardı?

Çiyinlərini atıb yenə də arxasını mənə tərəf çevir-
di. Ayağa qalxdım. Əl-üzümü yuyub, tələsik geyin-
dim. Hərəkətlərimi gözaltı izlədiyini hiss edirdim.
Otaqda ürəkdarıxdırıcı bir hal yaranmışdı. Fikrimə
gəlmiş bir sualı verməkdən özümü saxlaya bilmədim:

– İkimiz də dinib-danışmırıq. Bizə nə olub? Zorla
evləndirilmiş adamlar kimi, bir-birimizdən usanmağa
başlayırıq.

O, mənə elə baxdı ki, sanki nə demək istədiyimi
başa düşmürdü. Bundan daha da sıxılıb səsimi
kəsdim. Yatağa yaxınlaşıb onu oxşamaq, aramızdakı
buzu əritmək, bu buzun daha da bərkiməsinə imkan
verməmək istədim. Qalxıb yataqda oturdu. Ayaq-
larını aşağıya salladı. Nazik bir köynək geydi. Hələ
də mənə baxmaqda idi. Ona yaxınlaşmağıma nə isə
mane olurdu. Nəhayət, çox yavaş bir səslə dedi:

– Nədən sıxılıb utanırsan?

Onun solğun üzü bu vaxta qədər təsadüf etmədiyim bir şəkildə ağardı. Sinəsi ağır-ağır qalxıb enirdi. Sözünə davam etdi:

– Bundan artıq nə istəyirsən? Daha nə istəyə bilərsən?.. Mən isə istəyirəm... Çox şeylər arzulayır, lakin heç birini əldə edə bilmirəm... Hər nəyə əl atdımsa, heç nəyə nail olmadım... Sənsə artıq məmnun ola bilərsən! Bəs mən, bəs mən nə edim?

Başını sinəsinə tərəf əydi. Əlləri hərəkətsiz halda yanına sürüşdü. Aşağıya sallanmış yalın ayaqlarının barmaqları xalıya toxunurdu. Baş barmaqlarını yuxarıya doğru qaldırır, qalan barmaqlarını aşağıya, yerə toxundururdu. Stul gətirib onunla üz-üzə əyləşdim. Əllərini tutdum. Çox qiymətli xəzinəsini, yaşamaq ümidini itirmək üzrə olan həyəcanlı adamlar kimi titrək səslə:

– Mariya! – dedim. – Mariya, mənim xəz paltolu ilahəm! Axı, sənə nə oldu?! Mən sənə nə etdim? Məgər heç bir şey istəməyəcəyimi vəd etməmişdim? Sözümə əməl etmədim? Bir-birimizə həmişəkindən daha yaxın olmağımızın lazım gəldiyi bir vaxtda, bu nə sözlərdir deyirsən?

Başını sallayaraq:

– Xeyr, dostum, xeyr! – dedi. – İndi bir-birimizə həmişəkindən daha uzağıq. Çünki artıq mənim heç bir ümidim qalmadı. Bu sonuncu idi... Bunu da təcrübədən keçirməliyəm, dedim. Bəlkə bu bir nöqsandır deyə fikirləşmişdim. İndi görürəm ki, elə deyil... Ürəyimdə yenə də həmişəki o boşluq qalır... həm də o daha da böyümüşdür... Nə edim? Raif, sən günahkar deyilsən... Mən sənə aşiq ola bilmədim. Halbuki dünyada tək səni sevə biləcəyimi düşünmüşdüm. Bu da baş tutmadıqdan sonra heç kəsi, heç kəsi sevməyəcəyimi, bütün ümidlərimdən əl çəkməli olacağımı yaxşı başa düşürəm... Lakin məndən asılı deyil... Görünür, mən başqa cür ola bilmirəm... Heç bir çarə də görmürəm. Halbuki, başqa cür olmağı o qədər istəyir... o qədər istəyirəm ki... Raif... mənim təmiz ürəkli dostum... Əmin ola bilərsən ki, başqa cür olmağımı sənin qədər, hətta səndən də artıq istəyirəm... Nə edim? Nəfəsimdə dünən axşamkı içkinin qoxusundan, bədənimdə get-gedə artan ağrılardan başqa heç bir şey hiss etmirəm.

Bir müddət susub dinmədi. Gözlərini yumdu. Üzünə bir təbəssüm yayıldı. Öz uşaqlıq çağları haqqında xatirə söyləyən adam kimi, xoş bir səslə dedi:

– Dünən axşam buraya gələndə bir anlığa məndə xoş bir ümid oyanmışdı... Belə hesab etmişdim ki, sehrli bir əl məni dəyişdirəcək, ruhumda azyaşlı qızlar kimi məsum, lakin bütün həyatımı bürüyəcək qədər qüvvətli həyəcanlar duyacağam, səhər isə dünyaya yenidən gəlmiş bir adam kimi oyanacağam. Lakin həqiqət nə qədər başqa, nə qədər acıdır: hər şey həmişəki kimi dumanlı, otağım əvvəllərdə olduğu kimi soyuqdur... yanımda, olub keçənlərə baxmayaraq mənə yabançı, bütün yaxınlığına baxmayaraq yad, mənə oxşamayan başqa bir insan... bədənimdə yorğunluq, başımda ağrı var...

Yenə yatağa girib arxası üstə uzandı. Əlləri ilə gözlərini örtüb, sözünə davam etdi:

– Deməli, insanlar ancaq müəyyən dərəcəyə qədər bir-birlərinə yaxınlaşa bilərlər. Bundan artıq yaxınlaşmaq məqsədilə atılan hər bir addım onları birbirindən daha da uzaqlaşdırır. Aramızdakı yaxınlığın sonsuz və hüdudsuz olmasını o qədər arzulamışdım ki... Əslində məni kədərləndirən, ürəyimi sıxan, bir ümidimin də boşa çıxmasıdır... Bundan sonra bir-birimizi aldatmağa ehtiyac yoxdur... Əvvəlki kimi açıqaydın danışa bilməyəcəyik... İki ərköyün yoldaş kimi əl-ələ verib gəzməyə getməyəcəyik... Görəsən, bunları nə üçün qurban verdik? Əbəs yerə!.. Mövcud olmayan bir şeyə yiyələnmək xatirinə, amma mövcud olanları da itirdik... Görəsən, hər şey bitdimi? Zənn etmirəm. Bilirəm, hər ikimizdə uşaq xasiyyəti var və buna görə də bir müddət bir-birimizdən ayrılmalıyıq. Bir-birimizi görmək ehtiyacını ürəkdən hiss edəcəyimiz vaxta qədər... Artıq bəsdir. Gedə bilərsən, Raif. Dediyim o vaxt gələndə səni axtarıb taparam. Bəlkə o zaman yenə də dost olar, daha ağıllı hərəkət edərik. Birbirimizə verə biləcəyimizdən artıq şey gözləməməli və istəməməliyik... Artıq kifayətdir, gedə bilərsən... Mən tək qalmaq istəyirəm, tək-tənha...

Əllərini gözlərindən çəkmişdi. Üzündə sanki bir yalvarış ifadəsi vardı. Əlini mənə tərəf uzatdı. Barmaqlarımdan tutdu, "xudahafiz" dedi.

– Xeyr, xeyr, belə yaramaz... Məndən küsüb gedirsiniz... Sizə nə etdim ki? – deyə bağırdı. Sakit görünmək üçün bütün qüvvəmi toplayıb:

– Küsmürəm, təəssüf edirəm, – dedim.

– Məgər mən təəssüf etmirəm? Bunu hiss etmirsiniz? Yox, bu cür getmə... Yaxın gəl!..

Başımı sinəsinə tərəf çəkib saçlarımı oxşadı. Yanağımı yanağına sürtdü:

– Mənə baxıb bir dəfə gül, sonra get! – dedi.

Gülümsədim. Sonra daha ləngiməyib eşiyə çıxdım. Küçədə yeyin-yeyin addımlayır, sanki qaçırdım. Hər tərəf sakitdi, dükanların çoxu bağlı idi. Cənuba tərəf gedirdim. Şüşələri buğ tutmuş tramvaylar, avtobuslar yanımda ötüb keçirdi... Bundan sonra küçə tərəfdən qaralmış evlər, taxta döşəməli səkilər başlandı... Yoluma davam edib gedirdim... Tərlədiyim üçün paltomun yaxasını açdım. Şəhərin kənarına gəlib çıxdım. Yenə də addımlamağa başladım... Dəmir yolu körpülərinin altından, buz bağlayıb donmuş kanalların üstündən keçdim... Getdikcə getdim. Saatlarla boş-boşuna dolaşdım. Soyuqdan gözlərimi qıyıb, tələsik addımlarla irəliləyirdim. Yolun hər iki tərəfində şam ağacları ucalırdı. Arabir ağacların budaqlarından qar parçaları yerə düşüb dağılırdı. Yanımdan adamlar ötüb keçirdi. Hələ uzaqdan yeri titrədən bir qatar da keçib getdi. Mən isə dayanmadan gedirdim... sağ tərəfdə böyük bir göl gördüm. Onun buz bağlamış səthi qələbəlikdi. Bunlar konki sürənlər idi. Ağacların arasından keçib, o tərəfə getdim. Meşə boyu uzanıb gedən, bir-birinə qarışan xizək izləri vardı. Mühafizə məqsədilə ətrafı məftillə çəpərlənmiş və üstü qarla örtülmüş xırda şam ağacları ağ paltar geymiş, soyuqdan titrəyən uşaqlara oxşayırdı. Uzaqda ikimərtəbəli taxta bir kazino vardı. Gölün üstündə qısa paltarlı qızlar, oğlanlar ara vermədən sürüşürdülər. Ayaqlarının birini yuxarı qaldırır, bir yerdə fırlanır, əl-ələ tutaraq, qabaqdakı döngəyə tərəf gedir, uzaqlaşırdılar. Qızların müxtəlif rəngli boyun şərfləri, oğlanların sarışın saçları küləkdən yellənir, bədənləri rəvan-rəvan sağasola əyilir, hər dəfə addım atanda elə bil, boyları gah uzanır, gah da qısalırdı.

Bütün bunları seyr edir, topuqlarıma qədər qar içində addımlayırdım. Kazinonun arxasına çıxıb, qarşı tərəfdəki ağaclara doğru getdim. Bu yerləri əvvəllər bir dəfə də gördüyümü xatırlayır, lakin nə zaman buraya gəldiyimi və bu yerin adını heç cür yada sala bilmirdim. Kazinodan bir neçə yüz metr yuxarı tərəfdə bir neçə qoca ağac vardı. Orada dayandım. Gölün üzərindəki qələbəliyə tamaşa etməyə başladım.

Dörd saata yaxın yol getmişdim. Bəs nə üçün yoldan çıxıb başqa tərəfə burulmuş və buraya gəlmişdim? Nə üçün geri dönməmişdim? Bunların fərqinə belə varmamışdım. Başımın ağrısı azalmış, burnumun ucunda hiss etdiyim keyləşmə keçmişdi. Lakin ürəyimdə dəhşətli bir boşluq vardı. Ömrümün çox mənalı, dolğun zənn etdiyim mərhələsi mənə birdən-birə tamam boş görünmüş, bütün mənasını itirmişdi. Ən şirin və xoş arzularının həyata keçdiyini güman eləyən, ancaq röyadan oyanıb, acı həqiqətlə üz-üzə dayanan adama oxşayırdım, ürəyim ağrıyırdı. Əslində ondan küsməmişdim, incimamişdim. Sadəcə heyifsilənirdim. "Gərək belə olmayaydı", – deyirdim. Görünür, o, məni sevə bilmir. Bəlkə də haqqı var, çünki ömrüm boyu məni heç kəs, heç kəs sevməmişdir. Qadınlar doğrudan da çox qəribə məxluqdurlar. Bütün xatirələrimi yada salıb müəyyən bir nəticəyə gəlmək istəyərkən, qadınlarda heç vaxt qəlbdən sevmək qabiliyyəti olmadığını qət elədim. Qadın sevə biləcəyi zaman sevmir, həyata keçməyən arzulara, xəyallara uyur, qırılan mənliyini bərpa etmək istəyir. Sonra isə itirilmiş imkanlara acıyır və bunlar ona bir eşq kimi görünür. Lakin bu cür düşünməkdə Mariyaya qarşı bir haqsızlıq etdiyimi tezliklə başa düşdüm. Olub keçənlərə baxmayaraq, onu bu növ qadınlara heç də oxşada bilməzdim. Bundan başqa, onun da nə qədər iztirab çəkdiyini görmüşdüm. Təkcə mənə acıyıb, bu qədər kədərlənməsinə bir o qədər də ehtiyac yox idi. O da axtardığı, lakin tapa bilmədiyi bir şey üçün ürəkdən yanırdı. Bəs axtardığı nə idi? Məndə, daha doğrusu, aramızdakı münasibətdə, çatmayan nə idi?

Bir qadının sənə hər şeyini verdiyini zənn etdiyin vaxtda, onun həqiqətdə sənə heç bir şey vermədiyini görmək, bir adamın sənə çox yaxın olduğunu hesab etdiyin vaxtda, onun səndən çox uzaq olduğunu başa düşmək nə qədər acıdır!

Gərək belə olmayaydı. Lakin Mariya demişkən, nə etmək olardı? Xüsusilə, mən nə edə bilərdim?..

O mənimlə bu cür hərəkət etməkdə haqlı idimi? Mən illər boyu mənasız və boşluğunu açıq-aydın görmədən ötəri bir həyat sürmüşdüm. Adamlardan uzaqlaşmağımı öz təbiətimin qəribəliyilə izah etmiş, birtəhər sürünə-sürünə yaşamışdım. Məni qane edə biləcək həyat barəsində müəyyən fikrə gəlməmişdim. Tənhalığımı hiss edir, əzab-əziyyət çəkirdim. Lakin bu vəziyyətdən yaxa qurtarmağın mümkün ola biləcəyini gözləyirdim. Mariya ilə, daha doğrusu, onun rəsmi ilə qarşılaşdığım vaxt, belə bir vəziyyətdə idim. O, birdən-birə məni səssiz-səmirsiz qaranlıq aləmdən ayırıb, işıqlı, aydınlıq bir dünyaya atmışdı. Təkcə bu zaman hiss etmişdim ki, mən də canlıyam, mənim də ruhum var! Bu hiss necə gəlmişdisə, indi eləcə də səbəbsiz və qəflətən çəkilib gedirdi. Lakin bundan sonra əvvəlki qəflət yuxusuna gedə bilməyəcəkdim. Bundan sonra nə qədər yaşamalı olsam, müxtəlif yerlər gəzəcək, dilini bilib-bilmədiyim adamlarla tanış olacaq, hər yerdə, hər kəsin simasında onu, Mariyanı, xəz paltolu ilahəni axtarmalı olacaqdım. Bəri başdan bilirəm ki, belə bir adamı axtarıb tapa bilməyəcəyəm. Lakin axtarmağım məndən asılı olmayacaq. O, məni bütün ömrüm boyu naməlum, məchul bir şeyi axtarmağa məhkum edirdi, – gərək belə etməyəydi...

Qarşıdakı illər mənə dözülməz dərəcədə kədərli görünürdü. Bu ağır əzaba qatlaşmağın mənasını izah edə biləcək bir səbəb tapa bilmirdim. Başımda dolaşan fikirlər birdən-birə qırıldı. Elə bil gözlərimin önündən bir pərdə sürüşdü. Harada olduğumu xatırladım. Bu göl Vanses idi. Bir gün Mariya ilə Potsdamdakı ikinci Fridrixin "Damsiz" sarayının parkını gəzməyə gedərkən o, qatarın pəncərəsindən bu yeri nişan vermiş, burada, indi durub-dayandığım ağacların altında, yüz neçə il bundan əvvəl bədbəxt alman şairi Kleyst ilə sevgilisinin intihar etdiklərini söyləmişdi. Məni bu yerə sürükləyib gətirən nə idi? Nə üçün düz yoldan çıxıb, bu tərəflərə gəlmişdim? Ən nəhayət, nə üçün evdən çıxar-çıxmaz elə bil müəyyən bir məqsədlə buraya gəlmişdim? Dünyada ən çox arxalandığım adamdan ayrıldıqdan və onun, iki şəxsin ancaq müəyyən dərəcəyə qədər bir-birinə yaxınlaşa biləcəkləri barədə sözlərini dinlədikdən sonra gəlmişdim. Ölümə də birgə gedən bu iki sevgilinin həyatdan ayrıldıqları yerə gəlməkdə bəlkə ona bir növ cavab vermək istəmişdim?! Yoxsa, sadəcə öz-özümü inandırmaq, ona dünyada yarı yolda dayanmaq istəməyən, qəlbən sevən adamların da tapıla biləcəyini xatırlatmaq istəmişdim?! Bilmirəm. Hətta bu haqda fikirləşib-fikirləşmədiyimi də yaxşı xatırlamıram. Lakin dayanıb durduğum o yerdə elə bil torpaq da birdən-birə ayaqlarımın altını yandırmağa başladı. Mənə elə gəldi ki, şair və onun sevgilisi qarşımda yan-yana uzanmış, birinin başı, digərinin köksü tapança gülləsi ilə dəlilmişdir. Onların, çəməndə qıvrıla-qıvrıla axıb, kiçik bir gölməçə əmələ gətirmiş qızıl qanlarını ayaqladığımı zənn etdim. Talelərı kimi qanları da bir-birinə qarışmışdı. İndi onlar qara torpaq altında yatsalar da, hər halda, yenə də bir yerdəydilər...

Dönüb arxaya baxmadan, gəldiyim yolla geriyə doğru addımladım və bir azdan qaçmağa başladım...

Aşağı tərəfdən, gölün üstündən qəhqəhə səsləri ucalırdı. Bir-birinin belindən tutub, buz üzərində qoşa sürüşənlər, sonu bitib-tükənməyən yola çıxmış adamlar kimi dayanmaq bilmirdi.

Kazinonun arabir açılıb örtülən qapısından musiqi səsi, ayaq tappıltısı gəlirdi. Konki sürməkdən yorulmuş adamlar təpəyə dırmanaraq kazinoya tərəf gəlirdilər. Görünür, içki içib qızışmaq, bir qədər rəqs etmək istəyirdilər.

Adamlar əylənib, yaşayırdılar. Mən öz daxili aləmimə qapılmaqla, tək-tənhalığımla onlardan üstün deyil, çox aşağı olduğumu başa düşürdüm. Həmişə olduğu kimi, yenə də hiss edirdim ki, adamlardan kənar gəzib-dolaşmaq, başqalarından üstünlük əlaməti deyil, şikəstlikdir, xəstəlikdir.

Budur, bu adamlar dünyada necə yaşamaq lazımdırsa, eləcə də yaşayır, öz vəzifələrini yerinə yetirir, həyata, hər halda, nəsə bir şey əlavə edirdilər. Bəs mən? Ruhum bir ağac qurdu kimi vücudumu gəmirməkdən başqa nə edirdi? Bu ağaclar, onların budaqlarını, yarpaqlarını örtmüş qar, taxtadan tikilmiş bu bina, bu qrammofon, bu göl və üzərindəki buz təbəqəsi, nəhayət, bu müxtəlif adamlar həyatın onları məhkum etdiyi işlə məşğul idilər. Onların hər bir hərəkətinin mənası vardı. İlk baxışda gözə çarpmasa da, hər halda, müəyyən bir mənası vardı. Mən isə boş-boşuna cırıldayan, boşluğa yuvarlanan araba təkəri kimi sürüklənir, bu acınacaqlı vəziyyətlə özümə üstünlük qazandırmağa çalışırdım. Dünyada ən lazımsız bir adam olduğuma şübhə yoxdu. Həyat məni itirsə heç bir ziyan çəkməyəcəkdi. Çünki heç kəs məndən bir şey gözləmir, mən də heç kəsdən bir şey gözləmirdim!

Məhz bu andan başlayaraq məndə həyatımın istiqamətinə hakim olan bir dəyişiklik yarandı. Lüzumsuzluğuma, faydasızlığıma bu andan inanmağa başladım. Arabir yenidən dünyaya qayıdar, yenidən yaşamağa başladığımı zənn edərdim. Hətta bu barədə düşündükdən bir neçə gün sonra, tamamilə təzə bir əhvali-ruhiyyə məni öz təsiri altına alaraq bir müddət qəlbimə təsəlli vermişdi. Lakin haradasa ruhumun dərinliyində bir qənaət – yer üzünün mənə ehtiyacı olmadığı qənaəti həmişəlik yuva saldı. Hərəkətlərimin heç biri o təsirdən xilas olmadı. Bu gün də, aradan bu qədər uzun illər keçdiyi halda, hər şeyi, bilavasitə iradəmi tamamilə qıraraq məni ətrafımdakı adamlardan, həyatdan bütünlüklə uzaqlaşdıran o anın bütün təfərrüatını xatırladım. O zaman öz haqqımda çıxardığım nəticələrdə səhv etmədiyimi açıq-aydın görürəm...

Cəld addımlarla asfalt döşəməli yola çıxdım. Berlinə tərəf getməyə başladım. Dünən axşamdan bəri dilimə heç nə dəyməmişdi. Lakin mədəmdə aclıqdan daha çox, bir cür bulanma hiss edirdim. Ayaqlarımdan bədənimə tərəf bir gərginlik yayılırdı. Düşüncələr içində ağır-ağır addımlayırdım. Şəhərə yaxınlaşdıqca ümidsizliyim də artırdı. Bundan sonra Mariyasız necə yaşayacağımı heç cür beynimə sığışdırmaq istəmir, bu ehtimalı həqiqətdən, ciddilikdən uzaq, gülünc bir şey hesab edirdim... Heç bir vaxt baş əyib yalvaran deyildim. Bu həm əlimdən gəlməzdi, həm də faydası yoxdu...

Uşaqlıq çağlarımda qurduğum xəyallara oxşamayan, lakin onlara nisbətən daha ağılsız, daha uydurma, daha dəhşətli şeylər təsəvvür etməkdə idim: gecə, "Atlantika"da çıxış edərkən onu telefona çağırıb, narahat etdiyim üçün bağışlamasını xahiş edərəm. Sonra tələsik vidalaşıb, telefon dəstəyi əlimdə, başıma bir güllə sıxaram. Bu daha gözəl olar! Bu dəhşətli güllə səsini eşidərkən əvvəlcə bunun nə olduğunu başa düşməyib, bir müddət dayanıb durar, sonra vəhşicəsinə: "Raif! Raif!" – deyə qışqırar, məndən bir cavab almağa çalışar. Yerə düşüb son dəfə nəfəs çəkərkən, çox güman ki, bu səsləri də eşidər, gülümsəyərək gözlərimi əbədilik yumaram. Mənim telefonla haradan zəng çaldığımı bilmədiyi üçün çıxılmaz vəziyyətə düşüb çırpınar, polisə də xəbər verməz. Səhəri əlləri əsə-əsə qəzetlərin səhifələrini axtarar, sirri açılmamış bu faciə haqqındakı təfsilatı oxuyarkən ürəyi şikayət və yas içində çırpınar, ömrünün sonuna qədər məni unutmayacağını, özümü qan bahasına onun xatirələri ilə bağladığımı başa düşər.

Şəhərə yaxınlaşdım. Yenə eyni körpülərin gah altından, gah üstündən keçdim. Hava qaralmağa başlamışdı. Haraya getdiyimi özüm də bilmirdim. Kiçik bir bağa girib əyləşdim. Gözlərim ağrıyırdı. Başımı arxaya tərəf əyib göyə baxdım. Qar ayaqlarımı dondursa da, bir neçə saat həmin yerdə əyləşdim. Bədənimə qəribə bir keyləşmə yayıldı. Burada donub qalsam və sabahısı səssiz-səmirsiz bir yerdə basdırılsam... görəsən, Mariya günlər keçdikdən sonra təsadüfən bundan xəbər tutub nə edər? Üzü nə şəklə düşər? Öz hərəkətlərinə görə peşman olarmı?

Fikir və düşüncələrim hey onun ətrafında fırlanırdı. Qalxıb yola düzəldim. Şəhərin mərkəzinə çatmağa bir neçə saatlıq yol vardı. Yol uzunu öz-özümlə danışır, ona müraciət edirdim. Tanışlığımızın ilk günlərində olduğu kimi, beynimdə min cür gözəl fikir baş qaldırırdı. Mümkündürmü sözlərim ona təsir etməsin, fikrini dəyişməsin? Gözlərim yaşarmışdı. Titrək səslə aramızdakı yaxınlığı, iki adamın bir-birini axtarıb tapması olduqca çətin olan bu dünyada, mənasız səbəblər üzündən bu cür ayrılığımızın mümkün ola bilməyəcəyini ona anlatmaqda idim... Həmişə sakit, hər şeyi qəbul etməyə hazır olan mənim kimi bir adamın, birdən-birə coşub daşması ona əvvəlcə qəribə görünür, sonra yavaş-yavaş əllərimi tutaraq gülümsəyir və "haqqın var" deyirdi.

Bəli... Onu görmək və bütün bunları ona demək lazımdır. O, bu səhər çox asanlıqla qəbul etdiyi o dəhşətli qərarı dəyişdirməlidir... Dəyişdirəcəkdir də. Hətta, bəlkə də onun evindən heç bir etiraz etmədən çıxıb getməyimə təəccüb etmiş, məndən küsmüşdür. Onu dərhal, elə bu axşam görməliyəm.

Saat on birə qədər gəzib dolaşdım. Gecə "Atlantika"nın qarşısında o tərəf-bu tərəfə gedib, onu gözlədimsə də gəlib çıxmadı. Nəhayət, güləbətin paltarlı qapıçıdan xəbər aldım. "Bilmirəm, nədənsə bu axşam gəlməyib", – dedi. Fikirləşdim ki, yəqin xəstəliyi şiddətlənib. Evlərinə qədər yüyürdüm. Pəncərədə işıq yox idi. Görünür yatmışdı. Narahat etməyi yersiz bilib pansionata qayıtdım.

Üç gün onu yol ağzında gözlədikdən sonra qapılarına yanaşdım. Qaranlıq çökmüş pəncərələrə baxdım. Bir iş görməyə cürətim çatmadığı üçün geri qayıtdım. O günlər otağımda oturub kitab oxumağa çalışdım. Bircə hərfini belə oxumadan səhifələri çevirir, bəzən diqqətimi toplamağa çalışır, səhifələri yenidən oxumağa başlayır, lakin bir neçə sətirdən sonra yenə xəyalımın başqa yerlərdə dolaşdığını hiss edirdim. Gündüzlər hadisələri olduğu kimi qəbul edir, onun çıxardığı qərarın qəti olduğunu, aradan bir müddət keçənə kimi gözləməkdən başqa çarə olmadığını başa düşürdüm. Lakin axşamlar baş qaldıran xəyallar məni həyata keçməyəcək şeylər haqqında fikirləşən qızdırmalı xəstə kimi düşünməyə məcbur edirdi. Gündüz çıxardığım qərarların əksinə olaraq gecədən xeyli keçmiş evdən çıxır, onun gəlib keçəcəyi yollarda, evinin qabağında gəzib-dolaşırdım. Artıq güləbətin paltarlı qapıçıdan bir söz soruşmağa utandığım üçün, uzaqdan baxmaqla kifayətlənirdim. Beləliklə beş gün keçdi. Onu hər gün yuxuda, həm də əvvəllərdə olduğundan daha tez-tez görürdüm.

Beşinci gün onun yenə də işə gəlmədiyini yəqin etdikdə "Atlantika"ya zəng çalıb Mariyanı xəbər aldım. "Xəstə olduğu üçün neçə gündür işə gəlmir", – deyə cavab verdilər. Deməli, doğrudan da xəstə imiş. Bəs nə üçün buna şübhə edirdim?! Nəyə görə xəstələnməsinə inanmaq üçün bunun təsdiq edilməsini gözləmişdim? Mənimlə üz-üzə gəlməmək üçün öz iş saatlarını dəyişməli və ya qapıçılara tapşırıb məni azdırmalı idimi?! Yatmış da olsa yuxudan oyatmalıyam! Evlərinə tərəf getdim. Aramızdakı münasibətdə bir sərhəd olsa da, hər halda bu münasibət bu cür hərəkət etməyimə imkan vermirdi. Sərxoş olub birgə keçirdiyimiz bir gecənin səhəri baş vermiş bir hadisəyə son dərəcə ciddi əhəmiyyət vermək düzgün olmazdı.

Pillələri birnəfəsə qalxdım. Tərəddüd edib fikrimdən dönməmək üçün cəld zəngi basdım. Qısa zəng səsindən sonra dayanıb gözlədim. İçəridən heç bir səs gəlmədi. Bundan sonra bir neçə dəfə uzun-uzadı zəng çaldım. Gözlədim. Yenə də ayaq səsləri eşidilmədi. Lakin bu vaxt qarşı tərəfdəki otağın qapısı aralandı, yuxulu bir xidmətçi:

– Kimi istəyirsiniz? – deyə soruşdu.

– Burada yaşayanı!

Üzümə diqqətlə baxıb acıqlı bir tövrlə:

– Orada heç kim yoxdur! – dedi.

Ürəyim atıldı:

– Olmaya başqa yerə köçüblər?

Qorxub həyəcan keçirdiyimi görəndə o, bir qədər yumşaldı, başını əyib cavab verdi:

– Xeyr, anası Praqadan gəlib çıxmamış xəstələndi. Ona qulluq edən bir adam olmadığı üçün həkim xəstəxanaya apartdırdı.

Bu sözləri deyən xidmətçi qıza yaxınlaşdım:

– Xəstəliyi nədir? Ağırdır? Hansı xəstəxanaya apardılar? Nə vaxt?

Dalbadal suallardan özünü itirmiş xidmətçi bir addım geri çəkilib dedi:

– Qışqırmayın, evdəkiləri oyadarsınız... İki gün bundan qabaq apardılar. Görünür, Şarpteyə apardılar.

– Xəstəliyi nədir?

– Bilmirəm.

Mənə təəccüblə baxan xidmətçi qıza təşəkkür etmədən pillələri dörd-dörd düşüb yüyürdüm. Qarşıma çıxan ilk polis nəfərindən Şarpte xəstəxanasının harada yerləşdiyini öyrənib oraya qaçdım. Lakin hansı məqsədlə xəstəxanaya getdiyimi bilmirdim. Bir neçə yüz metrlik uzunluğu olan daş bina bədənimə üşütmə saldı. Lakin tərəddüd etmədən nəhəng qapıya tərəf getdim, qapıçını səsləyib, otağından çıxartdım.

Gecə yarıdan keçmiş, bu dəhşətli soyuqda onu narahat edən adama qarşı lazım olduğundan da nəzakətlə yanaşan qapıçı mənə kifayətləndirici bir məlumat verə bilmədi. Nə belə bir qadının buraya gətirildiyindən, nə onun xəstəliyindən, nə də harada yatdığından xəbəri yoxdu. Hər dəfə sual verdikdə o, xəcalət çəkib gülümsəməyə çalışır: "Sabah saat doqquzda gəlib öyrənərsiniz" – deyə cavab verirdi.

Mariyanı nə qədər sevdiyimi, ona necə dəlicəsinə vurğun olduğumu, səhərə qədər uca daş divarlar ətrafında gəzib dolaşdıqda, onun haqqında düşündüyüm bu gecədə tam mənası ilə başa düşdüm. Pəncərələrin bir çoxundan eşiyə sönük, sarımtıl işıq düşürdü. Onun bu pəncərələrin hansının arxasında olduğunu müəyyən etməyə çalışırdım. Yanında olub ona qulluq etmək, əllərimlə alın tərini silmək üçün qarşısıalınmaz bir arzu ilə alışıb yanırdım.

Bu axşam başa düşdüm ki, bəzən bir adam başqasını, həyata bağladığımızdan da qüvvətli tellərlə özünə bağlaya bilər. Bu axşam onu da başa düşdüm ki, mən onu itirsəm, yer üzündə içi boş bir qoza oxşayaram.

Küləyin bir divardan o birinə sovurduğu qar gözlərimə dolurdu. Küçələrdə heç kəs yox idi. Hərdən ağ rəngli bir maşın xəstəxananın qapısından içəri girir, çox keçmədən yenə eşiyə çıxırdı. Polis nəfəri ikinci dəfə yanımdan keçərkən mənə dik-dik baxdı, üçüncü dəfədə isə buralarda nə üçün dolaşdığımı soruşdu. İçəridə xəstəm var dedikdə, gedib istirahət etməyimi və səhər gəlməyimi məsləhət gördü. Lakin bundan sonra o hər dəfə mənimlə qarşı-qarşıya gəldikdə halıma acıyır, sükutla yanımdan ötüb keçirdi.

Hava açılmağa başlar-başlamaz küçələr yavaş-yavaş canlandı. Xəstəxananın saysız-hesabsız qapılarından girib-çıxan ağ rəngli maşınların sayı çoxalmağa başladı. Saat doqquz tamamda, xəstələrin yanına buraxılış günü olmasa da, növbətçi həkimdən xəstəni görmək üçün icazə aldım. Görünür, üzümdəki pərişanlıq ifadəsi belə bir istisnaya səbəb olmuşdu.

Mariya tək çarpayılı otaqda yatırdı. Şəfqət bacısı yanaşıb içəridə çox qalmamağımı, xəstənin yorulmasının yaxşı nəticə verməyəcəyini söylədi, xəstəliyi sətəlcəm olsa da həkim bunu çox qorxulu hesab etmirdi. Mariya başını döndərib məni görən kimi gülümsədi. Lakin birdən-birə üzündə həyəcan ifadəsi göründü. Şəfqət bacısı otaqdan çıxıb bizi təkbaşına qoyar-qoymaz:

– Sənə nə olub, Raif? – deyə soruşdu. Səsi heç də dəyişməmişdi. Təkcə üzü solğunlaşmış sarımtıl rəng almışdı. Ona yaxınlaşıb:

– Bəs sənə nə oldu? Gördün? – dedim.

– Qorxulu bir şey yoxdur... Hər halda keçib gedər... Sənsə çox əzgin, taqətsiz görünürsən.

– Xəstəliyini bu gecə öyrəndim, "Atlantika"dan. Evə getdim. Qonşu mənzilin xidmətçisi buraya gətirildiyini söylədi. Gecə içəri buraxmadılar. Gözlədim səhər olsun.

– Harada?

– Burada... Xəstəxananın yanında.

Gözlərilə məni süzdü. Çox ciddi bir görkəm aldı. Nəsə demək istədi, lakin fikrindən vaz keçdi.

Şəfqət bacısı qapını araladı. Xəstə ilə vidalaşdım. Başını əydisə də, gülümsəmədi.

Mariya xəstəxanada iyirmi beş gün qaldı. Hələ də saxlayacaqdılar, lakin burada darıxdığını, evdə də ona yaxşı baxılacağını həkimlərə söylədi. Uzun-uzadı məsləhətlərdən və bir çox dərman reseptləri aldıqdan sonra qarlı bir gündə xəstəxanadan çıxıb evlərinə qayıtdı. Mən bu iyirmi beş gün ərzində nə etdiyimi indi də xatırlamıram. Gedib onu gördükdən sonra, çarpayısının baş tərəfində dayanar, tərləyən üzünə, hərdən harayasa zillənmiş gözlərinə və ağır-ağır nəfəs almasına baxardım. Başqa vaxtlarda nə edəcəyimi bilməyib, ancaq onun fikrilə yaşadım. Başqa cür olsaydı, indi zehnimdə o günlərə aid heç olmazsa xırdaca bir xatirə qalardı. Onun yanında olarkən ürəyimi dəhşətli bir qorxu, onu itirmək qorxusu bürüyərdi. Yorğanın altından dışarıya çıxan barmaqları, örtüyün kənarını qabardan ayaqları onu canlı meyitə oxşadırdı. Sanki üzü də, dodaqları və gülüşü də, dəhşətli bir dəyişikliyə tabe olmaq üçün kiçik bir bəhanə axtarır, qısa bir saniyəni gözləyirdi... Bu baş versəydi mən nə edərdim? Sakitliyimi qoruyaraq, son işlərlə məşğul olar, qəbir yeri seçər, bu vaxt Praqadan qayıtmış anasına təsəlli verər və nəhayət, bir neçə kişi ilə birlikdə onu bir çuxura qoyardım. Hamı ilə birlikdə oradan qayıdar, bir müddətdən sonra gizlicə məzarı başına gələr, onunla vidalaşaraq tək-tənha qalardım. Hər şey də bundan sonra başlayardı. Əslində onu bu andan etibarən itirəcəkdim. Bəs sonra nə edəcəkdim? Buraya qədər hər şey haqqında bütün təfsilatı ilə fikirləşər, lakin bundan sonra nə olacağını heç cür təsəvvürümə gətirə bilməzdim. Bəli, onu torpaq altına qoyduqdan, məzarı başında toplaşmış adamlar dağılıb getdikdən sonra, tək-tənha qaldıqda nə edəcəkdim?.. Belə bir

vaxtda, onunla əlaqədar hər şeyin bitdiyi bir zaman-
da, məgər mənim yer üzündə qalmağım çox gülünc
və səbəbsiz olmazdımı?..

Vəziyyəti yaxşılaşmağa başlayandan bir gün son-
ra mənə dedi:

– Həkimlərlə danış, məni buradan buraxsınlar. –
Sonra nəsə çox adi bir şey deyirmiş kimi pıçıldadı:

– Sən mənə daha yaxşı baxarsan...

Cavab verməyib eşiyə çıxdım. Həkim onun bir
neçə gün də qalmasını istəyirdi. Razılaşdıq. Nəhayət,
iyirmi beşinci gün onu paltosuna sarıdım, qoluna gi-
rib pillələrdən düşürtdüm. Taksi maşına mindirib
evlərinə gətirdim. Bir qolundan mən, digər qolundan
sürücü tutdu, yuxarı qaldırdıq. Buna baxmayaraq so-
yundurub yatağına uzandırdığım vaxt taqətsiz idi.

Bu vaxtdan ona, demək olar, təkbaşına qulluq
etdim. Qoca bir qadın günortadan qabaq gəlib mən-
zili təmizləyir, böyük çini sobanı qalayır, xəstə üçün
pəhriz yeməyi hazırlayırdı. Təkliflərimə baxmaya-
raq anasının çağırılmasına razı olmadı. Anasına gön-
dərdiyi məktublarda əli titrəyə-titrəyə: "yaxşıyam,
istirahət et, qışı orada keçirərsən", – yazırdı.

– O gəlsə mənə köməyi dəyməyəcək. Çünki onun
özü köməyə möhtacdır... Əbəs yerə üzülüb əldən
düşər, məni də əziyyətə salar, – deyirdi. Bundan son-
ra sakit bir görkəmlə pıçıldayırdı:

– Sən mənə qulluq edirsən də. Olmaya yorulub-
san?

Bu sözləri zarafatla söylədiyini, sonra da gülümsədiyini görürdüm. Xəstələndikdən sonra ağıllı-başlı gülümsəməmişdi. Təkcə onu xəstəxanada gördüyüm birinci gün məni təbəssümlə qarşılamışdı. Ondan sonra inadcıl, ciddi olmuşdu. Nəsə xahiş edərkən, təşəkkürünü bildirərkən, hər hansı bir məsələ haqqında danışarkən həmişə ciddi və düşüncəli olurdu. Gecələr xeyli gözləyir, sonra gedir və səhər tezdən qayıdıb gəlirdim. Sonralar o biri otaqdan böyük divanı və anasının yataq ağlarını bu otağa gətirdim, bir otaqda yatdıq. Təzə ilin ilk gününün səhəri aramızda baş vermiş hadisə, daha doğrusu, buna hadisə demək olmazdı, aramızdakı o qısa söhbət, bir kəlmə ilə də olsun xatırlanmamışdı. Mənim xəstəyə baş çəkməyim, onu evə gətirməyim, buradakı yaşayışımız barədə danışmağa ehtiyac yox idi, bunları təbii saymaq olardı. Hər ikimiz bu məsələlər haqqında xırda bir işarə vurmaqdan da çəkinirdik. Lakin onun nə barədəsə hey fikrə getməsi şübhəsiz idi. Otaqda bəzi işlərlə məşğul olub gəzişərkən, ona ucadan kitab oxuyarkən gözlərinin daima məni izlədiyini, yorulmadan üzümə baxdığını hiss edirdim. Məni gözdən keçirib nəyisə öyrənmək istəyirdi. Bir gün axşamçağı, lampa işığında ona Yakob Vassermanın "Öpülməmiş dodaqlar" adlı əsərini oxuyurdum. Burada, həyatında heç bir kəs tərəfindən sevilməmiş, hətta özünə belə etiraf etmədən bir eşq, sevgi gözləyə-gözləyə qocalmış bir müəllimdən bəhs edilirdi. Bu bədbəxt adamın ruhən tək-tənhalığı, ancaq qəlbində baş qaldırıb bir kimsə tərəfindən başa düşülməmiş və tez də məhv olmuş ümidləri sənətkarcasına təsvir edilmişdi. Əsər bitdikdə Mariya uzun müddət gözlərini yumaraq dinib-danışmadı. Sonra mənə tərəf dönüb, laqeyd bir səslə dedi:

– Təzə il gecəsindən sonra, bir-birimizi görmədiyimiz günlərdə nə etdiyin barədə axı bir söz danışmadın.

– Heç nə etməmişdim, – deyə cavab verdim.

– Doğrudan?

– Bilmirəm...

Araya yenə sakitlik çökdü. O, ilk dəfə idi ki, bu mövzuya toxunurdu. Mən özümü itirmişdim. Bu sualı uzun zamandan bəri gözləməkdə olduğumu hiss etdim. Cavab vermək əvəzinə yeməyini verdim. Sonra üstünü yaxşıca örtüb çarpayısının baş tərəfində oturdum.

– Bir şey oxuyum? – deyə soruşdum.

– Özün bilərsən!

Yeməkdən sonra mümkün olduqca cansıxıcı əsərlər oxuyaraq onu yatırmağa adət etmişdim. Bir anlıq tərəddüddən sonra:

– İstəyirsən təzə ildən sonra, keçmiş beş gün ərzində nə ilə məşğul olduğumu nəql edim? Bu səni tez yuxuya verər. – Gülümsəyib cavab da vermədi. Lakin "danış" demək ifadəsilə başını əydi. Hafizəmdəkiləri bir yerə toplamaq üçün hərdənbir sözümə ara verə-verə danışmağa başladım. Evdən necə çıxdığımı, haralara getdiyimi, Vansesdə gördüklərimi və bu zaman

fikrimdən keçənləri, axşamlar onun adətən keçib get-
diyi yollarda, evinin ətrafında dolaşdığımı, nəhayət,
son gecə xəstəxanada olduğundan xəbər tutub oraya
qaçdığımı və səhərə qədər küçədə gözlədiyimi nəql
etdim. Çox sakitcəsinə danışırdım. Sanki bir başqa
şəxsə aid olan hadisələri nəql edirdim. Zehnimdən
keçənləri bir daha xatırlayıb təhlil etməyə çalışır,
bütün təfərrüatı ilə danışırdım. O nə tərpənir, nə də
danışırdı. Gözlərini yummuşdu. Yatmış olduğunu
zənn etmək olardı. Lakin buna baxmayaraq sözümə
davam edirdim. Elə bil bütün dediklərimi öz-özümə
təkrarən nəql edirdim. Mahiyyətini özümün də başa
düşmədiyim bəzi hisslərim barədə olduğu kimi da-
nışır, bunların haqqında mübahisə edir, heç bir
nəticəyə gəlmədən başqa məsələlərə keçirdim. Təkcə
bir dəfə, telefonda onunla vidalaşacağım barədə da-
nışanda o, gözlərini açıb üzümə diqqətlə baxdı, son-
ra yenə də gözlərini yumdu. Üzündə heç bir ifadə
yoxdu. Heç nəyi gizlətmədən danışır və gizlətməyə
ehtiyac da görmürdüm. Çünki başqa bir məqsədim
yoxdu. Başıma gəlmiş hadisələr, aradan bir çox illər
keçmiş xatirələr kimi, mənə uzaq və yad görünürdü.
O hadisələrlə mənim aramda böyük məsafə əmələ
gəlmişdi. Buna görə də həm öz haqqımda, həm də
onun barəsində insafsızcasına nəticələr çıxarır və
bunları heç də gizlətmirdim. Onu gecələr yol ağzında
gözlərkən beynimdə dolaşan sözlərin heç birini xatır-
lamır və bunları yada salmağa da səy göstərmirdim.
Beynimdə sadəcə "danışmaq ehtiyacı"ndan başqa heç

nə yox idi. Hadisələri mənimlə nə dərəcədə əlaqədar olub-olması baxımından yox, əhəmiyyətinə görə qiymətləndirirdim. O, heç bir hərəkət etməsə də mənə çox diqqətlə qulaq asırdı. Bunu çox yaxşı hiss edirdim. Xəstəxanada olarkən çarpayısının baş tərəfində durub ona necə baxdığım, nələr fikirləşdiyim, onu bir meyit şəklində necə təsəvvürümə gətirdiyim barədə danışarkən bir neçə dəfə gözlərini qırpmaqla kifayətləndi...

Sözümü bitirib susdum. O da dinmirdi. Bu vəziyyət on dəqiqəyə qədər davam etdi. Nəhayət, üzünü mənə tərəf çevirib gözlərini açdı. Uzun zamandan bəri ilk dəfə güclə hiss ediləcək şəkildə gülümsədi. (Bəlkə də mənə belə gəldi, bilmirəm.) Sakit bir səslə soruşdu:

– Yatmayaq?

Yerimdən qalxıb yatağımı düzəltdim. Soyunub işığı söndürdüm. Lakin uzun zaman gözlərimə yuxu getmədi. Nəfəs çəkməsindən onun da oyaq olduğunu bilirdim. Yavaş-yavaş gözlərim ağırlaşır, hər axşam eşidib alışdığım müntəzəm və yumşaq nəfəs xışıltısının başlamasını gözləyirdim. Yatmamağa səy edir, hey yerimdə qurcalanırdım. Buna baxmayaraq ilk dəfə yuxuya gedən yenə də mən oldum.

Səhər erkən gözlərimi açanda otaq hələ qaranlıq idi. Pərdələrin arasından xəfif bir işıq süzülürdü. Onun necə nəfəs aldığını bu dəfə də eşitmədim. Otaqda insanı vahiməyə salan bir sükut var idi. Elə bil hər ikimiz ruhumuzun bütün gərginliyi ilə nəyisə gözləyirdik. Hər ikimizin də daxilində nələrsə baş qaldırır və mən bunu, elə bil, açıq-aydın hiss edir-dim. Eyni zamanda, böyük maraqla düşünürdüm. Görəsən, o nə zaman oyandı? Bəlkə heç yatmamışdı? – deyə öz-özümə fikirləşirdim... Dinib tərpənməsək də bir-birimiz haqqındakı fikirlərimiz elə bil otağı doldurmuşdu.

Başımı yavaşca qaldırdıqda qaranlığa alışmış gözlərimlə Mariyanın kürəyini bir yastığa dayaya-raq mənə baxdığını gördüm. "Sabahın xeyir " dedim. Eşiyə çıxıb əl-üzümü yuduqdan sonra otağa girdikdə o, hələ də əvvəlki vəziyyətindəydi. Pərdələri qaldır-dım. Yatağı düzəltdim. Xidmətçi üçün qapını açdım. Mariyanın süd içməsinə kömək etdim.

Bunları adi bir şəkildə, dinib-danışmadan yerinə yetirirdim. Hər gün eyni şəkildə yerimdən qalxır, eyni işlərlə məşğul olur, günortaya qədər sabun fabrikində çalışır, sonra ona qəzet, yaxud kitab oxuyur, eşikdə görüb-eşitdiklərimdən danışaraq günü başa vurur-dum. Bütün bunları bu qaydada etmək lazım idimi, ya yox, bilmirdim. Bu qayda özü-özlüyündə müəyyən bir yola düşmüş, mən də dinməzcə buna tabe olmuş-dum. Ürəyimdən başqa bir arzu da keçmirdi. Nə gələcək, nə də keçmiş haqqında düşünmür, təkcə onu bilirdim ki, mən də yaşayıram. Ruhum küləksiz, dal-ğasız bir dəniz kimi sakit idi.

Üzümü qırxıb geyindikdən sonra getmək üçün Mariyadan icazə istədim.

– Hara gedirsən? – deyə soruşdu.

Təəccüblə:

– Məgər bilmirsən? – deyə soruşdum... – Fabrikə.

– Olarmı bu gün getməyəsən?

– Olar, lakin nə üçün?

– Bilmirəm... Bu gün yanımda qalmağını çox istəyirəm.

Bunu bir xəstəlik şıltağı sayıb cavab vermədim. Xidmətçinin yatağın üstünə qoyduğu səhər qəzetlərini gözdən keçirməyə başladım.

Mariyanın üzündə bir təlaş ifadəsi, narahatçılıq vardı. Qəzetləri bir tərəfə atıb yanında əyləşdim. Əlimi alnına qoydum.

– Bu gün necəsən?

– Yaxşıyam, çox yaxşıyam...

O yerindən belə tərpənmədi. Başa düşdüm ki, əlimi üzündən çəkməyimi istəmir. Barmaqlarımın onun yanaqlarına, alnına toxunduğunu hiss edirdim. Bütün iradəsi sanki üzündə cəm olmuşdu. Mümkün olduqca laqeyd görünməyə çalışaraq sakit səslə:

– Deməli, çox yaxşısan, – dedim. – Çox gözəl. Bəs nəyə görə bütün gecəni yatmadın?

Bir anlığa özünü itirdi. Boynundan yanaqlarına qədər bir qızartı yayıldı. Sualıma cavab verməmək üçün qıvrıldığı aydın görünürdü. Tez gözlərini yumdu. Taqətsiz halda başını arxaya dayadı, eşidiləreşidilməz bir səslə:

– Ah, Raif!.. – dedi.

– Nə var?

Bir az özünü ələ alıb, tez-tez nəfəs çəkərək:

– Heç, – dedi. – İstəmirəm bu gün yanımdan ayrılasan. Bilirsənmi nə üçün? Mənə elə gəlir ki, dünən axşam dediyin sözlər, sən gedər-getməz yadıma düşəcək, bir dəqiqə də olsun məni rahat buraxmayacaq...

– Bilsəydim danışmazdım, – dedim.

Başını aşağı salıb cavab verdi:

– Xeyr, elə demək istəmirdim. Söhbət məndən getmir. Bundan sonra səndən arxayın ola bilməyəcəyəm. Səni təkbaşına buraxmaqdan qorxuram... Doğrudan da bu gecə hey sənin haqqında fikirləşib yata bilməmişəm. Məndən ayrıldıqdan sonra nələr etdiyini, xəstəxananın ətrafında necə dolaşdığını bütün təfsilatı ilə, hətta sənin söyləmədiyin incəlikləri də gözlərimin qarşısında canlandırmışam... Buna görə də daha səni təkbaşına qoymayacağam, qorxuram... Təkcə bu gün yox... Bundan sonra səni öz yanımdan ayrılmağa qoymayacağam...

Alnında xırda tər damlaları görünürdü. Onları ehmalca sildim. Bu zaman ovcumun içində isti göz yaşları hiss etdim. Təəccüblə üzünə baxdım. Gülümsəyirdi. Uzun zamandan bəri ilk dəfə idi aydın, saf bir təbəssümlə gülümsəyirdi. Lakin gözlərinin kənarlarından yanaqlarına doğru göz yaşları axırdı. Birdən başını iki əlimlə tutub, qollarımın arasına aldım. Bu dəfə tez-tez xəfifcə gülümsəyirdi, ancaq göz yaşları da elə hey axırdı. Lakin nə bir söz deyir, nə də hıçqırırdı. İnsanın sükut içində bu cür ağlaya biləcəyini təsəvvürümə belə gətirməmişdim. Yatağın bəyaz örtüyü üzərində saxladığı və balaca ağ quşlara bənzəyən əllərini tutub onlarla əylənməyə başladım.

199

Barmaqlarını bükür, sonra yenidən açır, əlini ovcu-
mun içində sıxırdım. Ovcunun incə xətləri ağac yar-
pağının damarlarına oxşayırdı.

Başını yavaşca yastığın üzərinə qoydum:

– Yorularsan, – dedim. Gözləri parladı.

– Xeyr, xeyr! – Qoluma sarıldıqdan sonra, elə bil
öz-özünə deyindi:

– Aramızda nəyin çatmadığını indicə bildim. Bu
əskiklik sənə yox, mənə aiddir... İnanmamaq, inam
hissini itirmək mənim nöqsan cəhətim imiş... Məni
bu qədər çox sevdiyinə inanmırdım. Bunun üçün
də səni sevmədiyimi zənn etmişdim... Bütün bunla-
rı indicə başa düşdüm. Görünür, adamlar inamımı
qırıb, inanmaq qabiliyyətimi əlimdən alıblar... Lakin
indi inanıram... Sən məndə inam hissi oyatdın. Odur
ki, sevirəm səni... şüursuz yox, ağlı başında bir insan
kimi sevirəm... Bilsəydin səni nə qədər istəyirəm...
Ürəyimdə böyük bir arzu var... Qoy sağalım...
Görəsən, nə vaxt sağalacağam?..

Cavab vermədim. Üzümü gözlərinə sürtə-sürtə
göz yaşlarını sildim.

Bundan sonra, o, yaxşı olub ayağa qalxanadək, ya-
nından ayrılmadım. Meyvə ya yeməyə bir şey almaq,
yaxud pansionata gedib paltarımı dəyişmək üçün onu
bir-iki saatlığa tək qoymağa məcbur olanda, bu bir-iki
saat mənə uzun və qorxulu görünürdü. Əlindən tu-
tub kürsüyə əyləşdirəndə, ya yüngül jaketini çiyninə
salanda, həyatını başqalarına həsr etmiş adam kimi
sonsuz sevinc duyurdum. Pəncərə önündə üzbəüz

oturub saatlarla küçəyə tamaşa edər, dinib-danış-maz, hərdən bir-birimizə baxıb gülümsəyərdik. Onu xəstəlik, məni isə öz səadətim uşağa döndərmişdi. Bir neçə həftədən sonra bir az qüvvətə gəldi. Xoş hava-larda hərdən küçəyə çıxıb yarım saata qədər gəzirdik.

Hər dəfə evdən çıxmazdan qabaq onu ehtiyatla geyindirir, əyiləndə öskürəyi tutduğu üçün corabları-nı da özüm geyindirirdim. Xəz paltosunu əyninə ke-çirib, pillələrdən yavaş-yavaş endirirdim. Evdən yüz əlli metrəyə qədər aralanandan sonra oturub dincimi-zi alırdıq. Sonra qalxıb Tirqatendəki kiçik göllərdən birinin kənarına gedir, yosunlu suları, su quşlarını seyr edirdik.

Lakin bir gün hər şey bitdi... O qədər adi, o qədər sərt bir şəkildə bitdi ki, ilk anda məsələnin nə qədər ciddi olduğunu başa düşməyə də imkan olmadı... Yalnız bir az çaşmışdım, əzab, iztirab çəkirdim, lakin bu hadisənin ömrüm boyu mənə son dərəcə böyük və əbədi bir təsir bağışlayacağını, taleyimi büsbütün dəyişəcəyini düşünmürdüm.

Son günlər pansionata getməkdən çəkinirdim. Kirayə pulunu əvvəlcədən ödəsəm də oraya baş çəkməməyim ev sahiblərinin mənə qarşı bir qədər so-yuq davranmalarına səbəb olurdu.

Bir gün frau Heppner:

– Başqa yerə köçmüsünüzsə, deyin, polisə xəbər verək. Yoxsa sonra bizi məsuliyyətə cəlb edərlər, – dedi.

Mən sözü zarafata salmaq istədim:

– Məgər sizdən ayrılmaq mümkündür? – deyib otağıma keçdim. Bir ildən artıq idi burada yaşayırdım. Türkiyədən gətirdiyim bir çox şeylər, orada-burada atılıb qalmış kitablar mənə yad kimi görünürdü. Çamadanlarımı açıb, mənə lazım olan bəzi şeyləri qəzetə sarıdım. Bu vaxt xidmətçi qız içəri girib:

– Sizə çatası bir teleqram var. Üç gündür gəlib, – dedi və mənə bükülü bir kağız uzatdı.

Əvvəlcə heç nə başa düşmədim. Xidmətçinin əlindəki teleqramı nədənsə ala bilmirdim. Xeyr, bu kağızın mənə dəxli yoxdur. Oraya yazılanları oxumasam, başımın üstünü alacaq fəlakəti özümdən uzaqlaşdıracağıma ümid edirdim.

Xidmətçi qız təəccüblə məni süzdü. Yerimdən tərpənmədiyimi görəndə teleqramı stolun üstünə qoyub getdi. Yerimdən sıçradım. Nə olacaqsa qoy tez olsun, deyib kağızı açdım. Yeznəm yazmışdı... "Atan vəfat etdi. Yol pulunu teleqramla göndərdim. Tez gəl". Cəmi bu qədər. Sadə, mənası açıq-aydın dörd-beş kəlmə söz... Lakin buna baxmayaraq, uzun müddət gözlərimi əlimdəki kağıza dikib baxdım. Hər sözü təzədən və bir neçə dəfə oxudum. Qalxıb bir az əvvəl hazırladığım bağlamanı qoltuğuma vurdum. Küçəyə çıxdım. Nə olmuşdu? Ətrafımda heç nəyin dəyişmədiyini görürdüm. Hər şey bir az əvvəl olduğu kimi idi. Məndə də gözəçarpan dəyişiklik yox idi. Çox güman Mariya da pəncərə arxasında dayanıb, məni gözləyirdi. Bununla belə, artıq yarım saat əvvəlki "mən" deyildim. Buradan minlərlə kilometr uzaqda bir adam daha yaşamır, vəfat etmişdir. Bu hadisədən günlər, bəlkə də həftələr keçdiyi halda nə mən, nə Mariya heç bir şey hiss etməmişdik. Keçirdiyim yekrəng günlər bir-birindən fərqlənmirdi. Lakin ovuc boyda kağız birdən-birə hər şeyi alt-üst edir, məni bu yerdən alıb oraya aparır, mənim buraya deyil, teleqramın gəldiyi uzaq yerlərə mənsub olduğumu xatırladırdı.

Mən, buralarda keçirdiyim bir neçə aylıq vaxtı əsl həyat zənn etməkdə və bu həyatın gələcəkdə də davam edəcəyinə ümid bəsləməkdə səhv etmişdim. Bunu çox yaxşı başa düşürdüm. Lakin digər tərəfdən, bu həqiqəti hələ də özümdən uzaqlaşdırmağa çalışırdım. Gərək belə olmayaydı. Harada doğulmaq və kimsə oğlu olmaq, gərək bu qədər əhəmiyyətə malik olmayaydı. İki adamın bir-birini axtarıb tapması bu dünyada son dərəcə çətin olduğu üçün bu nadir xoşbəxtliyə, səadətə çatmaq daha vacibdir. Bundan savayı nə varsa, hamısı xırda şeylərdi. Onlar özü-özlüyündə düzələr, onlar əsl mühüm məsələ ilə, bir-birimizi axtarıb tapmağımız kimi bir həqiqətlə uyğunlaşar.

Lakin bunun baş tutmayacağını da yaxşı bilirdim. Həyatımın bir sıra əhəmiyyətsiz xırdaçılıqlar əlində bir oyuncaq olduğunu, əsl xırdaçılıqlardan ibarət olduğunu görürdüm. Məntiqimiz həyatın məntiqinə uyğun gəlmirdi. Bir qadın qatarın pəncərəsindən eşiyə baxdığı zaman gözünə bir kömür parçası düşə bilər. O, buna əhəmiyyət vermədən gözlərini ovuşdurar. Bu çox kiçik hadisə nəticəsində dünyada ən gözəl gözlərdən biri kor ola bilər. Yaxud bir kirəmit parçası yüngül bir külək nəticəsində yerindən qopub dövrümüzün qibtə etdiyi bir adamın başını parçalaya bilər. Hansı əhəmiyyətlidir, o göz, ya o kömür parçası? Kirəmit, ya o adamın kəlləsi, – deyə özümüzə sual vermir, bu barədə fikirləşməyi ağlımıza belə gətirmirik. Bütün bunları düşünmədən qəbul etməyə məcbur oluruq. Həyatın bir çox başqa şıltaqlıqlarına da beləcə itaət edir, onlara boyun əyməyə məcbur oluruq.

Əsl həqiqətdə də belə olur. Dünyada qarşısıalınmaz hadisələr baş verir və biz bunların səbəbini, məntiqini başa düşmürük. Lakin bəzi məntiqsizliklər, çıxılmaz yollar vardır ki, bunlar guya təbiətdən götürülüb düzəldilir. Halbuki bunları düzəltməmək imkanı daha çoxdur. Məsələn, məni Havrana bağlayan nə idi? Üç-beş zeytun ağacı, bir neçə sabunxana, tanımadığım və heç də maraqlanmadığım bir neçə qohum... Halbuki, buraya bütün həyatımla bağlı idim. Bəs nə üçün burada qalmırdım? Bunun çox sadə izahatı vardı: Havranda işlər başlı-başına buraxılmışdı, yeznələrim mənə pul göndərməsələr, burada qalıb heç bir iş görməyə qadir deyildim.

Məşğul olmalı başqa məsələlər də vardı: pasport yazdırmalı, səfarətxanalara getməli, ev dəyişdirmək haqqında elanlar verməli idim... Bunların insan həyatı üçün nə qədər vacib olub-olmadığını başa düşmək iqtidarında deyildim. Halbuki bunlar həyatımda istiqamətverici əhəmiyyətə malik idi.

Məsələni Mariyaya danışdığım zaman, o bir müddət susdu. Üzündə qəribə bir təbəssüm göründü. Mənə baxıb sanki deyirdi: "Məgər mən deməmişdim ki..." Fikrimdən keçənləri danışsam gülünc bir vəziyyətə düşəcəyimə inanıb, var qüvvəmlə sakitliyimi saxlamağa çalışırdım. Bununla belə bir neçə dəfə soruşdum:

— Nə etməliyəm? Nə etməliyəm?

— Nə edəcəksən?! Əlbəttə, gedəcəksən... Bir müddətə mən də buradan çıxıb getməliyəm. Nə olursa olsun xeyli vaxt işləməyəcəyəm. Anamın yanında, Praqada qalaram. Hər halda oranın havası səhhətimi yaxşılaşdırar. Yazı orada keçirərəm.

Məni bir kənara qoyub özündən, gələcək planlarından bəhs etməsi qəlbimə toxundu. O, hərdən məni gözaltı süzürdü.

— Nə vaxt gedəcəksən? — deyə soruşdu.

— Bilmirəm. Yol pulunu alan kimi...

— Mən bəlkə daha tez getdim.

— Nə deyirsən, doğrudan?

Təəccübüm onun gülümsəməsinə səbəb oldu:

— Hələ də uşağa oxşayırsan, Raif! — dedi. — Qarşısıalınmaz hadisələr zamanı həyəcanlanmaq, qorxmaq uşaqlıqdır. Hələ vaxtımız var. Bəzi məsələlər haqqında fikirləşər, müəyyən qərara gələrik...

Xırda-para işlərimi sahmana salmaq, pansionatla haqq-hesabımı üzmək məqsədilə evdən çıxdım. Axşamçağı qayıtdım. Mariyanın, həmişə gəzməyə gedərkən necə geyinirdisə, indi də o cür geyinib dayandığını gördükdə özümü itirdim.

– Hədər yerə vaxt itirməyə ehtiyac yoxdur, – dedi. – Səndən bir az tez gedərəm, yola çıxmaq üçün hazırlıq görməyinə də mane olmaram. Sərbəst olarsan. Bundan başqa... bilmirəm... nə üçünsə... Berlindən səndən qabaq çıxmaq qərarına gəlmişəm... Səbəbini özüm də bilmirəm...

– Necə istəyirsən, məsləhətinə bax!..

Bundan başqa bir-birimizə heç nə demədik. Fikirləşib qərara gələcəyimiz məsələlərə toxunmurduq.

Ertəsi günü axşam qatarı ilə yola düşdü. Günortadan sonra heç yerə getməmişdik. Pəncərə önündə oturub eşiyə baxırdıq. Qeyd dəftərçəmizə bir-birimizin ünvanını yazdıq. Onun göndərəcəyi məktubların mənə gəlib çatması üçün, hər dəfə üzərində ünvanım yazılmış zərf göndərəcəkdim. Çünki nə o ərəb hürufatı ilə yaza bilir, nə də bizim Havrandakı rabitə məmurları latınca bilirdilər.

Bir saata qədər havadan, sudan, bu ilki qışın uzanmasından, fevralın sonu olduğu halda, hələ də qarın ərimədiyindən danışıb söhbət etdik. Aydın görünürdü ki, o, vaxtın tez gəlib keçməsini istəyir. Mən isə ondan ayrılmaq istəmirdim, yola saldığımız vaxtın bitib tükənməsini istəmirdim, açıq-aydın dərk etməsəm də, bu vaxtın nəhayətsiz dərəcədə uzanmasını arzulayırdım.

Buna baxmayaraq, söhbətimiz o qədər məntiqsiz, yersiz idi ki, çaşbaş qalmışdıq. Hərdən bir-birimizə baxıb gülümsəyirdik. Stansiyaya yollanmaq vaxtı çatanda, hər ikimiz rahat nəfəs aldıq və elə bil çiynimizdən ağır yük götürüldü. Bundan sonrakı vaxt isə son dərəcə tələsik keçdi. İki kiçik bağlamanı götürüb Anhaltar stansiyasına getdik. Şeylərini yerbəyer elədi, vaqonda qalmayıb, perrona çıxmağımızı təkid etdi. Həmin o mənasız təbəssümlərlə keçirtdiyimiz iyirmi dəqiqəlik vaxt mənə bir saniyə qədər qısa görünürdü. Beynimdən min cür fikir keçdi. Lakin onları bu qədər qısa vaxt ərzində izah etməkdənsə, heç danışmamağı üstün tutdum. Halbuki dünəndən bəri çox sözlər deyib danışmaq olardı. Nə üçün heç bir söz demir, bu cür soyuq ayrılırdıq?

Son bir neçə dəqiqədə Mariya özünü itirmiş adama oxşayırdı. Bunu görəndə məmnun oldum. Çünki onun heç də sarsılmadan, yenilmədən çıxıb getdiyini görmək məni hər halda çox kədərləndirərdi. Tez-tez əlimi tutur, sonra buraxırdı:

– Bu nə qədər mənasız işdir... Axı, nə üçün gedirsən, – deyə söylənirdi.

– Əslində sən gedirsən, mən hələlik burada qalıram, – dedim.

Sanki mənim bu sözümü eşitmədi. Əlimi tutub:

– Raif... artıq mən gedirəm, – dedi.

– Bəli... Bilirəm...

Qatarın yola düşmək vaxtı çatmışdı. Məmurlardan biri vaqonun qapısını bağlamaq istəyirdi. Mariya vaqonun pilləsinə atıldı, sonra mənə tərəf əyildi, yavaşca, lakin aydın şəkildə bu sözləri dedi:

– Artıq mən gedirəm. Lakin nə vaxt çağırsan gələrəm...

Əvvəlcə nə demək istədiyini başa düşmədim. O da bir anlığa dayanıb, sonra əlavə etdi:

– Haraya çağırsan gələcəyəm!

Bu dəfə başa düşdüm. İrəli atıldım. Əllərini tutub öpmək istədim. Lakin artıq içəri girmiş, qatar səssiz-səmirsiz hərəkət etməyə başlamışdı. Bir müddət onun arxasında durduğu pəncərə ilə yanaşı yüyürdüm. Sonra yavaş-yavaş addımlayıb əlimi havada yellədərək:

– Çağıracağam... mütləq çağıracağam! – deyə qışqırdım.

Gülərək başını tərpətdi. Üzündəki ifadə, baxışları göstərirdi ki, o mənə inanır.

Ona deyə bilmədiyim sözlər ürəyimdə qalıb, elə bil ağırlıq edirdi. Nə üçün dünəndən bəri əsas məsələyə toxunmamışdıq? Nə üçün yola hazırlıqdan, səyahətin bəxş etdiyi zövqdən, bu ilki qışdan söhbət etmiş, lakin özümüzə aid məsələlərə toxunmamışdıq? Kim bilir, bəlkə belə daha yaxşı idi. Uzun-uzadı söhbətlərə nə ehtiyac vardı? Məgər bunların hamısı eyni bir nəticəyə gətirib çıxarmayacaqdı? Şübhəsiz, ən doğru yolu Mariya seçmişdi... Bircə təklif, bircə qəbul... hər şeyi qısa, mübahisəsiz yerinə yetirmiş, başqasına borclu qalmamışdı. Bundan gözəl bir ayrı-lıq ola bilməzdi. Ona söyləmədiyimə görə alışıb ya-nan, ürəyimdə gizli qalmış bir çox xoş sözlər bunun yanında heç nə idi.

Nə üçün onun məndən qabaq çıxıb getdiyinin səbəbini indicə dərk etməyə başlayırdım. Görünür, mən çıxıb getdikdən sonra Berlin ona cansıxıcı görünəcəkdi.

Yol hazırlığı, pasport, bilet, viza məsələləri ilə məşğul olanda əvvəllər onunla birlikdə gəzib-dolaşdığımız küçələrdən keçərkən kədərlənirdim. Halbuki buna bir səbəb yox idi. Çünki Türkiyəyə qayıdıb işlərimi sahmana salan kimi onu dəvət edəcəkdim. Xəyalpərəstliyim bu dəfə də özünü büruzə verirdi.

Havranın civarında düzəldəcəyim köşkün yerini, Mariyanı gəzdirəcəyim təpələri, meşələri gözlərimin qarşısında canlandırırdım.

Dörd gündən sonra Polşa və Rumıniya yolu ilə Türkiyəyə yollandım. Bu səyahətim və ondan sonrakı bir neçə illik dövrün o qədər də gözə çarpan cəhətləri yox idi. Məni Türkiyəyə qayıtmağa məcbur etmiş hadisə haqqında ancaq gəmiyə mindikdən sonra fikirləşməyə başladım. Deməli, atam vəfat etmişdir. Bunu çox gec anlamağıma görə utandım. Halbuki atamı həqiqi məhəbbətlə sevməyim üçün bir səbəb də yox idi. Onunla mənim aramda həmişə soyuq bir münasibət, yabançılıq hökm sürürdü.

"Sənin atan yaxşı adamdımı?" – deyə bir nəfər məndən soruşsaydı, cavab tapa bilməzdim. Onun yaxşılığı və pisliyi haqqında mülahizə yürüdə bilməzdim. Çünki ona dərindən fikir verməmişdim, tanımırdım. Atam mənim üçün "insan" kimi deyil, "ata" deyilən mücərrəd bir məfhumun insan şəklində təzahüründən ibarət idi. Mənə belə gəlirdi ki, axşamlar qaşqabaqlı səssiz-səmirsiz evə qayıdan, nə bizi, nə anamızı dindirməyə layiq bilməyən dazbaşlı, qara girdə saqqallı adamla, yaxasını, sinəsini açıb hovuzlu qəhvəxanada gülümsəyə-gülümsəyə ayran içən, söyüş yağdıraraq, nərd oynadığını gördüyüm adam, bir-birindən tamamilə fərqli adamlardı... Bu ikinci şəxsin mənim atam olmasını çox istərdim, çox... O isə bu vəziyyətdə də məni görəndə tez üzünə ciddi bir ifadə verib "burada nə gəzirsən?" – deyə bağırardı. "Get qəhvəxanadakı mətbəxdən şərbət al iç və məhəlləmizə qayıt, orada oyna!" – deyərdi.

Böyüdüm, orduya gedib qayıtdım. Lakin yenə də atamın mənə qarşı münasibəti, rəftarı dəyişmədi. Nədənsə mən böyüyüb ağıla-kamala yetdiyimi zənn etdikcə, onun nəzərində daha da balaca uşaq görünərdim. Bu vaxtlar hərdən irəli sürdüyüm şəxsi mülahizə və düşüncələrimə görə məni yenə də məsxərəyə qoyardı. Son zamanlarda istək və arzularıma onun əməl etməsi, mənimlə mübahisəyə girməyə ehtiyac görməyib, buna əhəmiyyət verməməsinin əlaməti idi.

Bütün bunlara baxmayaraq onun xatirəsini beynimdən siləcək bir şey yoxdu. Onun boşluğunu deyil, yoxluğunu hiss edəcəkdim. Havrana yaxınlaşdıqca ürəyimə kədər, qüssə çökürdü. Evimizi, qəsəbəmizi onsuz təsəvvür etmək mənə çətin gəlirdi.

Bunları uzun-uzadı nəql etməyə ehtiyac yoxdur. Hətta fikirləşmişdim ki, həmin o günlərdən, onillik bir dövrdən söhbət də açmayacağam. Lakin bəzən məsələlərin izah edilib başa düşülməsi üçün

həyatımın ən mənasız çağları olan bu dövrə heç ol-
mazsa bir neçə səhifə həsr etmək lazımdır. Havran-
da heç də xoş sifətlə qarşılanmadım. Yeznələrim elə
bil məni məsxərəyə qoyurdular. Bacılarım yad, anam
əvvəlkindən də miskin görünürdü. Evimiz bağlı qal-
mış, anam böyük yeznəmin evinə köçmüşdü. Məni öz
evlərinə dəvət etmədiklərinə görə, ilk vaxtlar, köhnə
xidmətçi qadınla böyük evimizdə yaşadım. İşləri
əlimə almaq istəyəndə, atamın hələ ölümündən qa-
baq var-dövlətini bölüşdürdüyünü öyrəndim. Mənə
düşən payın nədən ibarət olduğunu yeznələrimdən
ağıllı-başlı öyrənə bilmədim. İki sabunxanamız
haqqında heç söhbət getmirdi. Bunların bir az əvvəl
atam tərəfindən yeznələrimdən birinə satıldığı məlum
oldu. Bu satışdan əldə olunan pul və deyilənlərə görə,
atamdan qalmış çoxlu nağd pul və qızıllar da orta-
lıqda yox idi. Anamın da heç nədən xəbəri yoxdu. So-
ruşduqda belə deyirdi:

– Nə bilim, ay bala! Rəhmətlik, görünür, torpa-
ğa basdırıb, yerini demədən getdi. Yeznələrin son
günlərdə başının üstündən çəkilmirdilər... Heç ağ-
lıma gələrdi ki, öləcək?.. Basdırıb gizlətdiyi pulların
yerini nişan vermədi... İndi necə edək. Bəlkə falçının
yanına gedək... Hər halda o, bilməmiş olmaz.

Bundan sonra anam Havranın ətrafındakı falçıla-
rın hamısına müraciət etdi. Onların məsləhətilə zey-
tun bağlarımızda qazmadığımız ağac dibi, evdə ax-
tarmadığımız divar küncü qalmadı. Anamda qalmış
beş-on qızıl da bu yolda xərcləndi. Bacılarım da onun-

la birlikdə falçıların yanına gedir, lakin onların haqqını verməyə heç yaxın durmurdular. Yeznələriminsə, bizim dəfinə axtarışlarımıza için-için güldüklərini görürdüm.

Məhsulun yığım dövrü keçdiyi üçün zeytunluqlardan bir şey qazanmaq mümkün deyildi. Zeytun ağaclarının bir hissəsinin bir neçə illik məhsulunu qabaqcadan satıb, bir az pul əldə etdim. Məqsədim yayı birtəhər keçirmək, gələn payız zeytun mövsümü başlayan kimi var qüvvəmlə çalışıb maddi vəziyyətimi düzəltmək və dərhal Mariyanı çağırtdırmaq idi.

Türkiyəyə gələndən sonra onunla tez-tez məktublaşırdıq. Yazın palçıqlı, yayın bürkülü günlərində bir sıra mənasız, xırda işlərlə məşğul olduğum vaxtlarda, məni azacıq da olsa fərəhləndirən onun məktubları və ona məktub yazdığım saatlar olardı. Vətənə qayıtdığım gündən bir ay sonra anası ilə birlikdə Berlinə qayıtmışdı. Məktublarımı Potsdam meydançasına yollayırdım. Onları oradan özü gəlib alırdı. Bir dəfə yayın ortalarında qəribə sözlər yazmışdı. Yazırdı ki, mənə çatdırılası xoş bir xəbər var. Lakin bunu özü gəldiyi zaman, həm də şəxsən söyləyəcəkdir. (Onu payızda çağırmağıma ümid bəslədiyimi bildirmişdim.) Bundan sonrakı məktublarımda hər dəfə soruşdumsa da bu xoş xəbərin nə olduğunu yazmadı. Həmişə "gözlə, mən gələndə öyrənərsən", yazırdı.

Bəli, gözlədim. Həm də təkcə payıza qədər yox, düz on il gözlədim... Bu "xoş" xəbəri düz on ildən sonra... dünən axşam öyrəndim... Lakin hələlik bunu bir kənara qoyaq, hər şeyi ardıcıl nəql edək.

Bütün yayı ayaqlarımda uzunboğaz çəkmə, ata minib orda-burda salınmış zeytunluqları dolaşdım. Atamın əldən-ayaqdan uzaq, çox şoran, yolları çətin torpaqları məhz mənə verməsinə təəccüblənirdim. Əksinə, düzənlikdə, qəsəbəmizin yaxınlığında olan, suvarılan torpaq yerlərimiz və hər ağacı yarım çuvaldan çox məhsul verən zeytunluqlar bacılarıma, daha doğrusu, yeznələrimə verilmişdi. Gəzib-dolaşdığım yerlərdəki ağacların çoxu becərilmədiyinə görə cırlaşmağa başlamışdı. Atamın sağlığında, heç kəsin zəhmət çəkib bu dağ ətəklərindəki ağaclara tərəf ayaq basmadığını öyrəndim.

Məlum idi ki, mən burada olmayanda atamın xəstələnməsindən, anamın fağırlığından, bacılarımın qorxaqlığından istifadə olunmuş, yeznələrim istədiklərini eləmişdilər. Mən çalışıb hər şeyi düzəldəcəyimə inanırdım. Mariyadan aldığım hər məktub mənə həvəs və qüvvət verirdi.

Oktyabrın axırlarında, zeytun mövsümünün qızğın çağlarında, Mariyanı çağırmaq barədə düşünmək, bir qərara gəlmək istəyirdim ki, birdən-birə onun məktublarının arası kəsildi. Evi təmir etmiş, başda qohumlarım olmaqla, bütün Havranlıların təhqir dərəcəsinə çatan istehza və heyrətinə baxmayaraq sifariş verib İstanbuldan bir çox ev əşyaları, vanna gətirtmiş, köhnə vanna otağımıza kaşı döşətmişdim.

Bu hazırlığın səbəbini hələ heç kəsə açmadığım üçün, hamı mənim hərəkətlərimi əllaməlik, zahiri parıltı və lovğalıq kimi izah etməyə çalışırdı. Mənim, işlərini hələ sahmana salmamış bir adamın, borc al-maqla, məhsulu satmaqla ələ keçirdiyi bir az pulu aynalı şkafa, vannaya verməsi doğrudan da axmaq-lıq, dəlilik idi. Mənə qarşı yönəldilmiş bu ittihamla-ra için-için gülürdüm. Çünki onlar məni başa düşə bilməyəcəkdilər. İzahat da verməyə məcbur deyildim. On beş-iyirmi gün keçmişdi. Mariyanın cavab məktubu yazmaması məni təşvişə salıb həyəcanlandırırdı. Müxtəlif ehtimallar şübhələnməyimə, vasvasılığıma səbəb olub məni karıxdırmağa başladı. Bir-birinin ardınca yazdığım məktublara da cavab almayanda tamam kədərləndim. Çünki onun son məktublarının arasındakı vaxt get-gedə uzanmış, vərəqlərinin sayı azalmış və bunların könülsüz yazıldığı məlum olur-du... Onun məktublarının hamısını qarşıma tökdüm. Onları bir neçə dəfə təzədən oxudum. Son aylarda yazılmış məktublarında bir qədər özünü itirib-karıx-maq, nəyisə gizlətmək, hər şeyi həmişə açıq deyən Mariyaya heç də xas olmayan üstüörtülü sözlər, ey-hamlı ifadələr vardı. Tezliklə çağırılmağını istəyir, yaxud onu çağıracağımdan qorxub sözündən dönmək məcburiyyətində qalacağı üçünmü əzab çəkir? – deyə hətta tərəddüd də etdim. Bundan sonra hər cümləyə, yarımçıq qalmış hər ifadəyə, zarafatla yazılmış hər sözə müxtəlif mənalar verir, hirsimdən az qala dəli olurdum.

Yazdığım məktubların heç birinə cavab almadım, şübhələrim doğru çıxdı.

Mariyadan bir də xəbər tuta bilmədim, onun haq-qında heç nə eşitmədim... Təkcə dünən, illər keçəndən

214

sonra xəbər tutdum... Lakin bu barədə hələ danışmaq lazım deyil.

Bir aydan sonra, son vaxtlarda göndərdiyim məktublar geri qayıtdı. Onların üzərində "Poçtdan alınmadığı üçün məktublar sahibinə qaytarılsın" – qeydi vardı. Bu zaman hər şeydən ümidimi üzdüm. Bir neçə gün ərzində nə qədər dəyişildiyim barədə düşünürkən bu gün də özümü itirirəm. Mənə hərəkət etmək, görmək, eşitmək, hiss etmək, düşünmək, bir sözlə, yaşamaq qabiliyyəti verən bir qüvvə elə bil içimdən qoparılıb çıxarılmışdı, hər şeyə laqeyd, etinasız olmuşdum.

Bu dəfə, o təzə il günündən sonrakı günlərdə olduğum kimi də deyildim. O vaxt bu dərəcədə ümidsiz olmamışdım. Ona yaxınlaşmaq, gedib onunla danışmaq, onu inandırmaq fikri bir an da olsa məni tərk etməmişdi. İndi isə tamamilə aciz idim. Aralığa soxulmuş bu qeyri-müəyyənlik əlimi-qolumu bağlamışdı. Evdən eşiyə çıxmayıb, bir otaqdan o birisinə keçir, onun məktublarını, geri qaytarılmış məktublarımı dəfələrlə oxuyur, o vaxta qədər nəzərimdən qaçmış sözlər, ifadələr barədə düşünüb-daşınır və acı-acı gülümsəyirdim.

Məndə bütün gördüyüm işlərə və hətta özümə qarşı, yox dərəcəsinə çatmış bir biganəlik vardı. Zeytun ağaclarının məhsulunu toplamaq, fabrikə aparıb yağını çəkdirmək işini onun-bunun öhdəsinə atdım. Bəzən uzunboğaz çəkmələrimi geyib, çöllərə çıxsam da heç kəslə rastlaşmayacağım yerlərdə gəzib dolaşmağı üstün tutur, gecəyarısı evə qayıdıb otağımda uzanır, ertəsi günü səhər bir neçə saatlıq yuxudan sonra oyanır, acı bir hisslə "nə üçün hələ də yaşayıram" – deyə öz-özümdən xəbər alırdım.

Mariya ilə tanış olmamışdan əvvəl keçirdiyim boş, mənasız, məqsədsiz günlər yenidən başlamışdı, lakin bu dəfə əvvəlkindən də çox qüssə-kədər verirdi. Fərq ondan ibarət idi ki, əvvəllər həyatın mənasından, dünyadan xəbərsiz idim. İndi isə, yer üzündə başqa cür yaşamağın mümkün olduğuna bir anlığa da olsa inandığım üçün bu fikir mənə əzab-əziyyət verirdi. Ətrafımdakı mühitə laqeyd idim. Hiss edirdim ki, heç bir şeydən həzz ala bilmirəm.

Mariya məni qısa bir vaxt ərzində həmişəki acizliyimdən, miskin vəziyyətimdən xilas etmiş, mənim də kişi, daha doğrusu, insan olduğumu, mənim də yaşamağa layiq cəhətlərimin olduğunu, dünyanın zənn etdiyim qədər mənasız olmadığını öyrətmişdi. Lakin aramızdakı əlaqə qırılan kimi, onun təsiri altından çıxan kimi, mən yenə də əvvəlki vəziyyətə düşmüşdüm. Ona nə qədər möhtac olduğumu indi başa düşürdüm. Mən həyatda təkbaşına addımlayacaq adamlardan deyildim. Həmişə onun kimi yol yoldaşına möhtac idim. Onsuz yaşaya bilməyəcəkdim. Bununla belə yaşadım... Lakin budur, nəticəsi göz qabağındadır... Əgər buna yaşamaq demək mümkündürsə, yaşadım...

Mariyadan bir də xəbər tuta bilmədim. Berlindəki pansionat sahibəsinin göndərdiyi cavabda frau Van

Tiedemanın daha onun yanında yaşamadığını, buna görə də istədiyim məlumatı verə bilməyəcəyini bildirirdi. Daha kimdən soruşa bilərdim? Anası ilə birlikdə Praqadan qayıtdıqdan sonra mənə yazmışdı ki, başqa evə köçmüşlər. Lakin ünvanını bilmirdim. Almaniyada yaşadığım iki ilə yaxın vaxt ərzində çox az adamla tanış olduğum barədə fikirləşdikdə özüm də təəccüblənirdim. Berlində başqa heç yerə getməmişdim. Şəhərin bütün küçələrini tanıyırdım. Gəzmədiyim muzey, rəsm sərgisi, nəbatat və heyvanat bağı, meşə, göl kənarı qoymamışdım. Buna baxmayaraq bu şəhərdə yaşayan milyonlarla adamlardan ancaq bir neçə nəfərlə söhbət edib danışmış, təkcə bir nəfərlə tanış olmuşdum.

Kim bilir, bəlkə bu da kifayət idi. Məgər bir adam üçün bir nəfər bəs deyilmi? O bir nəfər olmasa necə? Hər şeyin xəyal, aldadıcı bir röya, tamamilə vahimə olduğu meydana çıxanda nə etməlisən? Bu dəfə inanmaq, ümid etmək qabiliyyətini də itirmişdim. İnsanlara qarşı ürəyimdə elə bir etinasızlıq, elə bir qəzəb baş qaldırmışdı ki, uzun zaman özüm də bundan qorxdum. Kim olursa olsun, fərqi yoxdu, əlaqədə olduğum hər adamı mənə düşmən, zərərli bir məxluq hesab edirdim. İllər keçdikcə məndə bu hiss yox olmaqdansa daha da qüvvətləndi. Adamlara qarşı bəslədiyim şübhələrim kin bəsləmək dərəcəsinə qədər gəlib çatdı. Mənə yaxınlaşmaq istəyənlərdən qaçıb uzaqlaşdım. Özümə çox yaxın sandığım və ya yaxınlaşa biləcəyim adamlardan daha çox qorxmağa başladım. "O, bu cür hərəkət etdikdən sonra..." – deyirdim... Lakin o nə etmişdi? Məlum deyildi. Məhz buna görə xəyalım çox pis ehtimallar ətrafında fırlanır və mən çox acı nəticələr çıxarırdım. Məgər belə deyildi?.. Ayrılıq dəqiqəsində sadəcə bir həyəcanlanmanın nəticəsində vəd edilmiş sözə əməl etməməyin ən asan çarəsi əlaqəni münaqişəsiz kəsmək deyildimi? Yoxsa, məktublar poçtdan alınmaz... cavab verilməz... varlığı zənn edilən şeylər bir an içində yoxa çıxarmış. Kim bilir, indi hansı təzə macəra, hansı daha xoş bir səadət qollarını ona açmışdı! Bütün bunlardan əl çəkib, mənim kimi uşaq təbiətli bir adamın könlünü almaq üçün verilən bir sözə görə, taleyini naməlum bir həyatla bağlamaq, sonu necə bitəcəyi bəlli olmayan bir macəra arxasınca qaçmaq, onun kimi ayıq bir adam tərəfindən qəbul ediləcək iş deyildi. Lakin nə üçün bu barədə çox ətraflı və dərindən düşündüyüm halda mühitə, şəraitə heç cür uyğunlaşa bilmirdim? Nə üçün həyatda qarşıma çıxan hər hansı bir yeni yolla addımlamaqdan bu qədər çəkinir, mənə yaxınlaşan hər kəsi, mənə pislik etmək üçün yaxınlaşır, deyə düşünüb, qorxu hissilə qarşılayırdım?! Bəzən elə olurdu ki, bir müddət unutduğum adamda mən yaxın cəhətlər tapırdım. Lakin zehnimdə həmişəlik yuva salmış o qorxulu hökm o dəqiqə özünü büruzə verir: "Unutma, unutma ki, o, sənə daha yaxın idi... Buna baxmayaraq o cür hərəkət etdi", – deyə məni sanki yuxudan ayıldıb, həqiqi həyata dəvət edirdi. Hər hansı bir adamın mənə azacıq yaxın düşdüyünü görüb nəyəsə ümid bəsləməyə başlar-başlamaz, tez özümü ələ alırdım: "Xeyr, xeyr, o, mənə daha yaxın idi... Bütün məsafələr qət edilmişdi... Lakin axırı nə oldu?" deyə öz-özümə söylənirdim. İnamsızlıq, inamsızlıq... Bunun nə qədər qorxulu olduğunu hər gün, hər an hiss edirdim. Bu hissdən xilas olmaq üçün göstərdiyim bütün təşəbbüslər boşa çıxdı... Evləndim... Lakin elə o gün, arvadımın mənə hər kəsdən daha uzaq, yad adam olduğunu başa düşdüm. Uşaqlarım oldu... Bilirdim ki, onlar həyatda itirdiyimi mənə bəxş etməyəcəklər. Lakin buna baxmayaraq onları sevdim...

Məşğul olduğum işlərin heç biri, heç vaxt mənə zövq vermədi. Nə etdiyimi özüm də bilmədən maşın kimi işlədim. Bilə-bilə aldadıldım, lakin bundan bir növ zövq aldım. Yeznələrim məni axmaq yerinə qoydular, yenə də özümü sındırmadım. Borclarım, bunların faizi, evlənməmlə əlaqədar çəkdiyim xərclər olan-qalan var-yoxumu da puça çıxartdı. Zeytunluqlar heç də yüksək qiymətə alınmayacaqdı. Pulu olanlar da çox aşağı qiymətə mal almağa öyrəşmiş adamlar idi. İldə yeddi-səkkiz lirəlik məhsul verə biləcək hər ağacı həmişəlik yarım lirəyə satmaq üçün müştəri axtarıb tapmaq da çətin idi. Yeznələrim guya çıxılmaz vəziyyətdən məni xilas etmək, ailəmizin sərvətinin tar-mar olub dağılmasına yol verməmək üçün, borclarımı ödəyib zeytunluqları aldılar... On dörd otaqlı köhnə evdən və bəzi ev əşyasından başqa heç nəyim yox idi. Qayınatam hələ sağ idi. Balıkəsirdə məmurluq edirdi. Onun məsləhətilə vilayət mərkəzindəki bir şirkətdə məmur işlədim. İllərlə orada çalışdım. Ailə yükü ağırlaşdıqca həyatla əlaqəm zəifləyir, səbrim, təşəbbüskarlığım artmaqdansa azalırdı. Qayınatam vəfat etdikdən sonra qayınlarım, baldızlarım himayəmdə qaldılar. Qazandığım qırx lirə maaşla onların hamısını dolandırmaq mümkün deyildi. Arvadımın uzaq qohumlarından biri məni Ankaraya aparıb hazırda çalışdığım bankda işə düzəltdi. Xarici dil bildiyim üçün tez irəli çəkiləcəyimə ümid bəsləyirdi. Lakin heç də gözlədiyi kimi olmadı. Harada oldumsa, ətrafımdakı adamların nəzərinə varlığı ilə yoxluğu eyni olan bir adam kimi göründüm. Daxilimdə böyüklüyünü hiss etdiyim sevgini, məhəbbəti sərf etmək, yenidən yaşamaq üçün hər yerdə bir çox imkanlar, bir çox adamlar tapıldı və bunlar məndə, ömrü qısa olsa da müəyyən ümidlər oyatdı. Lakin özümü o əvvəlki şübhədən qurtara bilmədim: "Nəyə lazımdır?! Təkrarən aldanacaq, təzədən ürəyim sınacaqdır. Məgər bunun bir mənası varmı?" – deyirdim. Dünyada təkcə bir nəfərə inanmışdım. Həm də o qədər inanmışdım ki, aldandığımı gördükdə, artıq məndə başqasına qarşı inam hissi qalmadı. Ona acığım tutmurdu. Hiss edirdim ki, ondan inciməyə, ona hiddətlənməyə, haqqında pis düşünməyə əsasım yoxdur. Lakin nə edəsən, ürəyim sınmışdı. Həyatda çox arxalandığım adama qarşı hiss etdiyim bu inciklik, küsü bütün insanlara qarşı münasibətimdə də özünü göstərirdi. Çünki o, mənim nəzərimdə bütün insanlığın timsalı idi. Bundan sonra, aradan illər keçsə də hələ də onunla bağlı olduğumu gördükdə ruhumda hədsiz hiddət duyurdum. O, məni çoxdan unutmuş, kim bilir, kimlərlə gəzib dolanırdı! Axşam çağları evdə uşaqların səs-küyünü, bulaşıq qab-qacağı mətbəxdə yuyan arvadımın səsini, qabların cingiltisini, baldızımla qayınlarımın sözləşməsini eşidərkən gözlərimi yumar, Mariyanın bu anda harada olduğunu təsəvvürümə gətirərdim. Bəlkə o yenə də mənim kimi başıboş bir adamla nəbatat bağının qızıl yarpaqlı ağaclarını seyr edirdi. Bəlkə də kimsəsiz bir sərgidə, batan günəşin pəncərələrdən içəri düşən işığında rəssamların ölməz əsərlərinə tamaşa edirdi?!

Bir axşam evə qayıdarkən məhəlləmizdəki baqqal dükanına baş çəkmiş, ayın-oyun almışdım. Qapıdan çıxarkən qarşıdakı evdə yaşayan subay bir kirayənişinin radiosunun səsi ucalmağa başladı. Veberin "Oboron" operasının uvertürası canlanırdı. Əlimdəki bağlamaları az qala yerə salacaqdım. Mariya ilə birlikdə dinlədiyimiz operalardan biri də bu idi. Onun Veberə xüsusi məhəbbət bəslədiyini bilirdim. Yol boyu çox vaxt bu uvertüranı zümzümə edərdi. Elə bil ondan dünən ayrılmışdım. Duyduğum həsrət hissi sanki təptəzə idi. İtirilmiş çox qiymətli bir əşyanın və ya sərvətin, dünyanın hər cür səadətinin acısı zaman keçdikcə yox olur, unudulurdu. Lakin istifadə edilməyib əldən qaçırılmış imkanları adam heç vaxt unutmur, onları zehnindən heç də çıxarmır. Hər dəfə onları xatırlayanda adamın ürəyi sızıldayır. Görəsən, bunun səbəbi nədir: "belə olmaya bilərdi" fikrimi, yaxud insanın iztirablı hesab etdiyi şeylərə daim dözməyə hazır olmasımı?

Arvadımdan, uşaqlarımdan, evdəkilərdən elə bir yaxınlıq görmürdüm. Bunu gözləməyə haqqım olmadığını da bilirdim. Berlində, o qəribə təzə il günündə ilk dəfə duyduğum lüzumsuzluq hissi ürəyimdə özünə yer salmışdı. Ətrafımdakı adamların nəyinə lazımdı? Beş-on quruş çörək pulu qazanan bir adamın – mənim varlığıma nə qədər dözmək olar? İnsanlar bir-birinin maddi yardımına, puluna yox, sevgisinə və ünsiyyətinə möhtacdır. Bunlar olmadıqda, ailə sahibi olmağın həqiqi adı "bir sıra yad adamlar bəsləmək"dən ibarətdir. Bunun tezliklə bitməsini və onların özlərini mənsiz dolandıra biləcəkləri vaxtı gözləyirdim. Yavaş-yavaş bütün həyatım sanki həsrətlə gözləmək oldu. Lakin təəssüf ki, o gün hələ uzaq idi. Son gününün başa çatmasını gözləyən bir məhbusa oxşayırdım. Ömrümdən keçən günlər, yalnız məni aqibətə yaxınlaşdırmaq baxımından əhəmiyyətə malikdir. Bir ağac kimiydim, şikayət etmədən, şüursuz, iradəsiz ömür sürürdüm. Hisslərim yavaş-yavaş kütləşmişdi, heç bir şeydən mütəəssir olmur, heç bir şeyə sevinmirdim.

İnsanlara hiddətlənə bilməzdim. Bir halda ki, onların ən yaxşısı, ən əzizi mənə çox böyük pislik etmişdi, başqalarından nə gözləyə bilərdim? Bir daha insanları sevib, onlarla yenidən qaynayıb-qarışa bilməyəcəkdim. Çünki çox inandığım, çox arxalandığım bir adamı tanımayıb aldanmışdım. Bu halda məgər başqalarına əmin ola bilərdim?

Hər halda illər beləcə gəlib ötəcək, gözlədiyim gün gələcək, hər şey sona çatacaq. Doğrusu, başqa bir şey də istəmirdim. Həyat məharətlə mənimlə pis bir oyun oynamışdı. Odur ki, nə özümdə, nə də başqalarında heç bir günah görmür, hadisələri olduğu kimi qəbul edir, buna səssiz-səmirsiz dözürdüm. Lakin bunun beləcə davam etməsinə ehtiyac yox idi. Sıxılır, sadəcə sıxılır, lakin şikayət etmirdim.

Bir gün... yəni dünən, günortaya yaxın evə gəlib soyunmuşdum. Arvadım ayın-oyun lazım olduğunu söyləyib: "Sabah dükanlar bağlı olacaq, bir dəfə də yolunu bazara sal" – dedi. Könülsüz yola düzəldim. Getdikcə getdim. Hava çox bürkü idi. Boğanaq küçələrdə avara-avara dolaşanlar, tozlu havada azacıq axşam sərinliyi axtaranlar çox idi. Alış-verişi qurtardıqdan sonra bağlamaları qoltuğuma vurub, mən də bu küçələrdə addımlayırdım. Evə həmişəki əyri-üyrü küçələrlə deyil, bir qədər uzaq olsa da, asfalt döşəməli yolla qayıtmaq fikrinə düşdüm. Dükanlardan birinin qabağından asılmış böyük saat altı rəqəmini göstərirdi. Birdən-birə qolumdan kiminsə yapışdığını hiss etdim. Qulağımın dibində bağırtıya oxşar bir qadın səsi ucaldı:

– Her Raif!

Alman danışığını eşidəndə özümü büsbütün itirdim. Qorxudan silkinib harayasa qaçacaqdım. Lakin qadın məni çox möhkəm yaxalamışdı:

– Xeyr, səhv etmirəm. Bu doğrudan da her Raifdir! Aman Allah, insan nə qədər dəyişərmiş! – deyə bağırdı. Küçədən keçənlər bizə baxırdı. Başımı yavaşca qaldırdım. Hələ üzünü görməsəm də təhər-tövründən kim olduğunu bildim. Səsi heç dəyişməmişdi:

– Ah, sizi Ankarada görmək kimin ağlına gələrdi, frau Van Tiedeman, – dedim.

– Frau Van Tiedeman yox... frau Doppke... bəxtimə çıxmış bir kişiyə Van gəlməsini qurban verməli oldum. Ancaq qətiyyən peşman deyiləm.

– Təbrik edirəm... deməli...

– Bəli, bəli, zənn etdiyiniz kimidir... Siz çıxıb getdikdən sonra, çox keçməmiş biz də pansionatdan köçdük... Əlbəttə, birlikdə... Praqaya getdik...

Praqa sözünü söylər-söyləməz ürəyim çırpındı. Bayaqdan bəri beynimdən uzaqlaşdırmaq istədiyim fikirlər mənə güc gəldi. Özümü ələ ala bilmədim. Lakin necə soruşmalıydım? Mariya ilə əlaqəmdən onun xəbəri yox idi. Sualıma nə məna verərdi? Məgər onu haradan tanıdığımı soruşmazdı? Görəsən, bundan sonra nələr danışardı?.. Bilmək istədiklərimi öyrənməmək yaxşı olmazdımı? Aradan uzun illər, düz on il, bəlkə də bir qədər artıq vaxt keçdikdən sonra bunu öyrənib bilməyimin nə faydası vardı?..

Hələ də küçənin ortasında dayandığımızın fərqinə vardım.

– Gəlin bir yerdə əyləşək. Bir-birimizdən soruşub öyrəniləsi çox şey var, – dedim.

– Bəli, bir yerdə əyləşsəydik yaxşı olardı, ancaq qatarımızın yola düşməsinə az qalır. Bir saatdan da az qalıb... gecikə bilmərik... Ankarada olduğunuzu bilsəydim, şübhəsiz, sizi axtarıb tapardım. Gecə gəlmişik. Bu axşam isə gedirik...

Qadının yanında səkkiz-doqquz yaşında, sarışın, səssiz-səmirsiz dayanıb durmuş qıza ancaq indi fikir verdim. Gülümsədim.

– Qızınızdır? – deyə soruşdum.

– Xeyr, – dedi – qohumumdur... Oğlum hüquqşünaslıq təhsilini bitirmək üzrədir.

– Yenə də ona məsləhət görürsünüz ki, hansı kitabı oxusun?

Nə demək istədiyimi bir müddət xatırlaya bilmədi. Sonra gülərək:

– Hə, haqlısınız. Ancaq daha məsləhətlərimə qulaq asmır. O vaxtlar kiçik idi... On iki yaşında olardı... Aman Allah, illər nə tez gəlib keçir...

– Bəli... ancaq heç dəyişməmisiniz.

– Siz də.

Bir az bundan əvvəl daha səmimi danışdığını xatırlayıb susdu. Üzü aşağı addımlayırdıq. Mariya haqqında söhbətə nə cür başlayacağımı bilmir, məni maraqlandırmayan əhəmiyyətsiz şeylərdən danışırdım.

– Buraya nə üçün gəlməyiniz barədə bir söz demədiniz.

– Hə, doğrudan da... səbəbini sizə izah edim. Biz məxsusi Ankaraya gəlməmişik. Yolüstü buraya baş çəkdim...

Limonlu su satılan yerdə beş dəqiqə əyləşməyə razı oldu. Burada söhbətinə davam etdi:

– Ərim indi Bağdaddadır... Bilirsinizmi, o, müs-
təmləkələrdə tacirlik edir...

– Axı, Bağdad alman müstəmləkəsi deyil?

– Canım, bilirəm... Ərim cənub ölkələrinin ticarət
işinə yaxşı bələddir. Bağdadda xurma alveri ilə məş-
ğuldur.

– Kamerunda da xurma ticarətilə məşğul olardı?

O, elə bil "bunun məsələyə nə dəxli var", deyirmiş
kimi üzümə baxdı:

– Bilmirəm. Onun özünə məktub yazıb soruşun.
O, qadınların ticarət işlərinə qarışmasına yol vermir.

– Bəs indi haraya gedirsiniz?

– Berlinə... həm vətəni ziyarət etmək üçün, həm
də... – yanında oturmuş solğun üzlü qızı göstərərək:
– Həm də bu uşağa görə... səhhəti bir az zəifdir. Qışı
bizimlə keçirtdi. İndi yenə geriyə aparıram.

– Deməli, Berlinə tez-tez gedib-gəlirsiniz.

– İldə iki dəfə.

– Görünür, her Doppkenin işləri yaxşı gedir.

Gülümsəyib susdu.

Öyrənmək istədiklərimi hələ də xəbər almırdım.
Artıq indi özüm də fərqinə varmışdım ki, bu tərəddüd
nə cür soruşacağımı bilməklə əlaqədar deyil. Eşidib
öyrənəcəyim şeylərdən qorxmağımın nəticəsidir. La-
kin hər şey məgər mənim üçün eyni əhəmiyyətə ma-
lik deyildi?

Ürəyimdə məni həyəcana gətirə biləcək bir hiss
yox idi. Bəs nə üçün qorxurdum? Mariya da özü üçün
bir başqa her Doppke tapa bilərdi. Ola bilər, bəlkə hələ

də subaydır. Birindən əl çəkib başqa birisilə yaxınlıq edir, inanılası bir adam axtarmaqdadır. Hər halda mənim sifətimdəki cizgiləri belə unutmuşdur.

Onu xəyalımda canlandırmaq istədim. Lakin sifətini xatırlaya bilmədim. Aradan gəlib keçmiş on il ərzində ilk dəfə onun fərqinə vardım ki, nə mənim onda, nə də onun məndə şəklimiz yoxdur... Təəccüb etdim. Necə oldu ki, bir-birimizdən ayrılarkən bu haqda fikirləşmədik? Tutalım, çox tez görüşəcəyimiz qənaətində olmuş, hafizəmizin gücünə arxalanmışdıq, lakin bəs nə üçün ancaq indi bunun fərqinə vardım? Bu nə deməkdir? Onun simasını gözlərimin qarşısında canlandırmaq ehtiyacını hiss etdiyimdənmi?

İlk aylar üzünün bütün cizgilərini hafizəmdə həkk etdiyimi, heç də çətinlik çəkmədən hər an xəyalımda yaşatdığımı xatırlayırdım... Sonra isə... hər şeyin bitdiyini başa düşdükdə, bu üzü görməkdən və təsəvvürümə gətirməkdən böyük bir səylə çəkinmişdim. Buna dözməyəcəyimi bilirdim. Onun, xəz paltolu ilahənin siması, hətta xəyalımda da, mənim üçün bütün sükunətimi əlimdən alacaq qədər qüvvətli və təsirli idi. Lakin indi, heç bir həyəcan hiss etməyəcəyimə əmin olub, o ötüb keçmiş günləri, xatirələri bir daha yada salmaq istədikdə, nə qədər çalışdımsa da onun simasını gözümün qabağında canlandıra bilmədim... Şəkli də məndə yox idi ki... Eh bunun nə mənası vardı?

Frau Doppke saatına baxıb ayağa qalxdı. Birlikdə stansiyaya tərəf getdik. O, Ankaradan və Türkiyədən çox məmnun qalmışdı.

– Əcnəbilərə bu qədər hörmət edilən başqa bir ölkə görməmişəm, – deyirdi. – Öz rifah halına görə xarici turistlərə borclu olan İsveçrə də belə deyil. Adətən bir ölkənin əhalisi əcnəbilərə öz evlərinə zorla soxulmuş adam kimi baxırlar... Halbuki Türkiyədə elə bil hər kəs əcnəbiyə bir yaxşılıq etmək üçün bəhanə axtarır. Bundan əlavə, Ankaranın özü də çox xoşuma gəldi.

Qadın ara vermədən danışır, qız isə beş-on addım qabaqda gedirdi. O, əlini yol kənarındakı ağaclara toxundururdu. Stansiyaya çatmağa çox az qalmışdı. Son bir qərara gəldim. Mümkün olduqca laqeyd görünməyə çalışaraq sözə başladım:

– Berlində qohumunuz çoxdur?

– Xeyr, o qədər də çox deyil... Əslinə baxsan mən praqalıyam, çex almanlarındanam... birinci ərim də hollandiyalı idi... Nə üçün soruşursunuz?

– Ona görə ki, mən orda sizin qohumunuz olduğunu söyləyən bir qadına rast gəlmişdim...

– Harada?

– Berlində... Bir rəsm sərgisində təsadüf etmişdim. Gərək ki rəssam idi...

Qadın birdən-birə maraqlanmağa başladı:

– Yaxşı... sonra? – deyə soruşdu.

Mən tərəddüd içində:

– Sonrasını bilmirəm... – dedim. – Bir dəfə nə barədəsə söhbət etmişdik... Gözəl bir rəsm əsəri vardı... Deyəsən, bununla əlaqədar söhbət etmişdik...

– Adını xatırlayırsınız?

– Güman edirəm ki, Puder idi... Elədir... Mariya Puder. Rəsmin altında imzası vardı. Kataloqda da belə yazılmışdı...

Qadın cavab verməyib susurdu.

Yenə də özümü ələ alıb soruşdum:

– Onu tanıyırsınız?

– Bəli. Qohum olduğumuzu nə ilə əlaqədar olaraq söyləmişdi?

– Bilmirəm... Görünür, yaşadığım pansionat haqqında söhbət edəndə, orada mənim bir qohumum var söyləmişdi... Yaxud da ola bilsin, başqa bir münasibətlə söyləmişdi... indi artıq xatırlamıram... Aradan on il keçib...

– Bəli... Az vaxt deyil!.. Anası mənə qızının bir vaxt bir türklə dost olub və bütün günü ondan bəhs etdiyini söyləmişdi. Ona görə maraqlandım ki, bəlkə o adam sizsiniz. Lakin qəribə deyilmi? Anası qızının heyran olduğu o türkü bir dəfə də olsun görməmişdi... Həmin il Praqaya getmişdi. Orada qızından öyrənmişdi ki, Türkiyəli tələbə Berlindən çıxıb getmişdir...

Stansiyaya çatmışdıq. Qadın vaqona tərəf getdi. Mən söhbəti dəyişdirsəm, bir daha bu mövzuya qayıda bilməyəcəyimdən, əsl istəklərimi öyrənə bilməyəcəyimdən qorxurdum. Buna görə sözünə davam etməsini böyük bir maraqla gözləyib, gözlərinin içinə baxdım.

Qadın, bağlamalarını vaqona aparan otel xidmətçisini yola saldıqdan sonra, mənə tərəf döndü:

– Nə üçün maraqlanırsınız? Bəs siz Mariyanı çox az tanıdığınızı söyləmədiniz?

– Bu doğrudur... Lakin görünür, mənə çox qüvvətli bir təsir bağışlamışdı... Rəsmi çox xoşuma gəlmişdi...

– Gözəl rəssam idi!

Ürəyimdə birdən-birə baş qaldıran, lakin mahiyyətini başa düşmədiyim bir həyəcanla soruşdum:

– Rəssam idi, dediniz? Bəs indi?

Qadın ətrafına nəzər salıb balaca qızı axtarırdı. Onun vaqona keçib oturduğunu gördükdə başını əyərək:

– Təbii ki, indi yox... – dedi. – Çünki artıq o yoxdur.

– Siz nə danışırsınız?!

Bu sözlərin ağzımdan qəribə bir həyəcanla çıxdığını hiss etdim. Ətrafdakılar dönüb mənə baxdılar. Kupedəki qız başını pəncərədən çıxarıb, məni təəccüblə süzdü.

Qadın diqqətlə mənə baxaraq:

– Nə üçün özünüzü bu qədər itirdiniz? – deyə soruşdu. – Bəs onu çox az tanıdığınızı söyləyirdiniz?!

– Nə olsun, belə ölümü adam ağlına gətirə bilmir.

– Doğrudur... Ancaq bu çoxdan olub keçmişdir... Bəlkə də on il olar...

– On il? Ola bilməz!

Qadın yenə də məni gözdən keçirib kənara çəkdi:

– Görürəm, Mariyanın ölümü sizi maraqlandırır. Qısaca da olsa danışım. Siz Türkiyəyə qayıtmaq üçün pansionatdan çıxıb getdikdən iki həftə sonra biz də her Doppke ilə oradan köçdük. Praqanın civarında bir çiftlik sahibi olan qohumumuzun evinə getdik. Orada Mariya ilə anasına rast gəldik. Anası ilə əlaqəm çox da möhkəm deyildi. Lakin orada buna əhəmiyyət vermədik. Mariya çox zəif və üzgün idi. Berlində ağır bir xəstəlik keçirdiyini söyləyirdi. Onlar bir müddətdən sonra yenə də Berlinə qayıtdılar. Mariya artıq özünü çox yaxşı hiss edirdi. Biz də qalmadıq. Ərimin doğma vətəni olan Şərqi Prussiyaya getdik. Qışda Berlinə gəldiyimiz zaman Mariyanın oktyabrın əvvəllərində vəfat etdiyini öyrəndik. Təbiidir ki, aramızdakı küsünü unudub, tez anasını axtarıb tapdım. Çox pərişan idi. Altmış yaşlı qadına oxşayırdı. Halbuki, o vaxt ancaq 45-46 yaşı olardı. Onun söylədiyinə görə, Praqadan çıxıb getdikdən sonra Mariya özündə bəzi dəyişikliklər duyaraq həkimə müraciət edir. Hamilə olduğu məlum olur. Əvvəlcə o, bundan çox razı qalırsa da, anasının təkidinə baxmayaraq uşağın kimdən olduğunu açıb söyləmir, "sonra bilərsən" deyir. Yaxın vaxtlarda başqa yerə səyahət edəcəyindən söhbət açır. Hamiləliyinin sonuna az qalmış səhhəti pozulmağa başlayır. Həkimlər doğumu qorxulu hesab edirlər. Vəziyyətinin çox ağır olduğuna görə cərrahiyyə əməliyyatı aparmaq istəyirlər. Mariya uşağı tələf etməyə razı olmur. Bundan sonra halı birdənbirə ağırlaşır və xəstəxanada yatmalı olur. Görünür, zülallı maddələr çoxalıbmış... Bundan əvvəl keçirdiyi xəstəlik də vücudu üzmüşdü... Doğumdan qabaq bir neçə dəfə huşunu itirir. Həkimlər cərrahiyyə əməliyyatı aparıb uşağı sağ-salamat çıxardırlar. Ancaq Mariyanın halı ağırlaşır, daha özünə gələ bilmir, bir həftədən sonra huşsuz halda vəfat edir.

Öləcəyini güman etmədiyinə görə başqa bir söz də deməmişdi, huşu başında olarkən son dəqiqələrdə də anasına: "Eşidəndə təəccüblənəcək, lakin sonra sən də razı qalacaqsan", – kimi anlaşılmaz sözlər söyləyərək, o adamın adını çəkməmişdi. Anası xatırlayıb deyirdi ki, Praqaya getməmişdən qabaq qızı ona bir türk haqqında tez-tez danışardı. Ancaq onun nə üzünü görmüşdü, nə də adını bilirdi... Qız dörd yaşına qədər xəstəxanalarda və uşaq evlərində qaldı. Bundan sonra nənəsi onu öz yanına apardı. Bir qədər süst, səhhəti zəif olsa da çox sevimlidir... Sizə də belə görünmürmü?

Bədənimdə bir taqətsizlik hiss etdim. Az qala dayandığım yerdə yıxılacaqdım. Başım fırlanırdı. Buna baxmayaraq, ayaq üstə dümdüz dayanıb gülümsəyirdim.

– Bu qızmı? – Başımla vaqonun pəncərəsinə işarə etdim.

– Bəli... sevimlidir... deyilmi? O qədər xoş əhval və sakit təbiətlidir ki... Nənəsi ilə görüşməyi o qədər istəyir ki...

Qadın danışa-danışa hey üzümə baxırdı. Gözlərində düşmənçilik adlandıra biləcəyim bir parıltı vardı.

Qatar tərpənmək üzrə idi. Vaqona atıldı. Bir az keçməmiş hər ikisi pəncərə qarşısında göründü. Qız laqeyd bir təbəssümlə stansiyanı, hərdən də məni gözdən keçirirdi. Şişman qadın gözlərini məndən çəkmirdi.

Qatar yola düşdü. Onlara tərəf əlimi yelləyib vidalaşdım. Frau Doppkenin xəfifcə gülümsədiyini gördüm. Qız isə artıq pəncərə önündən çəkilmişdi...

Bütün bunlar dünən axşam baş verdi. Bu sətirləri yazdığım vaxt aradan cəmi 24 saatdan da az keçmişdi.

Dünən gecə bir saniyə də olsun yata bilmədim. Yataqda arxası üstə uzanıb, qatardakı qız haqqında düşünürdüm. Vaqon silkələndikcə yırğalanan başı... qalın saçlı başı elə bil gözlərimin önündə dayanmışdı. Nə gözlərinin, nə saçlarının rəngini xatırlayır, nə də adını bilirdim. Heç olmasa üzünə də diqqətlə baxmamışdım. Lap yaxınlığımda, bircə addımlıqda dayandığı halda üzünə diqqətlə baxmamışdım. Ayrılarkən əlini də sıxmamışdım. Aman Allah, öz qızım barədə heç nə, heç nə bilmirdim! Şübhə yox ki, frau Doppke əhvalatı başa düşmüşdü... Mənə niyə qanlı-qanlı baxırdı? Hər halda müəyyən ehtimallar etməmiş deyildi... Qızı götürüb getdi... İndi yoldadırlar... Təkərlər relsdən-relsə keçərkən, mürgüləyən qızımın başı yüngülcə yırğalanır... Bütün vaxtı bunu düşünürdüm. Nəhayət, dözə bilmədim. Gözlərimin qarşısına gətirməkdən çəkindiyim bir xəyal yavaşca, səssiz-səmirsiz önümdə canlandı: "Mariya, mənim xəz paltolu ilahəm, dodaqlarında xəfif təbəssüm, qara gözlərində mənalı baxış, qarşımda dayanıb durmuşdu. Üzündə nə pərişanlıq, nə də kədər vardı. Çətinliklə sezilən bir heyrət, daha doğrusu, maraq və şəfqətlə məni gözdən keçirirdi. Halbuki onun baxışları ilə qarşılaşmağa məndə cəsarət yox idi. On il, düz on il mən bədbəxt qəm-qüssə içində, çoxdan vəfat etmiş bir adamı məzəmmət etmiş, onu günahkar saymışdım... Bundan da böyük bir həqarət mümkündürmü?

On il, tərəddüd etmədən, haqsızlıq edə biləcəyimi düşünmədən həyatımın təməli, səbəbi, qayəsi olan bir insandan şübhələnmişdim. Onun haqqında insanın ağlına gəlməyən şeylər təsəvvür etmiş, bir anlığa bu fikirdən çəkinib, bəlkə də bu cür hərəkət etməsinin, məni tərk etməsinin bir başqa səbəbi vardır, demişdim. Halbuki çox böyük, çarəsiz bir səbəb də, ölüm də varmış! Xəcalətdən dəli olacaqdım. Hüzn və peşmanlıq içində qıvrılırdım. Ömrümün sonuna qədər diz çöksəm də, onun xatirəsinə qarşı işlətdiyim cinayətin əvəzini verməyə çalışsam da heç bir faydası yox idi. Heç bir günahı olmayan insana qarşı işlədilən çox ağır bir qəbahətin – sevən bir qəlbi yaralayıb, onu xəyanətdə ittiham etmənin, heç də bağışlanmayacağını başa düşürdüm.

Cəmi bir neçə saat bundan əvvəl belə zənn etmişdim ki, məndə onun fotoşəkli olmadığına görə üzünü xatırlamıram. Halbuki indi onu həyatda gördüyümdən daha canlı, bütün təfərrüatı ilə görürdüm. Eynilə tabloda olduğu kimi idi – bir qədər məhzun, bir qədər istehzalı. Üzü daha solğun, gözləri daha qara idi. Alt dodağı mənə tərəf uzanır, ağzı "Ah, Raif!" deməyə hazırlaşırdı. Əvvəllərdə olduğundan daha canlı idi... Deməli, on il bundan qabaq vəfat etmişdi! Mən onu gözləyərkən, onu qəbul etmək üçün evimi bəzəyib-düzəməklə məşğul olarkən ölmüşdü. Heç kəsə bir söz demədən, məni çıxılmaz vəziyyətdə qoymamaq, əzab-əziyyətə salmamaq üçün sirrini özü ilə bərabər aparmışdı.

On ildən bəri ona qarşı duyduğum hiddətin, ətrafımdakı insanlardan qaçıb, qalın divarlar arxasında gizlənməyimin əsl səbəbini indi başa düşürdüm. On il ərzində heç də atəşi azalmayan bir məhəbbətlə onu sevməkdə davam etmişdim. Ondan başqa heç kəsin qəlbimdə yer tutmasına yol verməmişdim. İndi onu əvvəllərdə olduğundan da artıq sevirdim. Qarşımdakı xəyala tərəf qollarımı uzadır, əllərini təkrar-təkrar ovuclarımın içinə alıb, isindirmək istəyirdim. Onunla birgə keçirdiyimiz həyat, o dörd-beş aylıq dövr bütün təfərrüatı ilə gözlərimin qarşısından gəlib keçirdi. Hər şeyi, deyilmiş hər sözü xatırlayırdım. Rəsmini sərgidə gördüyüm andan başlayaraq "Atlantika"da oxuduğu mahnılarını, mənə yaxınlaşmasını, nəbatat bağındakı gəzintiləri, otağında tez-tez üz-üzə oturmağımızı, xəstəliyini bir daha xatırladım. Bir insan ömrü qədər zəngin olan xatirələr o dörd-beş aylıq dövrdə baş verdiyi üçün həqiqətdə olduğundan daha canlı, daha təsirli idi. Bunlar son on il ərzində bir an da olsa insan kimi yaşamadığımı, bütün hərəkətlərimin, düşüncələrimin, hisslərimin yad bir adama məxsusmuş kimi, məndən uzaq olduğunu göstərirdi. Otuz beşinci ilinə yaxınlaşan ömrümdə həqiqi "mən" üç-dörd aya qədər bir vaxtda yaşamış, sonra isə mənimlə əlaqəsi olmayan mənasız bir şəxsiyyətin dərinliklərində basdırılıb qalmışdı.

Dünən axşam xəyalımda Mariya ilə üz-üzə durduğum zaman başa düşdüm ki, mənimlə münasibəti olmayan bu vücudu, bu kəlləni gəzdirmək bundan sonra mənim üçün çox çətin olacaq. Onları yad bir varlıq kimi saxlayacaq, buradan oraya sürükləyib gəzdirəcək, daima təəssüf və istehza ilə seyr edəcəyəm. Dünən axşam bunu da başa düşdüm ki, o qadın həyatımdan çəkilib getdikdən sonra hər şey öz həqiqiliyini itirmişdir. Mən onunla birlikdə, bəlkə də ondan qabaq ölmüşəm.

Ev sakinlərinin hamısı bu gün erkən birlikdə gəzməyə yollandı. Mən kefsiz olduğumu bəhanə edib evdə qaldım. Səhərdən bəri bunları yazıram. Ətraf qaralmağa başladı. Hələ də gəlib çıxmayıblar. Lakin bir azdan gülüşüb səs-küy salacaq, hər şeyi qatıb-qarışdıracaqlar. Mənim bunlarla nə əlaqəm var? Aramızdakı münasibətlər, ruhumuz bir-birinə yabançı olandan sonra bunların nə mənası var? Neçə ildir, heç kəsə bir söz açıb deməmişəm. Halbuki danışıb dərdləşməyə nə qədər möhtacam! Hər şeyi ürəkdə boğub saxlamağa məcbur olmaq diri-diri qəbrə girmək deyilmi? Ah, Mariya, nə üçün səninlə birlikdə pəncərə qarşısında oturub söhbət etmirik? Nə üçün küləkli payız axşamlarında, dinməzcə yan-yana addımlayıb, ruhumuzun söhbətini dinləmirik? Nə üçün mənim yanımda deyilsən?

On il ərzində bəlkə də insanlardan hədər yerə qaç-
mış, onlara inanmamaqda haqsızlıq etmişəm.

Axtarsaydım sənə oxşar bir başqasını bəlkə də
tapardım. Olub keçənləri o vaxt öyrənmiş olsaydım,
bəlkə də zaman keçdikcə hər şeyə alışar, səni başqa-
larının simasında tapmağa cəsarət edərdim. Lakin
indi artıq hər şey bitdi. Sənə qarşı çox böyük və bağış-
lanmaz bir haqsızlıq eləyəndən sonra heç nəyi təshih
edib düzəltmək istəmirəm. Sənin haqqında çıxardı-
ğım səhv bir nəticəyə görə bütün insanları günah-
kar hesab etdim, onlardan qaçdım. Bu gün həqiqəti
başa düşdüm, lakin özümü əbədi tənhalığa məhkum
etməyə məcburam. Həyat ancaq bir dəfə oynanılan
qumardır. Mən onu uduzmuşam. İkinci dəfə oynaya
bilmərəm... Bundan sonra mənim üçün əvvəlkindən
də ağır bir həyat başlayacaq. Yenə də həmişəki kimi
axşamçağı ayın-oyun almaqla məşğul olacağam. Kim
və nə olduqları ilə maraqlanmadığım adamlarla üz-
üzə gəlib, onların danışıqlarına qulaq asacağam.
Həyatım başqa cür ola bilərmi? Güman etmirəm.
Təsadüf səni mənimlə görüşdürməsəydi, yenə də
əvvəlki qaydada, lakin hər şeydən xəbərsiz ömür sü-
rüb gedəcəkdim. Dünyada başqa cür bir həyatın möv-
cud olduğunu, mənim də bir ruha malik olduğumu
mənə sən öyrətdin. Bunu sona çatdırmadımsa, gü-
nah səndə deyil!.. Mənə bir neçə ay ərzində əsl yaşa-
maq imkanı verdiyinə görə sənə təşəkkür edirəm. Bu
cür bir neçə ay bir neçə ömürdən qiymətli deyilmi?..
Bədənimin bir parçası olan o qız, tərk edib getdiyim o

uşaq, bizim qızımız, yer üzündə atasız yaşayıb dola-
şacaq... Bilməyəcək ki, onun da atası var... Yollarımız
bir dəfə bir-birilə kəsişsə də onun haqqında heç nə:
nə adını, nə yaşadığı yeri bilirəm. Buna baxmayaraq
xəyalımda onu həmişə izləyəcəyəm. Beynimdə ona
bir həyat yolu yaradacaq, onunla yanaşı addımlaya-
cağam. Onun nə cür böyüdüyünü, nə cür məktəbə
getdiyini, nə cür güldüyünü, nə cür düşündüyü-
nü təsəvvür etməklə bundan sonrakı ömrümün boş
illərini doldurmağa çalışacağam.

Eşikdə səs-küy qalxdı, görünür, bizimkilər qa-
yıtmışdı. Yenə də yazmaq istəyirəm. Lakin buna eh-
tiyac varmı? Bu qədər yazdım nə oldu? Bizim qız
üçün sabah başqa bir dəftər almalı və bunu götürüb
gizlətməliyəm. Hər şeyi, hər şeyi, xüsusilə ruhumu
çox xəlvət bir yerdə gizlətməliyəm..."

* * *

Raif əfəndinin yazısı burada bitirdi.

Başqa səhifələrdə nə bir işarə, nə bir qeyd vardı. Elə bil, başqalarından çox ehtiyatla gizlətdiyi ruhunu ancaq bir dəfə büruzə vermiş, dəftər vərəqlərində açıb göstərmiş, sonra yenə də öz-özünə qapanıb, illərlə susmuşdu.

Səhər açılırdı. Verdiyim sözə əməl edib, dəftəri cibimə qoydum. Xəstənin evinə yollandım. Qapı açı-landa evdə bir həyəcan, çaxnaşma gördüm, içəridən ağlaşma səsi gəlirdi, məsələ aydın idi. Bir anlığa tərəddüd içində dayanıb gözlədim. Raif əfəndini son dəfə görməmiş çıxıb getmək istəmirdim. Lakin buna dözə bilməyəcəyimi, bütün gecə həyatının ən canlı səhifələrini seyr etdiyim, hətta birlikdə duyub yaşadı-ğım bir insana, qəflətən mənasız bir heçə, cəsədə çev-rilmiş adama baxa bilməyəcəyimi hiss etdim. Yavaşca eşiyə çıxdım. Raif əfəndinin ölümü mənə o qədər də təsir etməmişdi. Çünki ürəyimdə belə bir hiss vardı ki, onu itirməmişəm, əslində ancaq indi tapmışam.

Dünən axşam mənə: "Səninlə heç oturub dərdləş-mədik" – demişdi. Amma mən artıq belə düşün-mürdüm. Dünən axşam onunla uzun-uzadı danışıb dərdləşmişdik.

O, bu dünyadan köçəndə, bir canlı kimi, başqa bir kimsəyə nəsib olmayacaq dərəcədə canlı kimi, mənim həyatıma daxil olmuşdu. Bundan sonra onu həmişə yanımda görəcəyəm.

Şirkətdə Raif əfəndinin boş qalmış stolu arxasında əyləşdim, qara cildli dəftəri açıb bir də oxumağa baş-ladım.

www.ingramcontent.com/pod-product-compliance
Lightning Source LLC
Chambersburg PA
CBHW022014010726
47494CB00003B/1034